Sue Roberts

Idilă pe Riviera

Sue Roberts

Idilă pe Riviera

Descrierea CIP a Bibliotecii Naţionale a României
ROBERTS, SUE
Idilă pe Riviera / Sue Roberts.
- Bucureşti : RAO Distribuţie, 2021
ISBN 978-606-006-608-8

821.111

RAO Distribuţie
Str. Bârgăului nr. 9-11, sect. 1, Bucureşti, România
www.raobooks.com
www.rao.ro

SUE ROBERTS
A Very French Affair

Prima ediţie a fost publicată în Marea Britanie, în 2019,
de către Bookouture

Idilă pe Riviera

Traducere din limba engleza
Mihaela Neacşu prin LINGUA CONNEXION

2021

ISBN 978-606-006-608-8

Lui Derek Hudson

Capitolul unu

– O toaletă? Ești sigur?

Sunt îmbrăcată în pijamaua mea roșie cu model ecosez și vorbesc cu un tip despre tortul pentru petrecerea de pensionare a tatălui lui. Mi-am prins părul castaniu, ondulat, într-o coadă dezordonată și abia acum observ un strop de marmeladă pe piept. E bine că nu vorbim prin video.

– E o solicitare destul de ciudată. Ești sigur că i-ar plăcea așa ceva?

– Sunt sigur. Tata a fost instalator. Meseria a fost viața lui. De fapt, mă și mir că se pensionează. Nu, serios, un tort în formă de toaletă e perfect.

Clientul are întotdeauna dreptate, presupun, dar îndrăznesc totuși să-i fac o sugestie.

– Ce zici de o cadă de baie? Are o formă mai ușor de porționat.

– O, nu m-am gândit la asta. O cadă de baie? Mmm, e posibil. Tata vorbește întruna despre rezervoare și jeturi de apă, așa că o toaletă a fost primul lucru la care m-am gândit.

– E decizia ta, firește, dar părerea mea este că un tort în formă de cadă ar fi mai potrivit. Aș putea să fac o miniatură a tatălui tău, așezat în cadă, înconjurat de spumă, cu o bere în mână sau așa ceva.

– Nu bea bere.

– Vin?

– Nu, nu bea deloc alcool, de fapt. Și nu cred să fi făcut o baie cu spumă vreodată în viața lui. Vezi tu, are o eczemă.

Se dovedește mai complicat decât am crezut.

– Bine. Uită de bere. Și de spumă. De fapt, ce-ar fi să facem un tort dreptunghiular, decorat cu imaginea tatălui tău purtând o trusă de scule și mai facem și o furgonetă albă, ceva în genul acesta?

– Perfect. Așa rămâne. E în regulă dacă trec să-l ridic vineri după-amiază?

Acum, când vorbim, este miercuri-dimineață.

– Vinerea *asta*?

– Ăăă, da.

– E puțin cam din scurt. De obicei, comenzile de genul acesta se plasează cu cel puțin o săptămână înainte și am deja mult de lucru.

La celălalt capăt se face liniște.

– O, fir-ar! Mama o să mă omoare pentru asta. Mi-a spus să dau comanda de tort de-acum o lună, iar eu am uitat. Va trebui să cumpăr unul de la cofetărie.

Respir lent. Nu este prima dată când mă confrunt cu o astfel de situație, dar nu pot refuza un client, e risc de sinucidere profesională. Decât să dezamăgesc pe cineva, am preferat mereu să stau trează jumătate de noapte și să fac torturi.

– Bine. Îl fac. Sper că un tort cu blat de pandișpan e în regulă, spun repede, ca să elimin orice așteptări legate de vreun tort cu fructe.

– Da, e OK. Mulțumesc, mi-ai salvat viața.

– Pentru puțin. Te rog să îmi trimiți un e-mail în care să precizezi exact ce vrei. De exemplu: tort cu blat de pandișpan, dreptunghiular, cu figurină instalator, pentru petrecere pensionare.

– Da, sigur, dacă vrei. Mulțumesc încă o dată.

Există un motiv întemeiat pentru care procedez așa. La început, luam comenzile verbal. Am înțeles repede că reconfirmarea unei comenzi pe e-mail sau printr-un mesaj scris elimina orice posibilă neînțelegere. Ca atunci când i-am prezentat unui client un tort în formă de *țarcă* (lucru perfect natural, dat fiind că era petrecerea de pensionare a unui ornitolog și m-am gândit că poate coțofenele erau preferatele lui). S-a dovedit că soția lui ceruse un tort în formă de *barcă,* întrucât vindeau tot ca să-și cumpere o casă lângă mare și sperau să-și petreacă timpul navigând.

Încheind convorbirea, mi-am dat seama că era prima oară când cineva îmi cerea un tort în formă de toaletă. Să nu mă înțelegeți greșit. Mai primisem comenzi trăsnite. Mi s-au cerut torturi în formă de busturi de femei în corsete, vampiri și coșciuge. Tot ce vă trece prin cap am făcut. Chiar și un penis. Nici nu vreau să îmi imaginez petrecerea aceea la care cineva a tăiat cu un cuțit ascuțit felii din acea parte a trupului bărbătesc.

Încă zâmbesc la amintirea tortului în formă de coțofană când Sam, asistenta mea, intră în bucătărie.

– 'Neața, Liv, spune ea, scoțându-și bereta din fetru verde și scuturându-și părul roșu-deschis, pe care-i place să-l numească blond-căpșună.

Sam nu umblă niciodată cu capul descoperit. Berete, căciulițe tricotate și pălării îi împodobesc creștetul tot timpul anului și are un accesoriu pentru orice stil. Le asortează de obicei cu o haină elegantă și un ruj strident, lucru care, la frageda vârstă de douăzeci și șase de ani, îi dă aerul unei vedete de la Hollywood. Astăzi poartă o rochie vintage muștar, colanți negri, balerini negri din piele întoarsă. Mama ei are în centrul orașului un magazin cu haine de epocă și de acolo provin majoritatea ținutelor ei.

– 'Neața, Sam. Tocmai am preluat o comandă urgentă pentru un tort cu blat de pandișpan – pentru vineri după-amiază, îți vine să crezi?

Înlătur niște firimituri de pâine și urme de marmeladă de pe bluza de pijama.

– Vrei să îl fac eu?

– Nu te superi? Eu voiam să decorez mâine tortul acela de nuntă. Și mai am de făcut vreo două torturi pentru petreceri aniversare, plus niște brioșe pentru o școală primară din oraș, pentru vineri.

– E în regulă. Poate ar trebui totuși să te îmbraci mai întâi, râde ea.

– Lasă-mă să îmi termin „combustibilul", înainte de orice.

Beau cafeaua tare, gustoasă, proaspăt făcută la espressorul meu vechi. Este unul dintre primele modele apărute pe piață și nu am de gând să îl înlocuiesc până ce nu se dezmembrează.

„Prăjituri perfecte" este cofetăria online pe care o administrez din bucătăria casei mele, din corpul de clădire adăugat cu doar doi ani în urmă casei mele cu două dormitoare. Împlinisem treizeci și șase de ani și părinții mi-au oferit un cadou-surpriză – un depozit de economii la termen, care devenea scadent fix în acea zi. Când aveam șaisprezece ani, tata a deschis un cont de economii pe douăzeci de ani, făcând chiar și câteva investiții inspirate. Așa e tata – iar eu nu m-am bucurat niciodată mai mult ca atunci să descopăr abilitățile lui de planificare financiară.

Cadoul s-a transformat într-o bucătărie modernă, dotată cu un cuptor uriaș și alte nenumărate echipamente noi și strălucitoare pentru copt, toate instalate în casa mea. Totodată, am construit și o cămară încăpătoare, unde depozitez produsele ambalate, pregătite de livrare.

Toată lumea a fost de părere că îmi asumam un risc uriaș cu această afacere; internetul era plin de cofetării online, prețurile deveneau din ce în ce mai competitive. Nu era profitabilă. Prietenii mi-au spus că eram nebună să renunț la slujba din învățământ și dacă aș avea un bănuț pentru fiecare dată în care cineva mi-a spus „Cum să renunți la toate vacanțele acelea școlare?“, aș fi aranjată pe viață.

Însă nici cele mai lungi vacanțe nu compensau stresul în care lucram, într-o școală subfinanțată, cu copii cu tulburări de comportament. Părea că toți nimeriseră în clasa mea. Mai erau și evaluările, lucrările de corectat, ședințele și planificările care nu se mai terminau, și eram terminată fizic. După ce am făcut o noapte albă, planificând o lecție importantă despre comerțul echitabil (eu cel puțin așa am crezut – urma să concepem și să producem propriile noastre batoane de ciocolată și toate cele) și copiii au oftat plictisiți, mi-am dat seama că poate nu mă aflam la locul potrivit. Prietenii își dăduseră cu părerea că poate eram doar la școala nepotrivită. Categoric, era o școală într-o zonă defavorizată, cu părinți care se implicau foarte puțin, dar chiar și așa, îmi spuneam, un profesor cu har ar fi găsit o cale să stârnească interesul copiilor. Îmi petreceam cele mai multe seri bând vin și plângându-mă la prieteni că eu nu pentru așa ceva optasem, eu eram profesoară, nu asistentă socială.

Antidotul meu față de stres a fost dintotdeauna acesta, să fac prăjituri, și fie că eram cu mâinile până la coate în făină, temperam ciocolată sau pregăteam bezea, toate aceste activități aveau un efect relaxant asupra mea. Întotdeauna m-am priceput la asta. Mama, căreia nu-i ieșeau niciodată prăjiturile, spunea că probabil o moșteneam pe mătușa Genevieve, care avea o mică patiserie pe glorioasa Coastă de Azur, în Franța, unde îmi petrecusem multe veri. Deși era englezoaică, numele de sorginte franțuzească o ispitise să plece în Franța, unde îl cunoscuse pe unchiul Enzo, cu care se și căsătorise la vârsta de douăzeci și cinci de ani și se stabilise acolo.

Deși, fără îndoială, învățasem multe de la ea, eram în mare parte autodidactă și cumpărasem toate cărțile disponibile până ce ajunsesem să fac tortul cu blat de pandișpan perfect. Tortul cu fructe îmi luase ceva mai mult, dar ajunsese să fie cel mai apreciat dintre torturile mele. Lucrurile au luat avânt când m-am înscris la un curs pentru decorarea torturilor. O prietenă apropiată mă rugase să-i fac tortul de nuntă și după aceea au început să curgă comenzile. Mi-am asumat riscul și după un semestru deosebit de stresant mi-am dat demisia din învățământ și, din fericire, nu am mai privit înapoi. Am fost chiar nevoită să angajez un ajutor, în persoana lui Sam, studentă la o facultate cu profil alimentar din oraș. A fost dificil la început și a trebuit să strângem cureaua un pic, dar din fericire nu am dus lipsă de comenzi. Am reușit chiar să pun câte ceva deoparte în fiecare lună, încă de la început.

M-am priceput mereu să strâng bani, reușind să fac economii și din salariul de profesoară. Mă îndoiesc însă că fiul meu, Jake, a moștenit aceeași atitudine sănătoasă în privința banilor. E plecat la studii acum și lucrează ocazional, dar își cheltuie salariul imediat ce-l încasează. L-am crescut singură, cu ajutorul părinților mei, care locuiesc aproape, în Southport. Nu a fost mereu ușor, fiind o mamă tânără singură, dar nu aș schimba nimic, pentru nimic în lume. Am reușit să-l cresc fără sprijinul unui bărbat și sunt mândră de rezultat. Jake este un tânăr atent, grijuliu, care nu vine de la facultate cu geanta plină de haine murdare, ci mai degrabă cu un buchet de flori și o sărutare pe obraz (cel puțin de ziua mamei). Mai e puțin până la vacanța de vară, când va veni acasă, și abia aștept să îl revăd.

Capitolul doi

E vineri după-amiază, am fost la cumpărături pe strada Lord, un bulevard magnific, străjuit de copaci, cu magazine împodobite cu fațade decorative de metal, și mă opresc la părinții mei, să bem un ceai împreună.

Părinții mei locuiesc într-o căsuță veche[1] frumoasă, văruită în alb, într-o curte din spatele uneia dintre principalele artere comerciale. Are o ușă albastră lucioasă, proaspăt vopsită, acum că tata s-a pensionat. Însă mama s-a plâns că e singurul lucru pe care l-a făcut de când nu mai lucrează, în ciuda promisiunilor, ani la rând, că imediat ce se pensionează va „schimba cu totul" înfățișarea casei.

Iar asta era exact ce te așteptai să facă Eddie David Dunne. „Eddie cel neabătut". Muncitor, loial, mândru de faptul că nu-și luase o singură zi de concediu medical în peste douăzeci de ani de muncă. Conducea aceeași mașină de doisprezece ani, în ciuda rugăminților mamei pentru o mașină nouă, pe motivul că „nu era nimic în neregulă cu cea pe care o aveau". Bea bere doar în weekend și își cumpăra un pulover nou doar când cele vechi deveneau de nepurtat.

---

[1] Mews house (în engleză în original) – case rezultate în urma reconvertirii, la începutul secolului XX, a grajdurilor nobilimii și camerelor servitorilor situate deasupra acestora, în spații de locuit. (n.tr.)

După ce s-a pensionat însă, lucrurile s-au schimbat complet. „Eddie cel neabătut“ a dispărut și i-a luat locul „Dave cel cutezător“. A venit acasă, după petrecerea de pensionare de la tipografie, unde fusese director general, strângând la piept un card cadou la magazinul cu produse pentru grădină și resturile tortului.

– Ei bine, asta a fost, a spus el.

Mama se pensionase cu cinci ani înainte din postul de organizator de evenimente la teatrul Southport. Mama, o blondă superbă la șaizeci și șase de ani, îmi mărturisise că era îngrijorată în privința tatei, când avea să se pensioneze, și că nu știa cu ce avea să își umple timpul. Ea fusese dintotdeauna foarte sociabilă, fiind membră activă a unei săli de gimnastică, a unui cor și a unui club de carte. Tata nu avea niciun prieten și asta nu îl deranja câtuși de puțin. Astfel încât, atunci când a venit acasă, într-o vineri după-amiază, cu o rulotă nouă-nouță, mama aproape a leșinat.

– În regulă, Gloria, e timpul să ne distrăm, a anunțat el, desfășurând o hartă a Insulelor Britanice, în sufrageria lor ordonată. După ce cutreierăm Anglia, mergem unde vrei tu. Ne așteaptă lumea întreagă.

Și exact asta făceau, de șase luni încoace. Călătoriseră de la Land's End la John O'Groats și peste tot între acestea, și amândoi păreau că întineriseră cu zece ani. S-au întors acasă pentru vreo două săptămâni, apoi pleacă spre Barcelona. Sunt încântată că se bucură de noile lor aventuri.

– Ai adus vreo prăjitură, să avem la ceai? întreabă tata.

– Îmi pare rău, am venit direct de la magazin. Mi-am cumpărat o bluză nouă. Îți aduc preferata ta, data viitoare; tartă Bakewell, parcă, nu-i așa? mă prefac eu că nu știu.

– O, nu scumpo, nu trebuie, spune mama care tocmai intră în sufragerie. O clipă de plăcere, o viață de durere.

Ea a reuşit să-şi menţină silueta, mulţumită iubirii ei pentru dans, plimbări şi răsfăţuri ocazionale.

– La naiba cu asta. O viaţă petrecută în fabrică înseamnă că mi-am câştigat dreptul să mă răsfăţ ori de câte ori vreau.

Mama ţâţâie din buze, dar zâmbeşte.

– În orice caz, ar trebui să ieşi în oraş, la o întâlnire, nu să faci prăjituri pentru noi. Ia să vedem ce bluză ţi-ai luat, e pentru vreo ocazie specială?

Mama nu-şi doreşte nimic mai mult decât să cunosc un bărbat cumsecade, să mă aşez la casa mea. Scot bluza roşie din sacoşă şi mama îşi trece mâna peste stofa plăcută, de şifon.

– O, e foarte frumoasă. Şi îmi place foarte mult culoarea.

– E pentru cina cu fetele. Serios, mamă, cine a zis că sunt în căutarea bărbatului visurilor mele? Sau al coşmarurilor mele? Sunt fericită singură.

Mama ridică din sprâncene, cu o privire care vrea să spună „Cum Doamne iartă-mă să fii fericită singură?" Adevărul însă este că sunt. Sunt foarte ocupată cu afacerea şi am un grup de prietene cu care ies adesea. Şi, desigur, îl am pe Jake. În acest moment, nu am nevoie de complicaţii în viaţa mea. Ultima mea relaţie s-a încheiat cu peste patru ani în urmă. Mă vedeam cu Simon, un coleg profesor de la şcoala unde predam, de vreo şase luni, înainte să se mute la mine. Abia atunci am descoperit că eram cu totul incompatibili, singurul lucru pe care îl aveam în comun fiind serviciul, despre care vorbeam neîncetat. După un an de seri petrecute în casă, cu mâncare la pachet şi sticle de vin, i-am pus capăt. Îmi doream mai mult de la viaţă şi simţeam că nu ne îndreptam nicăieri. Simon a primit vestea mult mai greu decât mă aşteptasem, dat fiind că nu avusesem nicio clipă impresia că fusesem iubirea vieţii lui. Cu siguranţă, eu nu îl considerasem pe el iubirea vieţii mele – trenul acesta plecase de mult pentru mine.

– Spun doar că ai nevoie de cineva care să aibă grijă de tine, din când în când, spune mama, venind lângă mine și sărutându-mă pe obraz. Miroase a Youth Dew, de la Estée Lauder, pe care îl folosește dintotdeauna. Mai ales cu mine și tata plecați. Păcat că nu ne însoțești, uneori.

Nu mă pot gândi la nimic mai neplăcut decât să călătoresc înghesuită cu părinții într-o rulotă, să-mi petrec nopți albe pe un pat pliant și să mă spăl în dușuri comune, unde te trage curentul. Însă dau din cap cu regret.

– Nu vă faceți griji pentru mine, sunt bine, serios. E timpul ca voi să vă distrați împreună. Nu pentru asta e făcută pensionarea?

– Ei bine, ar fi drăguț să vii cu noi data viitoare, când mergem la mătușa Genevieve. Cât timp a trecut de când n-ai mai fost în Franța?

Îmi dau seama, cu surprindere, că au trecut cinci ani de când am văzut-o ultima oară pe mătușa, iar atunci fusese cu ocazia înmormântării unchiului Enzo. În pofida împrejurărilor, de câte ori ieșeam din casă, mă surprindeam fixând cu privirea bărbații pe lângă care treceam, căutând în ei asemănări cu prima mea iubire, André, cu care îmi petrecusem vara, la optsprezece ani. Înfățișarea oamenilor se schimbă uneori mult, cu trecerea anilor, și în plus acesta poate nici nu mai locuia în sudul Franței. Ultima oară când îl văzusem se pregătea să plece în Noua Zeelandă și plănuia să cutreiere lumea.

Aceea fusese una dintre multele veri petrecute la mătușa Gen. Copil fiind, înotam în apa albastră strălucitoare și alergam pe plajele cu nisip alb, fin, din Antibes. Îmi amintesc când am văzut pentru prima dată o orcă uriașă, la parcul acvatic, și tata mi-a spus că era cea care jucase în filmul *Free Willy*. N-am înțeles niciodată de ce i-a făcut mamei cu ochiul.

Era grozav să am o mătușă care avea o patiserie, mai ales că îmi dădea voie să încerc rețete noi. Îmi amintesc și acum ce am simțit când am mușcat pentru prima dată din bezelele ei ușoare ca aerul, savurându-le miezul moale și elastic. Îmi amintesc cum mi se scurgea pe bărbie zeama dintr-o căpșună așezată pe un strat de cremă de vanilie, cuprinsă într-un înveliș de foietaj care se topea în gură. Mă cocoțam pe un scaun de lemn în bucătăria ei și o priveam fermecată cum întindea și împăturea aluatul presărat cu bucăți de ciocolată, pentru foietajele pe care le pregătea. Când strecura tava cu croasante în cuptorul încins, își ștergea cu mâneca sudoarea de pe frunte și de pe pomeții înalți. Își ținea întotdeauna părul frumos, castaniu-închis, într-un coc elegant și buzele îi erau date cu un ruj în nuanța delicată a piersicii. Și îmi amintesc cu precizie mirosul ei: un amestec de vanilie și violete. Mă încearcă un sentiment de vină din cauză că a trecut atâta timp de când n-am mai văzut-o, dar gândul la prăjituri îmi amintește că am de făcut o livrare.

– Bun, trebuie să plec, am spus terminându-mi ceaiul.

– Nu uita de tarta mea, data viitoare, spune tata în timp ce-i sărut pe amândoi de rămas-bun, înainte să pornesc spre școala unde lucrează prietena mea, Faye.

Mă bucur că mi-am găsit o bluză pentru mâine. Uneori îmi ia ore întregi până găsesc ceva care să îmi placă. Încă un lucru tăiat de pe lista mea interminabilă cu lucruri de făcut.

Traversez locul de joacă, trec pe lângă o scară de cățărat, din lemn, minunat colorată, chiar înainte să se sune de pauză la Școala Primară St Thomas: o clădire cenușie din piatră, în stil victorian, în partea opusă a orașului, unde am de livrat niște brioșe. În câteva minute, Faye își face apariția la recepție și îmi deschide să intru.

– Brioșele pentru evenimentul tău, îi spun, întinzându-i comanda de brioșe acoperite cu glazură pastel.

Faye poartă o fustă neagră, până la genunchi, și o cămașă roz care nu trădează cu nimic rockerița din ea, cu excepția poate a părului scurt, țepos, de culoare mov, care-i încadrează ochii mari, albaștri și chipul frumos, în formă de inimă. Vulturul tatuat pe spate nu este niciodată expus la școală. Suntem prietene din timpul liceului și, deși avem gusturi cât se poate de diferite în foarte multe privințe, există și câteva lucruri care ne apropie pentru totdeauna.

– Cine pleacă? o întreb urmând-o în cancelarie, de-a lungul coridorului cu pereți de culoarea magnoliei, acoperiți cu desenele copiilor, reproduceri după *Floarea-soarelui* a lui Van Gogh.

– Mike, de la clasa a șasea. A primit un post la o școală mai aproape de casă, în Wigan. Face mai bine de o oră pe drum, în fiecare zi, să ajungă aici, așa că nu pot să-l acuz că pleacă. Însă e un profesor grozav. Copiii îi vor duce lipsa. Și noi la fel.

Așez brioșele pe o măsuță, lângă un platou cu prăjituri asortate și un tort mare, dreptunghiular, pe care scrie „Mult noroc, Mike!"

– Cine a făcut tortul? întreb eu. Trebuie să îți cunoști competiția, nu?

– E de la supermarket. Se pare că sunt preferatele lui. Știi bine că te-aș fi recomandat, dacă voia unul de casă.

– Doar verificam, îi zâmbesc.

Sinceră să fiu, mă bucur că nu mi-au cerut și altceva în afară de niște brioșe. Acestea se fac repede. Am fost foarte ocupată cu torturi de nuntă în ultima vreme, pentru că e vară și nunțile sunt în toi. Eram ușurată că Sam acceptase să facă ea tortul pentru petrecerea de pensionare a instalatorului. Dar nu mă plâng; lucrurile se pot schimba oricând.

– E în regulă dacă beau ceva de la voi? Mi-a rămas un gust ciudat după ceaiul mamei. Cred că l-a schimbat.

– Nu avem decât niște vin de slabă calitate, spune Faye, arătând către cele două cutii de vin alb, respectiv roșu. E tot ce își permite asociația părinților. Abia aștept să ajung la White Lion mai târziu, să beau o bere adevărată. E un tribut Iron Maiden, dacă îți place.

Lui Faye îi place berea și ține la băutură mai bine decât un bărbat.

– Mă refeream la niște suc. Sunt cu mașina, ai uitat?

Faye toarnă niște limonadă roz într-un pahar de carton și mi-l întinde. Ei își umple unul cu vin alb pe care-l golește dintr-o înghițitură.

– Mersi, dar cred că o să te refuz, de data aceasta. Știi că eu sunt mai degrabă fan Whitney decât Whitesnake. În plus, mai târziu sosește Jake de la facultate, pentru vacanța de vară. Nu vreau să vină și să fie casa pustie. Distracție plăcută!

– Are douăzeci de ani, Liv. Adu-l și pe el, dacă vrei.

– Nu știu de ce, dar nu cred că vrea să-și petreacă timpul cu mama lui și cu prietenele ei, râd eu. Nu, serios. Sunt foarte obosită. Mă culc devreme azi.

– Păcat că nu-ți place muzica de calitate – în ultima vreme, doar pentru muzică și pentru bere mai merg la pub. N-am mai văzut figuri noi – adică tipi mișto – de ceva vreme. S-ar putea să fiu nevoită să extind aria căutărilor, așa că dacă vrei să mergem undeva, într-un weekend, poți conta pe mine.

– Vedem. În regulă, trebuie să plec, ne vedem mâine. Abia aștept să ieșim împreună.

– Și eu.

Mă sărută pe obraz și plec. A fost o săptămână stresantă. Sper să mă mai aline berea și chipeșii ospătari francezi.

În drum spre mașină, îmi bâzâie telefonul, anunțându-mă că am primit un mesaj. Este o altă prietenă, Jo, a cărei ocupație este să plimbe câini.

Ne mai vedem mâine? x

Da, ne vedem la Grapes, să bem ceva înainte de cină.

Abia aştept. Pe mâine. x

Şi Jo a renunţat la un loc de muncă foarte stresant. Al ei fiind în domeniul sănătăţii mintale, în cadrul Institutului Naţional de Sănătate. Nu mai rezistase să răspundă la telefon oamenilor care aveau nevoie disperată de camere pentru rudele cuprinse de depresii, doar ca să le spună că nu erau camere libere şi să-i îndrume către centre aflate la kilometri distanţă. Când, după două zile libere, revenise la serviciu şi găsise biroul plin de cazuri în aşteptare şi căsuţa de e-mail plină de mesaje, n-a mai rezistat. Şi-a luat haina, a ieşit din birou şi a luat autobuzul către casă, unde a stat închisă două zile cu telefonul deconectat. Înainte să se adune şi să înceapă să plimbe câini ca să aibă din ce trăi, s-a uitat fără întrerupere la un întreg serial pe Netflix.

Parchez în faţa casei şi observ o lumină aprinsă. Când mă vede, Jake ridică jaluzelele şi-mi face cu mâna. Cum deschid uşa, mă întâmpină mirosul de cafea. E grozav să-l ştiu acasă.

Capitolul trei

Jake îmi întinde o cafea cu lapte și se așază pe canapea, în sufragerie. Ca de fiecare dată când vine acasă de la facultate, studiez cu atenție înfățișarea fiului meu, dornică să mă asigur că este în continuare sănătos și fericit. Înalt, chipeș, cu părul negru e descrierea pe scurt. Părul castaniu-închis, bogat, este ușor ondulat, are ochi albaștri și buze pline, pe care le moștenește de la mine. În prezent și-a lăsat barba să crească, o barbă scurtă care mi se pare că-l face să pară mai matur decât cei douăzeci de ani ai săi.

– Am găsit astea în cutie, sper că sunt încă bune de mâncat, spune el mușcând dintr-un biscuit florentin, fără să aștepte să-i răspund.

– O, nu, erau încă acolo? Am uitat să le arunc.

Jake se oprește din mestecat, cu o grimasă pe față.

– Glumesc, le-am făcut acum două zile.

Jake îndeasă restul biscuitului în gură.

– Mmm, era prea bun ca să fie expirat. Florentinele și bezelele franțuzești sunt preferatele mele.

Jake a avut dintotdeauna o preferință pentru delicatesele franțuzești. Probabil că e înscris în ADN-ul lui.

– Cum merge școala? Ai făcut bine la ultimul examen? îl întreb cuprinzând cu amândouă mâinile cana cu delicioasa cafea cu lapte și scorțișoară.

– Am făcut bine. Merge bine, cred.

Ridică din umeri.

Pare cu gândurile în altă parte și imediat mă îngrijorez că îl preocupă ceva. De obicei, când îl întreb despre facultate, chipul lui Jake se luminează. Întotdeauna e nerăbdător să îmi povestească despre ce lucruri interesante sau amuzante a mai făcut, astfel încât răspunsul lui blazat mă surprinde într-o oarecare măsură.

– Doar atât, „bine"?

– Da, nimic nou. Toată lumea a plecat acasă, în vacanță. Prietenul meu, Connor, merge cu tatăl lui în Scoția, la alpinism, ceea ce trebuie să fie plăcut.

Oare mi se pare sau detectez o umbră de amărăciune în tonul lui, când vorbește despre relația prietenului lui cu tatăl acestuia? E ceva în atitudinea lui Jake, astăzi, care mă neliniștește.

– Ți-e foame? îl întreb uitându-mă la ceas, care arată aproape ora cinci. Presupun că florentinele acelea îți vor potoli foamea până la cină.

– Doar mă știi, mamă. Mi-e foame întruna. Am mâncat niște pâine cu brânză de dimineață, înainte să pornesc la drum, dar de-atunci n-am mai mâncat nimic. Sendvișurile din tren arătau dubios. De fapt, voiam să gătesc niște paste. Ai niște bacon? Și ardei iute?

Se ridică dintr-un salt de pe canapea și pornește spre bucătărie.

– Întotdeauna, când știu că vii acasă, mă aprovizionez cu bacon.

Nu mă pot împiedica să nu mă întreb pentru cât timp încă va mai *fi* acest loc casa lui. Când termină facultatea ar putea pleca oriunde în lume. Alung sentimentul de tristețe care mă cuprinde când mă întreb cât de des va mai lua legătura cu mine după aceea. Nu vreau să mă gândesc cum ar fi să treacă săptămâni la rând fără ca Jake să dea vreun semn, pentru că se află în cine știe ce zonă îndepărtată și ruptă de civilizație. Sau fără să mai ia legătura cu mine deloc.

Îl urmez în bucătărie și umplu câte un pahar cu vin roșu, având în continuare sentimentul că îl preocupă ceva. El scoate ingrediente din frigider, așa că nu-i văd bine chipul. Mă așez pe un scaun lângă blatul masiv de gătit și îl urmăresc cum toacă niște ardei, ceapă, bacon. Bucătăria este un amestec de tradițional și modern, combinând lemnul masiv, recondiționat, din care sunt făcute blatul și dulapurile, cu tablouri decorative moderne, instalație de iluminat din cupru și un perete de cărămidă aparentă.

– Din păcate nu am ardei iute proaspăt, va trebui să folosești uscat, îi spun arătând către dulap.

– E în regulă. Mai bine, chiar. Nu e nimic mai neplăcut decât un cocoșel iute.

Aproape mă înec cu vinul.

– Poftim?

– Știi tu – dacă nu te speli cum trebuie pe mâini și pui mâna la ochi... sau în altă parte.

Râd în hohote, apoi rămân așteptând să se facă deliciosul sos de roșii picant, realizând că nici eu nu am mâncat aproape nimic de la micul dejun. Jake nu vorbește prea mult, terminând de gătit și părând în continuare ușor preocupat. Nu reușesc să scap de sentimentul că îl deranjează ceva.

– E foarte bun, spun în timp ce înfulec. Cred că ți-ai ratat adevărata chemare.

Jake păstrează un moment de tăcere, apoi se întoarce către mine.

– De fapt, e interesant că ai spus tocmai asta.

Mi se pare mie sau în vocea lui se simte o ușoară neliniște?

– Serios, cum așa?

Jake răsuflă prelung.

– Adevărul este că nu îmi place ce studiez atât de mult pe cât am crezut. Mă gândeam să îngheț un an. Scoate niște tacâmuri dintr-un sertar, evitându-mi privirea.

– Să îngheți un an? Sunt complet bulversată. De unde ți-a venit ideea asta? S-a întâmplat ceva?

Îmi stă inima în loc. Oare ce l-a făcut să își schimbe în felul acesta părerea despre facultate? De aproape doi ani, vorbea despre studii cu un entuziasm debordant.

– Nu, mamă, serios. Mi-am pierdut interesul, atâta tot. Cred că m-am simțit un pic debusolat în ultima vreme, și plecarea lui Connor cu tatăl lui, la alpinism, m-a făcut să mă gândesc la propriul meu tată.

Vorbește pe nerăsuflate, în timp ce își ia paharul cu vin și se îndreaptă spre fereastra bucătăriei, unde rămâne cu privirea pierdută afară, în grădina mică din spatele casei.

Propriul meu tată. Știam că va veni și ziua aceasta, dar mă găsește nepregătită. Încerc să respir normal și să-mi adun gândurile înainte să răspund.

– E firesc să te gândești la el. Și înțeleg că e greu să îți vezi colegii mergând în vacanțe cu tații lor. Dar întotdeauna am încercat să fiu sinceră cu tine în privința lui André. Nu am știut pe unde umblă și până acum n-a părut să te intereseze prea mult.

– Eram doar un copil, izbucnește el. Ai crezut că îl voi uita pur și simplu?

Încerc să mă adun înainte să răspund, tremurând din tot trupul, de emoție.

Se întoarce către mine și ochii lui albaștri sunt încărcați de tristețe.

– Nu, sigur că nu. Chiar crezi că mi-am dorit asta?

– Cine știe. Poate ți-ar fi fost mai ușor.

Pufnește și se întoarce înapoi la fereastră.

Inima îmi bate cu putere. Din tonul lui răzbate o indignare pe care nu am simțit-o până acum.

– Mai ușor? Crezi că e ușor să crești singură un copil? Acum și mie mi-e greu să îmi stăpânesc furia din voce. Am fost mereu sinceră cu tine în privința tatălui tău. Nu știu unde este. S-a întâmplat cu douăzeci de ani în urmă și ar putea fi oriunde.

– Dar ai încercat măcar să-l cauți?

Vocea lui e acuzatoare și întrebarea mă lasă fără aer.

– Nu știam de unde să fi început. Mi-a trimis o singură dată o scrisoare, în Franța, după plecarea lui, în care îmi spunea că într-o săptămână pornea iar la drum și că avea să călătorească dintr-un loc în altul. De atunci nu mi-a mai dat niciun semn. Ce era să fi făcut?

Mă doare inima când văd cât de supărat este Jake și-mi dau seama cât de naivă am fost. Chiar crezusem că nu va pune niciodată întrebări despre tatăl lui? Chiar mă amăgisem crezând că iubirea cu care l-am înconjurat eu și bunicii lui avea să fie de ajuns?

– Uite ce e, nu vreau să mai vorbesc despre asta. Nu tata este motivul pentru care mă gândesc să renunț la facultate. Vreau să devin bucătar profesionist. Și cred că e timpul să încep să iau decizii pentru mine. Acum urc să mă uit la un film. Noapte bună, mamă.

Urcă scările în fugă, în timp ce lacrimile care se tot adunaseră amenință să mi se rostogolească pe obraji. Oare l-am controlat, în mod inconștient? Eu i-am sugerat să studieze psihologia, dar poate că am făcut asta pentru că psihologia m-a interesat pe mine dintotdeauna. Sau se poartă așa de teamă că nu voi fi de acord cu o asemenea schimbare? Jake spune că nu s-a hotărât ce vrea să facă în viitor. Eu însă am decis să fac un lucru pe care ar fi trebuit să îl fac de mult. Îl voi găsi pe tatăl lui Jake.

Capitolul patru

Barul *Grapes* e destul de aglomerat pentru ora șapte, într-o seară de sâmbătă. Am avut o zi groaznică și am ieșit doar pentru că nu îmi place să îmi dezamăgesc prietenele. Jake și-a petrecut aproape întreaga zi în camera lui și vreau să mai aștept un pic înainte să continuăm discuția. Abia dacă mi-a vorbit, toată ziua, în afară de bună dimineața, când a venit să-și umple o sticlă cu apă înainte să iasă la alergat. Cred că aceasta a fost prima noastră ceartă adevărată și mă simt epuizată. Tot ce mi-a spus azi-noapte îmi răsună în minte fără încetare. Expresia de pe chipul lui, când m-a înfruntat, mă bântuie și acum. Era acuzatoare și încărcată de regret. Nici măcar torturile pe care le-am pregătit azi (unul în formă de dinozaur, pentru un copil de patru ani, și două pentru aniversarea a patruzeci de ani de căsnicie) nu au reușit să mă relaxeze și încă resimt tensiunea în umeri.

În ciuda gândurilor care nu-mi dau pace, sunt hotărâtă să mă simt bine în seara petrecută cu prietenele mele în oraș. Când intru împreună cu Jo și Faye, de-a lungul barului din lemn șlefuit sunt așezați bărbați tineri care beau bere la sticlă și privesc către noi. Un tip blond în blugi negri strâmți și o cămașă de blugi albastru-deschis îmi surprinde privirea și zâmbește. Pare de vârsta lui Jake și mă simt, dintr-odată, bătrână.

Faye își croiește drum către bar și, nu peste mult, ocupăm un separeu, cu o tavă cu băuturi pe masă, între noi. Jo și cu mine am optat pentru câte o margarita, pe când Faye bea obișnuita halbă de bere autentică. Soarbe cu poftă.

– Ah, aveam mare nevoie. A fost o săptămână aglomerată. Să vină vacanța, nu mai e mult!

– O meriți. Nu multă lume, în școala aia, muncește din greu, ca tine, spun înainte să iau și eu o sorbitură din cocktailul aromat.

Știu că așa este. Faye nu pleacă aproape niciodată mai devreme de ora șase, până ce nu termină de pregătit planul de lecție pentru orele din ziua următoare. Sala ei de clasă abundă de creativitate, lucrările elevilor ei acoperind fiecare spațiu disponibil. Copiii o adoră.

– Așadar, ceva bârfe de la școală? întreabă Jo, o tipă micuță și plină de energie, cu un păr castaniu lung, mătăsos, pe care când plimbă câinii îl adună în coc.

– Nu chiar. O, cu excepția faptului că domnul Long și domnișoara Summer au o aventură.

– Prin urmare, împreună fac o vară lungă[1], zâmbesc eu. Stai așa, nu se poate numi aventură dacă amândoi sunt necăsătoriți. Nu sunt căsătoriți, nu-i așa?

– Așa este, dar se pare că le place să se furișeze în dulapurile din școală. Poate îi excită riscul să fie prinși. Ori asta, ori nu se pot abține până la sfârșitul orelor.

Ah, primii fiori ai iubirii! Îmi amintesc de vara aceea din Franța, în 1998, când eu și André simțeam exact la fel. Îmi

---

[1] Joc de cuvinte bazat pe sensurile cuvintelor Long = lung și Summer = vară (în engleză în original) (n.tr.)

amintesc dorința nestăvilită de a ne săruta, de a ne atinge, de a ne ține de mână. Ne aruncam unul altuia priviri, pe deasupra tuturor, în camerele înțesate de oameni, dorindu-ne cu disperare să fim singuri. O pasiune ca nicio alta, care ești convins că va rezista pentru eternitate.

– Organizam un club de tenis, pentru after-school, și am mers să-mi adun echipamentul, continuă Faye. Când intru în depozitul cu echipament sportiv, imaginați-vă surprinderea mea să dau cu ochii de un set de mingi cu totul diferit. Râde în hohote, apoi soarbe din nou cu poftă din bere.

Povestim ce-a făcut fiecare în săptămâna care a trecut, iar Jo ne amuză cu o istorie despre unul dintre câinii ei, care și-a făcut nevoile pe treptele unei case chiar în clipa în care proprietarul acesteia ieșea să plece.

– În timp ce eu trăgeam disperată de lesă. Era și cel mai mare dintre toți. Harold, dogul german, care avea de asemenea un ditamai rahatul. Și tipul care ieșea din casă era drăguț.

Abia pot să respir de râs. Pentru asta aveam nevoie să ies din casă. Le povestesc despre comenzile de torturi de peste săptămână, inclusiv tortul în formă de toaletă, care nu e nici pe departe la fel de amuzant ca întâmplările lor. Am hotărât să nu le spun despre Jake, dat fiind că trebuie să mă gândesc bine la ce am de făcut. În seara aceasta nu vreau decât să mă relaxez.

– Așa, fetelor, suntem pregătite? întreabă Faye, golindu-și halba.

Tipul cu părul blond de la bar îmi zâmbește din nou când ieșim. Poate îi amintesc de mama lui.

Restaurantul *Le Boulevard* are pereții zugrăviți în roșu strălucitor, împodobiți cu afișe cu Moulin Rouge și alte obiective turistice din Franța. Mesele din lemn, fără fețe de masă, sunt decorate cu lumânări mari, roșii, iar aplicele din fier forjat de pe perete emană o lumină delicată.

De cum intrăm, se face simțită aroma de usturoi. Ne întâmpină Eric, un ospătar chipeș, cu pielea măslinie și ochii verzi, pătrunzători.

– Bună ziua, doamnelor, ce mai faceți?

– Bine, mulțumim, tu?

– Foarte bine. Vă rog să mă urmați.

Eric ne conduce la masa noastră, cu vedere spre trotuarul animat al străzii Lord. Grupuri de prieteni se îndreaptă însuflețiți către diverse destinații de petrecere a serii și perechi de îndrăgostiți, zâmbind larg, merg la braț.

– Și Jake ce face în seara asta? întreabă Jo, studiind meniul.

– Dacă nu și-a schimbat planul de săptămâna trecută, se vede cu prietenii. Cred că vor merge la un film, apoi se opresc undeva să mănânce.

– A adus vreo fată acasă, să o cunoști?

– Nu, știu că are un grup de prieteni la facultate, dar nu a menționat pe nimeni în mod special. Am renunțat să îl mai întreb despre vreo prietenă, dat fiind că mi-a spus că voi fi prima care află, când e ceva serios.

Eric ne aduce băuturile. Faye este ușor dezamăgită că nu au bere artizanală, așa că se mulțumește cu o bere franțuzească, îmbuteliată. Eu și Jo împărțim o sticlă de Chardonnay și comandăm de mâncare.

– O, și mai vreau un coniac mare, spune Faye închizând meniul cu băuturi.

– De fapt, Jake m-a întrebat aseară despre tatăl lui, mă pomenesc vorbind, deși nu avusesem de gând să spun ceva. Iau o gură din vinul rece, proaspăt.

– O, uau. Ei bine, presupun că avea să se întâmple odată și-odată, spune Jo cu blândețe. Știai asta.

– Da. Cred însă că nu eram pregătită. Ceea ce e de-a dreptul stupid, dat fiind că am avut douăzeci de ani la dispoziție. Timpul parcă a zburat.

Mai iau o gură de vin.

Faye pare surprinsă.

– Serios? Cum așa, te-a întrebat din senin?

– Da. Deși e clar că se gândește la asta de ceva timp. Sunt surprinsă că nu m-a întrebat până acum. Poate că am evitat subiectul prea mult timp. Ne-am certat.

– Ce a zis? întreabă Faye cu o expresie îngrijorată.

– În principiu, că trebuia să fi făcut mai mult. Mai mult sau mai puțin, m-a acuzat că l-am vrut numai pentru mine și că m-am așteptat să uite că și-ar fi dorit vreodată să-și găsească tatăl.

– O, ce dur! Ești sigură că ești bine? întreabă Faye.

– Da. Voi fi. O să mă gândesc la asta mâine. În seara asta vreau să încerc să mă relaxez. Dacă îmi permiteți.

– Eu n-am nimic împotrivă. Ce fac mama și tatăl tău? întreabă Jo. Tot în călătorie în jurul lumii?

– Categoric. E ca și cum au început o nouă viață. S-a dovedit că tata e un adevărat aventurier. Vor pleca în curând în Spania.

– Poate că a așteptat să se pensioneze ca să facă totul. Unora le place să își organizeze viața pe compartimente, nu-i așa?

– Ba da. Dar uneori viața trebuie trăită în prezent. Să profiți de weekenduri. Bătrânețea este un privilegiu, nu este garantată tuturor.

– Presupun, spune Jo. Vecina de sub mine, care a lucrat ca funcționar public, s-a înscris la lecții de dans după ce s-a pensionat. Acolo și-a cunoscut viitorul soț; cred că și-au cumpărat de curând o casă de vacanță în Franța.

– Nu ai și tu o mătușă care locuiește în Franța? întreabă Faye.

– Ba da, mătușa Gen. Chiar ar trebui să merg s-o văd, iar Sam e pregătită să își asume mai multe responsabilități. Poate reușesc să aflu câte ceva despre locul unde se află André, cât sunt acolo. De fapt, tot vine vacanța, ce zici să vii cu mine, Faye? Și tu, Jo, desigur, dacă poți să te învoiești.

– Mi-ar plăcea, dar încerc să îmi iau vacanță în septembrie, să merg în Grecia. Atunci sunt zborurile mai ieftine. În plus, nu-mi pot dezamăgi frecvent copilașii, zâmbește Jo cu căldură.

– Glumești! Cum să nu! spuse Faye. Îmi amintesc când mergeam împreună, în adolescență. Dacă nu mă înșel, eu ți-am făcut cunoștință cu André. Faye este cuprinsă de entuziasm. Când plecăm? Acesta este un motiv să sărbătorim.

Îi face semn ospătarului și cere o nouă băutură.

Gândurile la Franța dispar în momentul în care telefonul bâzâie, anunțându-mă că am primit un mesaj. E Sam, care îmi spune că avem o comandă DUM, care este codul pentru „de ultim moment". Îmi termin aperitivul, apoi o sun din baie.

– Bună, Liv. Iartă-mă că te deranjez. Știu că nu îți place să refuzăm clienți. Fac eu tortul, în noaptea asta, dacă vrei. Nu am nimic altceva de făcut.

Sam e singură, deocamdată, după ce a încheiat o relație de doi ani, care nu ducea nicăieri.

– Nu te superi? Ce doresc?

– O replică a Palatului Parlamentului. Nu îți face griji, lucrez toată noaptea.

– Glumești!

– Sigur că glumesc. Vor un tort cu blat de pandișpan, pe care să scrie „La mulți ani, mamă!" După toate aparențele, clienta a vrut să facă ea însăși tortul, dar l-a făcut scrum – a uitat de cuptor, cu ochii la un episod din *Games of Thrones*. Probabil va pretinde că l-a făcut ea însăşi.

O şi văd pe Sam zâmbind larg la capătul firului.

– În regulă. Ştii unde găseşti cheia de rezervă. Ca să ştii, Jake e acasă, a venit în vacanţă. Acum e în oraş cu prietenii, aşa că s-ar putea să se întoarcă mai târziu, cherchelit. Şi nu îţi face griji, te voi plăti corespunzător pentru efort. Tariful de weekend, pentru început.

– Mulţumesc, Liv. Şi mulţumesc că m-ai avertizat în privinţa lui Jake. Seară plăcută în continuare!

Cinăm, bucurându-ne de mâncarea grozavă. Eu şi Faye începem cu supă de ceapă, iar Jo alege pate. La primul fel, Jo şi Faye comandă midii care miros apetisant a usturoi şi pătrunjel când sunt aduse la masă. Eu aleg muşchi de vită clasic, în sos béarnaise.

– E dumnezeiesc, spune Faye ştergându-şi gura cu şervetul. Sper că mâncarea aceasta e la fel de bună ca în Franţa. O, nu îmi vine să cred că mergem!

– Vreţi să încetaţi, mă faceţi să fiu invidioasă, spune Jo dându-şi ochii peste cap, dar zâmbind în acelaşi timp.

– Scuze. Doar că nu mă aşteptam să merg undeva în vara aceasta.

Vestea a transformat complet seara lui Faye, lucru care mă face şi pe mine să mă simt mai bine. Cu un prieten alături, totul pare mai uşor.

Mănânc aproape în tăcere totală. Friptura este fragedă şi sosul cremos de tarhon e garnitura perfectă. La sfârşit, sunt atât de sătulă încât mă întreb dacă mai am loc pentru desert.

– Cum să nu iei desert într-un restaurant franţuzesc? exclamă Faye îngrozită. E cea mai bună parte a mesei.

Atrage atenția unui ospătar și comandă încă o bere și un coniac mare Napoleon.

Fac o pauză de zece minute, apoi comand o cafea liégeois – cafea, înghețată și cremă Chantilly într-o cupă de înghețată. Faye și Jo își comandă tartă tatin cu înghețată de vanilie și salivează extaziate la sosirea desertului.

Mult prea repede, seara noastră ajunge la final și reușim să găsim un taxi în strada aglomerată.

– Am o sticlă de Jack Daniels acasă, dacă mai vrea cineva un păhărel înainte de culcare, spune Faye cu speranță.

– Îmi pare rău, Faye, dar mâine trebuie să mă trezesc devreme, spun eu.

– Și eu. La șapte am prima plimbare. E un husky care distruge literalmente casa dacă nu e scos la prima oră.

Ne îmbrățișăm și stabilim să ne revedem în cursul săptămânii, la cafea.

– Până atunci o să am mai multe informații despre Franța, îi spun lui Faye.

Eu sunt prima care coboară din taxi și, în timp ce ies din mașină, sper să îl găsesc pe Jake treaz ca să putem vorbi puțin. Îmi displace atmosfera tensionată dintre noi. Le fac prietenelor mele cu mâna și mă gândesc că Faye nu va avea nicio problemă să dovedească de una singură sticla aceea. Nu vreau să pară că o judec în privința băuturii, dar sunt ușor îngrijorată. Mai ales când bea singură.

Capitolul cinci

E trecut de 12.30 noaptea când intru în casă și sunt surprinsă să dau cu ochii de Jake și de Sam cuibăriți pe canapeaua gri de stofă din sufragerie. Sam poartă o cămașă neagră cu papagali multicolori și o fustă scurtă portocalie peste colanți negri. Jake e îmbrăcat într-o pereche de pantaloni de casă și un tricou negru.

– Salut. Așadar, ați terminat tortul cu Palatul Parlamentului? o întreb pe Sam în timp ce îmi descolăcesc eșarfa din jurul gâtului și o arunc pe un scaun împreună cu geaca neagră de piele.

Jake îmi aruncă o privire surprinsă, dar nu spune nimic. Mă gândesc din nou că trebuie să lămuresc lucrurile cu el după ce pleacă Sam.

– M-am răzgândit. Am făcut unul de pandișpan, de 25 de centimetri, în schimb. Apropo, arăți foarte bine, te-ai distrat?

– Mulțumesc. Da, a fost grozav, ne-am amuzat și mâncarea a fost foarte bună. Dacă mi-aș permite, aș mânca acolo în fiecare seară.

– Unde ați fost? întreabă Sam.

– La *Le Boulevard*, în centru.

– O, da! Și mie îmi place acolo. Ai impresia că ești în Franța, spune Sam visătoare.

Jake abia dacă s-a uitat la mine și cred că Sam începe să-și dea seama, căci se uită când la mine, când la el. Își termină cafeaua și își ia haina, gata de plecare.

– Așa, ar trebui să plec. Tortul e gata. Mulțumesc pentru cafea și pentru companie, Jake.

– Oricând.

Jake zâmbește.

– Ești un înger, mulțumesc, Sam, îi spun și traversez încăperea să o îmbrățișez.

Mă urmează pentru o clipă în bucătărie și acolo, pe masă, văd cel mai adorabil tort. Mesajul „La mulți ani, mamă!“ este scris delicat cu albastru-închis peste glazura roz. Tortul e decorat cu trandafiri albi și roz. Este perfect.

– O, Sam, este minunat. Orice mamă ar fi fericită să aibă un asemenea tort de ziua ei. Și știu că e la fel de bun pe cât e de frumos.

O conduc și-i fac semn cu mâna, urmărind-o cum dispare după colț în Fiatul ei roșu. Jake a venit și el să-și ia la revedere.

– Ai avut o seară plăcută cu Sam? îl întreb când intrăm în casă.

– Da, uitasem cât e de simpatică. Se lasă din nou pe canapea. De fapt, îți amintești ce ziceam ieri? Ei bine, ea m-ar putea ajuta.

– În ce fel? întreb precaută, de parcă aș fi putut uita despre ce am vorbit cu o zi înainte.

– Păi, se pare că unchiul ei are un restaurant numit *Sticla și Paharul*, la câțiva kilometri de aici. Sunt tot timpul în căutare de personal în bucătărie. Dacă vreau, îmi oferă un post.

– Și vrei?

– De ce nu? răspunde el defensiv. Am citit puțin despre el pe internet, continuă Jake. Recenziile sunt grozave. Sam spune că m-aș integra cu ușurință.

E adevărat, *Sticla și Paharul* este un restaurant de la periferie, cu o reputație foarte bună. Dar îmi dau seama că încerc să suprim un sentiment de ușoară iritare la adresa lui Sam, pentru că îl încurajează pe Jake să renunțe la facultate. În pofida faptului că el vrea să abandoneze studiile, am convingerea că ar avea mai multe oportunități dacă și-ar termina mai întâi facultatea. Deși îmi devine din ce în ce mai clar că părerea mea nu contează.

– Ești convins că asta vrei să faci, Jake? Este o decizie importantă. Merg în bucătărie să-mi iau un pahar cu apă. Nu vreau să mă doară capul de dimineață. Ce ar fi să lucrezi acolo peste vară, apoi să te întorci să-ți termini studiile?

– Nu am luat o decizie pripită. De câteva luni nu mă gândesc decât la asta, spune el împreunându-și mâinile la ceafă și expirând prelung. Să gătesc este singurul lucru care mă entuziasmează în ultima vreme.

– Dar și fără să îți placă foarte mult psihologia, după ce îți finalizezi studiile, ai putea să îți iei o diplomă postuniversitară în pedagogie și să predai.

Îmi dau seama că mă agăț de un fir de păr. Meseria de profesor pe mine m-a epuizat și e vorba de viața lui. E om în toată firea. Dar nu vreau să renunțe la facultate.

– Da, sigur. Nu e asta meseria la care ai renunțat tu din cauza stresului? Nu, mulțumesc.

Disting în tonul lui o notă atipică de sfidare.

– Știu, Jake. Mă port ca orice mamă. Îmi doresc tot ce e mai bun pentru tine. Ești sigur că nu ai alte motive pentru o asemenea schimbare?

– Știu. Și nu, nu s-a întâmplat nimic special. Deși studiul psihologiei s-a dovedit edificator, cel puțin am învățat ceva.

– Ce vrei să spui cu asta, edificator?

– Am învățat despre efectele pe care lipsa tatălui le are asupra dezvoltării unui copil și alte lucruri similare. Nu spun că am fost nefericit, dar mi-a dat de gândit, atâta tot. Poate că nu e niciodată prea târziu pentru un tată să fie prezent în viața copilului său.

Mă simt vinovată.

– În fine, vom vedea. Nu m-am decis încă definitiv. Dar dacă nu se schimbă nimic până la sfârșitul verii, cred că asta voi face.

Nu pot decât să sper.

Jake are dreptate, iar eu am crezut dintotdeauna că trebuie să ne urmăm visurile. Am cunoscut mult prea mulți oameni captivi în slujbe chinuitoare, care numără zilele rămase până la pensionare. Dar privesc viața și sub aspect practic. Vreau să spun, visul meu a fost să trăiesc în sudul Franței, cu iubirea vieții mele, într-o căsuță la marginea mării și iată unde am ajuns...

Capitolul șase

E duminică dimineața și mă pregătesc să le fac o vizită părinților mei înainte de plecarea lor spre Spania.

Iau două torturi pe care trebuie să le livrez în drum spre ei și tarta Bakewell, pentru tata, conform dorinței lui. Prima dată livrez tortul pentru petrecerea copiilor – aceasta începe mai devreme. Petrecerile au atins un nivel cu totul nou – recent am pregătit un tort în formă de unicorn, cu trei etaje, pentru petrecerea unor copii de cinci ani. A fost piesa de rezistență, așezat în centrul unei mese încărcate cu tratații dulci, într-o sală închiriată care oferea și opțiunile de divertisment. Aproape am leșinat când și-a făcut apariția un unicorn în carne și oase pe care copiii s-au plimbat afară. (Da, evident că era un ponei cu un corn artificial, vopsit în culorile curcubeului, dar chiar și așa!) Ce s-a întâmplat cu petrecerile la care se servea gem și înghețată și ne jucam scaunele muzicale, în sufrageria aglomerată a unuia dintre noi, apoi plecam acasă cu o felie de tort într-un șervețel de hârtie?

Lângă unul din clienți e o florărie, așa că voi intra să cumpăr un buchet pentru mama. Le-am simțit lipsa, în ultima vreme, prinsă cu treburi cum am fost. O să fie ciudat să mă aflu în zonă și să nu pot trece pe la ei. Tata este omul potrivit cu care să vorbesc despre Jake. El mi-ar spune ce gândește deschis și fără ocolișuri.

E o zi frumoasă, așa că, după ce am livrat torturile și am cumpărat un buchet de frezii, mă hotărăsc să fac o plimbare cu mașina, pe lângă țărmul mării. În zonă, oamenii glumesc că nimeni nu mai merge la plajă în Southport pentru că apa este prea departe. Acum însă nivelul apei e crescut și mângâie blând nisipul plajei în timp ce soarele dansează peste apă. Las mașina și pornesc către digul alb de lemn, care a fost complet renovat cu câțiva ani în urmă. Un tren albastru se îndreaptă cu zgomot către capătul digului, gata să adune părinți și copii care chicotesc și fac veseli cu mâna mecanicului de locomotivă. Trenul îi va purta până la o cafenea și o sală de jocuri, în celălalt capăt al digului, trecând pe lângă câteva standuri care vând gogoși fierbinți și vată de zahăr. În cafenea, un automat eliberează mărunțiș pentru jocurile mecanice din epoca victoriană. Geamurile sunt largi, cât peretele, oferind o priveliște magnifică asupra mării sclipitoare. Este unul dintre cele mai plăcute locuri unde să stai cu o cafea, reflectând asupra vieții și străbătând cu privirea întinderea de ape către North Wales.

Trec pe lângă un carusel vopsit în culori vesele, unde obișnuiam să-l aduc pe Jake când era mic și privesc zâmbind copiii care cuprind strâns cu brațele gâturile animalelor colorate. Îmi amintesc zâmbetul lui Jake, săltând în ritmul caruselului, de parcă a fost ieri. Mă întreb când a trecut timpul. Peste câțiva ani ar putea veni aici cu copiii lui. Asta dacă rămâne prin zonă, ceea ce, mă gândesc, e mult mai probabil dacă renunță la facultate.

Mă hotărăsc să iau o cafea. Merg să mă așez pe o bancă orientată spre mare și nu peste mult își face apariția un pescăruș care se lasă cu îndrăzneală pe marginea mesei, sperând să primească mâncare. Aşteaptă un minut sau două, până ce înțelege că nu e rost de nimic, apoi își ia zborul cârâind. Nu mi-am imaginat niciodată că și la aproape patruzeci de ani voi locui tot aici, deşi este un oraş foarte plăcut. Am o meserie pe care o iubesc, prieteni buni și sunt foarte norocoasă că am ambii părinți aproape de mine. În cea mai mare parte a timpului, în orice caz. Cu toate acestea, mă aşteptasem ca viața mea să fi urmat un alt curs. Dar poate mulți oameni au sentimentul acesta. Anii au trecut cu repeziciune și mă întreb, nu pentru prima oară, contemplând întinderea de ape dinaintea mea, dacă n-ar fi trebuit să încerc mai mult să dau de urma tatălui lui Jake. Dar nu aveam pe cine să întreb. Nu mă dusese niciodată la el acasă și nu știam multe lucruri despre prietenii lui. Când nu era la lucru, petreceam fiecare clipă împreună și nu aveam ochi decât unul pentru celălalt. Ultima oară când am fost acolo, am avut inima îndoită dacă să-l caut sau nu pe André. Dar de când Jake și-a exprimat dorința să-și cunoască tatăl, nu mă pot gândi la nimic altceva. Trebuie doar să îmi fac un plan.

Sunt smulsă din gânduri de strigătele cuiva.

– Opreşte! La picior!

Apoi, „la naiba", urmat de lătrat de câini. Un cocker spaniel și doi labradori aleargă urmați de o femeie micuță care se ține cu disperare de o căciuliță din lână colorată, târâtă de avântul acestora. E Jo.

Câinii fugăresc o pisică portocalie care se refugiază în siguranță pe un parapet înalt dinspre mare.

– Ce mama naibii caută o pisică în apropierea apei? întreabă Jo, cu răsuflarea tăiată, când mă recunoaște. De unde a apărut?

În apropiere nu se află decât chioșcuri unde se vând dulciuri, înghețată și săli de jocuri. Nu se vede nicio casă.

– Nu știu, râd eu. Poate dintr-unul din apartamentele de deasupra magazinelor? Indiferent de unde vine, a avut noroc să scape.

Jo răsuflă și se așază pe banca de lemn.

– Aş sta să beau o cafea cu tine, dar e deja târziu și trebuie să ajung la părinții mei, spun eu uitându-mă la ceas.

– Nu e nimic. Nu m-am oprit să beau ceva, doar să-mi trag sufletul. Peste o oră trebuie să plimb doi shih-tzu.

Mă însoțește înapoi la mașină, cu câinii mergând alături liniștiți, acum că pisica a dispărut. Atunci o zărim pe Faye ieșind din barul de peste drum. Părul ei inconfundabil o face ușor de recunoscut. Mersul îi e nesigur și urcă împleticit și chicotind într-un taxi, însoțită de un bărbat. Ridicăm mâna și-i facem semn amândouă, dar nu ne vede. Nu mă pot stăpâni să nu îmi fac griji și-mi spun să-i dau un telefon mai târziu. Notez totodată numărul taxiului. Pentru orice eventualitate.

Intru în casa părinților mei și-i găsesc pe amândoi așezați la masa de pin din sufragerie, vopsită recent într-o nuanță caldă de alb.

– Bună, mamă, bună, tată, spun arătându-i acestuia tarta.

– O, foarte frumos! spune el împăturind ziarul.

– Scuze, mamă, nu știu ce-a fost în capul meu. Tu pleci și eu îți cumpăr flori.

– A, mulțumesc, ador freziile. Și rezistă multă vreme. Voi pune un bănuț în vaza cu apă, e un truc vechi, dar funcționează. Merg să pun de ceai, să bem cu prăjitura.

O urmez pe mama în bucătăria încăpătoare, amenajată în stil rustic. Aprinde focul sub ibric și pune o lingură de frunze de ceai într-un ceainic de sticlă. Când apa începe să fiarbă, se aude telefonul și mama iese să răspundă. Termin de pregătit ceaiul și îl aduc pe o tavă, împreună cu tarta. Când termină de vorbit, mama spune că a fost mătușa Gen.

– Ce mai face? Mă gândeam să o vizitez, în curând.

– Ei bine, sincronizarea nu putea fi mai bună, spune mama turnând ceaiul și tăindu-i tatei o felie generoasă de tartă. Face, în sfârșit, operația aceea la genunchiul care îi dă de furcă de ani de zile. Intervenția este programată pentru săptămâna viitoare.

– O, păi, în cazul acesta va avea nevoie de ajutor.

O văd pe mătușa înconjurată de ustensilele de copt, cu făina împrăștiată peste tot pe blatul masiv de lemn. Un zâmbet larg pe chipul ei perfect. Întotdeauna era impecabil aranjată, chiar și când gătea.

– Știu că ești ocupată, dar dacă te-ai hotărât, ar fi bine să mergi să o vezi. Nu se știe niciodată, nu întinerește; niciunul dintre noi nu întinerește. Ochii mamei se umezesc, gândindu-se la sora ei mai mare, care anul acesta împlinește șaizeci și opt de ani. Dacă tu mergi acolo mai repede, cred că ne putem schimba și noi planurile, în așa fel încât să trecem să o vedem, după operație. Stăm în apropiere de Barcelona, așadar nu vom fi prea departe. Adevărul este că trebuia să fi făcut operația aceasta cu ani în urmă, dar nu a vrut să facă o pauză. Valerie putea foarte bine să deschidă dimineața, dar ea a ținut morțiș să fie acolo de la prima oră. I-am tot spus: „Ce sens mai are să fii șef, dacă nu lași pe altcineva să se ocupe din când în când, să te mai și odihnești?"

– E greu să faci asta când ești foarte pasionat, spune și tata. Și când e afacerea ta, nu ai încredere în nimeni că ar putea face lucrurile mai bine decât tine, în lipsa ta, oricât ar fi de priceput.

E bine că eu am încredere în Sam. Nu am nicio problemă

să o las să se ocupe de tot când plec. Mă bucur că m-am hotărât să plec acum, cu Faye; pe lângă faptul că vreau să îl caut pe André, trebuie să mă asigur că mătușa e bine. Gândul la această călătorie mă umple de entuziasm și de teamă în aceeași măsură. E timpul să înfrunt trecutul.

Iulie 1998

– Bună ziua și bine ați venit la Marineland, cel mai interesant parc acvatic din Europa. Sunteți pregătiți de spectacol?

Mulțimea, mai ales copiii mici, țipă de încântare. Bat din picioare, cu nerăbdare, pe podeaua de lemn și zgomotul răsună în sală.

Tânărul continuă să interacționeze cu publicul. Are părul negru, prins în coadă, ochi albaștri și cel mai năstrușnic zâmbet pe care l-ați văzut vreodată. Poartă pantaloni scurți și are numele André înscris pe un ecuson arămiu prins pe tricoul polo de culoare roșie. Eu și Faye suntem așezate pe băncile de lemn din rândul al doilea. Miroase a pește din gălețile aflate pe scenă, pregătite să hrănească focile și delfinii. Îl urmăresc cu admirație pe tânărul care captivează cu deosebită ușurință publicul. La un moment dat, privirea lui o întâlnește pe a mea și zâmbește larg. Îmi feresc privirea, sperând că nu m-am făcut roșie ca racul.

– Îi place de tine, mă împunge Faye cu cotul. De când am venit, nu și-a luat ochii de la tine.

– Nu cred. În plus, cred că pune ochii pe câte o fată la fiecare spectacol, spun eu, deși în secret mă simt măgulită că i-am atras atenția.

Chiar este cel mai frumos bărbat pe care l-am văzut vreodată.

– Iar acum, vreau să știu dacă se oferă cineva din public să-i dea un sărut vedetei spectacolului nostru.

Imediat, ca la comandă, din bazin se ridică o orcă având pielea strălucind, stropind împrejur și udând spectatorii din primul rând, care țipară de încântare.

– Mergi, acum ai ocazia să te apropii mai mult de el, spune Faye apucându-mi mâna și înălțând-o în aer.

– De o balenă ucigașă? Chiar nu mă pot gândi la ceva mai plăcut.

– Eu mă refeream la instructor. Îmi dau seama, după cum îl privești, că și ție îți place. Mergi, spune ea, practic împingându-mă spre scenă.

– A, avem un voluntar.

Mulțimea aplaudă în timp ce el mă ajută să urc treptele din lemn către scena de lângă bazin. Merg cu grijă pe platforma udă, căci sunt încălțată în sandale cu talpă înaltă, de plută.

– Cum te numești, dacă îmi permiți să te întreb?

– Olivia, dar prietenii îmi spun Liv.

Mă îmbujorez năprasnic și nu-mi vine să cred că prietena mea m-a încurajat să fac asta.

– Atunci, Liv este, spune el fixându-mă cu ochii aceia în care am impresia că mă pierd.

Și accentul acela!

André e și mai frumos de-aproape. Ochii lui de un albastru-deschis sunt încadrați de niște gene negre pe care le-ar invidia orice femeie. E ușor bronzat și are dinții albi ca zăpada. Seamănă cu fotbalistul David Ginola. Când se uită la mine, vede o siluetă suplă și înaltă, cu o coamă bogată de bucle castaniu-închis, ochi verzi, rotunzi și buze pline. Mulți tineri și-au manifestat interesul să iasă cu mine, dar nu l-am luat în serios pe niciunul. Sunt cât se poate de conștientă că sunt genul acela de studenți care caută o iubire de-o vară și te uită imediat ce începe anul școlar. Poate că sunt cinică pentru cineva atât de tânăr. Sau poate am văzut *Grease* de prea multe ori.

– Așadar, Liv, spune el vorbind cu accentul acela franțuzesc, melodios. Walter, balena noastră ucigașă, este foarte prietenos. Vrei să dai mâna cu el? Ca la comandă, Walter întinde o aripioară și eu o apuc cu îndoială. Spectatorii aplaudă cu entuziasm. Și acum, ce zici de un pupic?

André mă încurajează să mă apropii și să mă aplec. Walter se apropie încet de marginea bazinului și deschide ușor gura, dezvelind două șiruri de dinți ascuțiți. Nu îmi vine să cred că sunt pe cale să pup o balenă ucigașă. Mă aplec și o sărut în grabă, apoi mă retrag imediat, în timp ce mulțimea izbucnește în aplauze zgomotoase.

– Mulțumesc, Liv! Doamnelor și domnilor, aplauze pentru frumoasa noastră voluntară.

Mulțimea se conformează cu bucurie.

Mă întorc la locul meu lângă Faye și urmăresc restul spectacolului, care include delfini sărind prin cercuri și lei de mare jonglând cu mingi și făcând semne către spectatori. Copiii sar în sus și în jos pe locurile lor, încântați.

La finalul spectacolului, când lumea începe să plece, nu mă surprinde că André vine cu pas săltat și cu mâinile în buzunare către mine.

– Ne vedem afară, îmi spune Faye, făcându-mi cu ochiul și alăturându-se mulțimii care se îndreaptă spre ieșire.

– Ia spune, ți-a plăcut spectacolul?

Zâmbește.

– Impresionant. De când lucrezi aici?

Inima îmi bubuie în piept și sunt sigură că mi s-au înroșit obrajii, cu toate acestea reușesc să îmi înfrâng timiditatea și să vorbesc cu el.

Mergem pas la pas către ieșire și îmi spune că lucrează la Marineland de mai bine de un an și că locuiește într-un sat aflat la câțiva kilometri depărtare.

– Am pus bani deoparte, îmi spune. Aş putea asculta accentul acela delicios cât e ziua de lungă. La sfârșitul verii, merg să stau la un prieten, în Noua Zeelandă. După aceea, cine știe? De când mă știu, visul meu a fost să călătoresc.

Îi spun că stau peste vară la mătușa mea, care are o patiserie, și chipul i se luminează când aude.

– Patiseria Genevieve? O știu. Mai face prăjiturile acelea cu cremă și cu glazură de miere și violete? Sunt grozave!

– Îi voi spune mătușii că are un admirator. Da, le mai face. Se numesc „albinițe". Sunt și preferatele mele.

Când ieșim, mă fixează cu privirea și mă întreabă dacă voi reveni să văd spectacolul.

– Are rost să-l văd de două ori? îl tachinez eu.

El își înclină capul într-o parte și mă studiază cu privirea.

– Poate. Deși, nu, probabil va fi la fel. Rostul ar fi că te-aș revedea.

Râde.

Este atât de incredibil de chipeș, încât îmi imaginez că este obișnuit ca fetele să-i soarbă fiecare cuvânt și să încuviințeze cu nerăbdare când sunt întrebate dacă vor reveni la spectacol. Nu mă pot împiedica să nu mă întreb câte or fi căzut sub vraja lui.

– Dacă nu vii din nou la spectacol, mâine, ne putem vedea la o cafea? Sau la o înghețată? La *Danielle's*, cofetăria de la malul mării. Am două ore libere între spectacole. Să zicem, mâine la ora unu? Trebuie să te revăd. M-ai hipnotizat cu ochii tăi mari și verzi.

Este o replică ieftină, dar e drept că ochii mei sunt elementul care atrage atenția tuturor. Sunt mari și au o nuanță deosebită de verde-deschis, încadrați de gene negre lungi și dese. Străbunica mea a fost irlandeză, iar eu sunt singura din familie care a moștenit culoarea ochilor ei.

Sunt hotărâtă să rezist farmecelor lui André, dar cu fiecare clipă petrecută în compania lui, determinarea mea slăbește.

*

Evident, a doua zi eram la cofetăria de la malul mării și, în timp ce mâncam înghețată, simțeam cum alunec vertiginos sub vraja lui. L-am văzut și a doua zi, și în ziua care a urmat. Faye a plecat după o săptămână petrecută cu mine și, deși noi două ne-am distrat împreună, André era mereu prezent în gândurile mele.

Ne-am petrecut vara înotând în apa caldă și plimbându-ne pe plajă, sub lumina lunii. După ce trecea ora de vârf din prima parte a zilei, la patiserie, André trecea pe la mine înainte să înceapă tura lui la Marineland. Când mătușa nu era atentă, se apleca peste vitrina de sticlă și-mi fura un sărut. Am devenit foarte repede unul dintre acele cupluri îndrăgite de toți, plimbându-ne pe lângă familiile aflate la picnic, pe plajă, eu visând la ziua în care aveam să fim și noi una dintre familiile acelea, jucându-ne cu copiii noștri. Copiii noștri aveau să fie cei mai frumoși – cu pielea măslinie a lui André și cu ochii mei verzi.

Prima dată când m-a sărutat, în umbra răcoroasă de la baza digului, am crezut că leșin. Nu mai fusesem sărutată așa niciodată. Era cu doar doi ani mai mare decât mine, dar era atât de sigur pe el, atât de versat! Ne plimbam, ținându-ne de mână, prin piața descoperită din Antibes, pe lângă tarabele multicolore cu fructe și flori. André a cumpărat niște căpșuni și mi-a îndesat una în gură, apoi m-a tras pe o străduță laterală și m-a sărutat pătimaș. Eram îmbătați de iubire.

Spre sfârșitul verii eram convinsă că avea să renunțe la gândurile de călătorie în Noua Zeelandă, acum că întâlnise iubirea vieții lui. Nu știam ce ar spune părinții mei dacă aș fi vrut să rămân să trăiesc în Franța, dar cel puțin o aveam pe mătușa. Într-o zi am ieșit și am cumpărat un lănțișor de argint cu un pandantiv, o inimă frântă; pe jumătatea mea scria „iubire“, pe jumătatea lui André, „eternă“.

Când m-a invitat la o cină „specială“, la lumina lumânărilor, la un restaurant cochet – *La Terrace* – cu o seară înainte de plecarea lui spre celălalt capăt al lumii, mi-a stat inima în loc. M-am simțit matură și eram convinsă că urma să îmi spună că își schimbase planurile în privința plecării. Mi-a luat o veșnicie să mă hotărăsc cu ce să mă îmbrac, alegând în cele din urmă o rochie roșie până la genunchi, cu un decolteu discret. André mi-a spus că sunt frumoasă. Am împărțit o porție de profiterol la desert și, la sfârșitul cinei, am ieșit pe terasa restaurantului, împodobită cu lampioane, și am privit în largul mării.

– Nu voi uita niciodată această vară, a spus André, trăgându-mă spre el și privindu-mă în ochi. Dar suntem atât de tineri, Olivia!

Era pentru prima dată când îmi rostea numele întreg.

Cuvântul „dar“ mi-a străpuns inima. Dintr-odată, apele strălucitoare și florile colorate care umpleau terasa au fost acoperite de umbre.

– Avem toată viața înainte. Trebuie să ne urmăm visurile, a continuat André în timp ce inima mi s-a prăbușit grea până în tălpile de plută ale frumoaselor mele sandale.

A continuat să privească peste ape, cu privirea pierdută în depărtări.

– Care *este* visul tău, André? am întrebat, temându-mă, cu fiecare fibră a ființei mele, de ceea ce avea să-mi spună.

– Vreau să văd lumea, a spus el. Să înot cu delfinii în Florida, să văd balenele ucigașe în Oceanul Arctic. Vreau să văd creaturile magnifice de la parcul acvatic în mediul lor natural.

Vorbea cu o pasiune pe care nu i-o văzusem până atunci.

M-am simțit ca o proastă, pentru că visul *meu* era să trăiesc acolo, în Antibes, într-o căsuță la malul mării, unde într-o zi, poate, mi-aș fi deschis o patiserie cu iubirea vieții mele.

Mi s-a făcut rău. André nu voia să se așeze la casa lui. Și cine l-ar fi putut condamna? Avea douăzeci de ani, iar eu optsprezece. Dar și părinții mei se cunoscuseră la aceeași vârstă și erau fericiți și acum. A doua zi, el urca într-un avion cu destinația Noua Zeelandă, promițând să-mi scrie și am crezut că inima avea să mi se frângă în două.

Câteva săptămâni mai târziu, am primit o carte poștală și o scrisoare de la el. Spunea că îi e dor de mine, dar era totodată entuziasmat să cutreiere Noua Zeelandă împreună cu prietenul lui, înainte de a porni spre Australia. Nu avea o adresă fixă, dar avea să încerce să-mi mai scrie. Dacă a făcut-o, eu nu am mai primit nimic și în curând era timpul să mă întorc înapoi în Anglia.

Mătușa Gen a încercat să mă binedispună cu prăjituri făcute special pentru mine și cu plimbări de-a lungul litoralului Nisei, dar nimic nu mi-a ridicat moralul. Oriunde priveam, ceva îmi amintea de André: plaja, cofetăria de la malul mării și toate cafenelele de la stradă, unde ne ținuserăm de mână fără nicio grijă. Și, desigur, fațada impunătoare a parcului acvatic Marineland. Într-un fel, îmi doream să nu fi călcat vreodată acolo. Era vina lui Faye. Dacă ea nu-mi ridica mâna să merg pe scenă! Dar asta era situația, nu puteam da timpul înapoi. Și există și o parte a acelui trecut pe care nu vreau să o șterg.

Nu mă simțeam bine și începusem să-mi doresc să dorm din nou în patul meu și să-mi revăd părinții. Mătușa mi-a spus că suferam din dragoste și că tânjeam de dor, că prima dezamăgire este cea mai dureroasă, lucru pe care am ajuns să-l înțeleg. Ceea ce era ciudat era că deși suferam în Antibes, mă temeam totodată că, odată întoarsă la viața mea în nordul Angliei, amintirile mi s-ar fi estompat și ar fi dispărut. Habar nu aveam atunci că purtam cu mine o amintire a verii acelui an, 1998, care urma să înfrunte timpul.

Capitolul șapte

Luni dimineața, devreme, o sun pe Faye să văd dacă are timp, după ore, să bem o cafea împreună și să vorbim despre vacanța noastră în Franța, dat fiind că i-am scris deja mătușii Gen să verific dacă putem veni amândouă. Vreau totodată să mă asigur că e bine, după ce am văzut-o urcând în taxi cu individul acela, la ieșirea din bar. Intră mesageria vocală și mă cuprinde îngrijorarea. E aproape ora opt, așa că ar trebui să fie trează. Poate că e deja în drum spre școală și de aceea nu răspunde. O să încerc mai târziu. Ca să îmi abat gândurile, deschid laptopul să verific ce comenzi au mai venit, înainte să o sun pe Sam și să văd dacă se poate ocupa ea de tot timp de câteva săptămâni. Din fericire, e de acord și-mi spune că, la nevoie, o va recruta pe prietena ei, Nic, studentă ca și ea.

Jake coboară scările în timp ce eu așez niște felii de pâine în toaster și pornesc mașina de cafea. E îmbrăcat în jeanși și un tricou.

– Nu ar trebui să fii în trening?

Aleargă aproape în fiecare dimineață. Un obicei pe care ar trebui să îl adopt eu însămi, dacă vreau să mă mențin în formă și să evit operațiile la genunchi, mai târziu.

– Cred că sar peste asta azi. De fapt, am chef să pregătesc ceva. Ce zici de o prăjitură cu lămâie?

Jake ia trei lămâi din coșul de fructe și începe să jongleze cu ele.

– Prăjitură cu lămâie, zici? Ești plin de surprize. Pâinea mea s-a prăjit și ung generos o felie cu unt. M-am hotărât să fiu cât se poate de deschisă la minte în privința planurilor de viitor ale lui Jake. Ador prăjitura cu lămâie și sunt dispusă să judec fără părtinire dacă ai un viitor în domeniu, așa că dă-i bătaie. Eu voi răspunde la niște e-mailuri și Sam ajunge în curând, să înceapă lucrul la un tort în formă de teren de fotbal.

Torn cafea pentru amândoi.

– Grozav. Poate o ajut, zâmbește Jake.

– Nici să nu te gândești, până ce nu gust prăjitura cu lămâie; ești încă un amator. Am o reputație de protejat, glumesc eu agitând spre el cuțitul cu urme de dulceață.

– Deocamdată, sunt.

Jake ciupește ștrengărește din felia mea de pâine cu unt și așază alte două felii în aparatul de prăjit pâine.

Îmi e mai greu decât am crezut să fiu relaxată cu privire la decizia lui Jake de a renunța la facultate. Nu vreau să îl presez vorbind despre studiile lui universitare, dar cu cât mă gândesc mai mult la asta, cu atât îmi dau seama că are dreptate să aibă incertitudini că și-ar găsi cu ușurință un loc de muncă bine plătit cu o diplomă în psihologie. Cu toate acestea, îmi doresc să își termine studiile. În ziua de azi, nu e ușor să găsești de lucru. Totodată, trebuie să găsesc momentul potrivit să-i spun despre plecarea mea în Franța.

Toate la timpul lor însă. Mă așez cu cafeaua mea delicioasă și cu pâinea unsă cu dulceață să răspund la e-mailuri și observ un mesaj nou. Este de la mătușa Genevieve.

Bună, Liv,

M-am bucurat să primesc mesajul tău și mă bucur nespus că vii în curând, cu Faye. Știu ce bine vă simțiți împreună. Mi-a spus mama ta că ești foarte ocupată cu afacerea. Mă bucur că merge bine! Este cu adevărat o mulțumire deosebită să contribui cu ceva făcut de tine la un eveniment special în viața cuiva, nu-i așa?

După cum știi, în ultimele săptămâni eu am lăsat-o mai ușor, căci mi-a făcut genunchiul probleme. Însă nu îți face griji, sunt sigură că operația programată să aibă loc în curând va rezolva problema. Din fericire, cum i-am spus despre asta, Olivier s-a oferit să vină și să mă ajute. Spune că îmi va fi mereu recunoscător pentru că l-am învățat să facă pâine. Cred că îi face plăcere să se bucure de pasiunea lui din când în când.

Lilian Beaumont încă vine în magazin în fiecare dimineață și încearcă toate pâinile. O să vezi, când ajungi. Unele lucruri nu se schimbă niciodată.

În fine, te las să îți vezi de treburi. Anunță-mă imediat ce tu și Faye ați rezervat biletele de avion.

Vorbim curând, cu drag,

Gen xx

Închid e-mailul și mă gândesc că abia aștept să o văd pe mătușa. Nu e rău nici că-l voi revedea pe Olivier. Deși e un crai bătrân, are o inimă de aur și un umor nestăvilit. Mătușa mi-a povestit că venea tot timpul în magazin, când era copil, să admire prăjiturile și să se bucure de aroma pâinii proaspete. Când era doar un adolescent, mătușa i-a oferit de lucru în weekenduri și l-a învățat să facă pâine, lucru la care s-a dovedit cu adevărat talentat. Provine dintr-o familie înstărită, de oameni de afaceri, are un iaht și nu-i lipsește absolut nimic, și cu toate acestea adoră să treacă pe la patiserie și să ajute ori de câte ori poate. Și zâmbesc gândindu-mă la Lilian Beaumont. Este cea mai bună prietenă a mătușii Gen, în Franța. În exterior, proiectează o imagine de temut, dar în interior este moale ca miezul unei bezele. Când eram copil, mă învăța cuvinte noi în limba franceză și îmi spunea că manierele te ajută oriunde în lume. Aducea cu un star de cinema, cu părul negru, buclat, încadrându-i chipul drăgălaș. Pielea îi era deschisă la culoare și atrăgătoare și era suplă ca o trestie. Întotdeauna lăsa în urma ei o dâră de Chanel no. 5.

După ce termin cu e-mailurile, o sun din nou pe Faye, care răspunde la al doilea apel.

– Hei, ce faci?

– Bună, Faye, sper că nu ești la volan.

– Dacă eram, n-aș fi răspuns, râde ea. Abia am parcat în curtea școlii; e ultima săptămână a semestrului. Abia aștept vacanța. Tu ești bine?

– Da, sunt bine. De fapt, te-am sunat să mă asigur că tu ești bine.

– O, de ce n-aș fi?

Nu sunt sigură că ar trebui să-i spun ce am văzut și mă simt dintr-odată stânjenită. E om în toată firea, independentă. Poate era mai bine să stabilesc cu ea doar să luăm cafeaua împreună.

– O, nimic. Doar că te-am văzut ieri în oraș. Eu și Jo ți-am făcut cu mâna, dar nu ne-ai văzut. Urcai într-un taxi cu un tip.

Tace preț de o secundă sau două.

– E vreo lege care interzice asta? întreabă în cele din urmă.

– Sigur că nu! Doar că... Știi ceva, nu contează.

– Nu, spune, doar că?

– Ei bine, te clătinai pe picioare. În calitate de prietenă a ta, mi-am făcut griji că urci într-o mașină cu un necunoscut, atâta tot. Auzi tot felul de povești, în vremurile astea.

– Îți faci prea multe griji. Și ca să știi, îl cunoșteam, vag. A fost profesor suplinitor la școală, pentru o vreme, cu câțiva ani în urmă. Chiar crezi că sunt atât de proastă încât să urc într-o mașină cu un străin?

– Iartă-mă, Faye, nu, sigur că nu.

– În orice caz, îți mulțumesc pentru grijă, râde ea. Deși, dacă m-a păscut vreun pericol, acela a fost să mor de plictiseală – nu-i mai tăcea gura despre ferma la care lucrează. Se pare că meseria de profesor nu a fost nici chemarea lui. Acum știu tot despre arat și rotația culturilor. Ca să nu mai vorbesc despre solul fertil și compost. Apoi a turuit o oră întreagă despre cafeaua organică pe care o beam, invidiindu-i pe fermierii din pădurile Etiopiei. „Pun pariu că acolo nu trebuie să porți vestă termică." Răsfoia revista *National Geographic.* Când m-a invitat să urc la o cafea, nu m-am gândit că el chiar despre cafea vorbea. O oră mai târziu, am chemat un taxi și s-a nimerit să fie același cu care venisem. Am intrat în vorbă cu șoferul. Ne întâlnim să vedem împreună trupa Disciples of Doom, la pub, săptămâna viitoare. În fine, trebuie să fug. Abia mai am timp pentru o cafea, înainte să adun copiii din curte. Dar mai e un pic și se încheie semestrul. Iu-hu! Cafea, mâine, la cafeneaua de pe dig? Să zicem, pe la cinci?

– Bine, îi trimit un mesaj lui Jo, să vedem dacă poate și ea. Pe mâine.

Închid telefonul și mă întreb când îl va întâlni Faye pe bărbatul visurilor ei. Deși presupun că același lucru se întreabă și mama despre mine. Diferența este că eu nici măcar nu îl caut.

După-amiază, livrez niște torturi și când mă întorc îl găsesc pe Jake în bucătărie, cu o oală pe aragaz.

– Miroase bine, spun în timp ce-mi dau haina jos.

– Este un sos pentru paste. Rețetă proprie, spune el cu mândrie. Așază-te! Vrei niște vin?

– Sigur, doar puțin.

Jake îmi toarnă un pahar de Merlot și văd pe masă o prăjitură.

– La desert, prăjitura cu lămâie, după cum am promis, spune din nou cu mândrie.

– Sunt impresionată. Poate că ai învățat ceva de la mine, urmărindu-mă în toți anii aceștia.

Jake îmi servește o porție de tagliatelle cu carne de vită și mireasma ierburilor aromatice îmi face stomacul să ghiorțăie. Înfășor pastele pe furculiță, în sosul cremos de roșii și gust. E absolut delicios.

– O, uau, Jake, te pricepi la treaba asta cu gătitul. Mă gândesc că nu greșește dorind să urmeze o carieră în domeniu. Ia spune, ce altceva ai mai făcut azi?

– În afară de aceste capodopere culinare? Nu prea multe. Sam a fost aici, mai devreme. Am mai stat de vorbă, cât a decorat tortul acela în formă de teren de fotbal.

– Îți place de Sam, nu-i așa? îl întreb eu sorbind o gură de Merlot, înainte să devorez porția delicioasă de paste.

La douăzeci și șase de ani e puțin mai mare decât Jake, dar par să se înțeleagă bine.

– Da, e grozavă. Nu am mai cunoscut pe nimeni ca ea. Nu seamănă cu fetele de la facultate. Poate din cauză că e puțin mai mare. E altfel și e cu picioarele pe pământ, în pofida faptului că ai ei sunt înstăriți.

Sam e norocoasă că își permite să decidă ce vrea să facă în viață, fără grabă, deși nu a făcut un secret din faptul că, într-o bună zi, și-ar dori să aibă propria ei afacere cu prăjituri.

– Știu, am fost acasă la familia ei, în Churchtown. Locuiesc într-una din casele acelea imense, în stil victorian, cu o grădină care pare că nu se mai sfârșește. Mama ei are un magazin cu haine elegante de închiriat și unul cu haine de epocă, iar tatăl ei este scenarist de teatru și televiziune. Câteva dintre piesele lui au fost difuzate la televizor, din câte știu.

Îmi amintesc de seara trecută, când am venit și i-am găsit cuibăriți pe canapea și mă întreb dacă nu cumva e ceva între ei. Dar nu vreau să las gândurile acestea să mă distragă; trebuie să vorbesc cu Jake despre André.

– Jake, m-am gândit să merg în vizită la sora bunicii tale, în Franța, pentru câteva săptămâni. Știi că urmează să suporte o intervenție chirurgicală la genunchi și m-am gândit să merg să o ajut.

– OK, interesant. Păi, știi că lași afacerea pe mâini bune, cu Sam. Iar eu o pot ajuta cu livrările și alte treburi. Voi fi acasă ziua. Am reușit să mă angajez, câteva nopți, ca barman, la *Victoria*.

Victoria este localul din apropiere.

– Cum rămâne cu ucenicia în bucătărie, la *Sticla și Paharul*?

– E un pic cam prea departe. O să caut un restaurant în oraș. Până atunci, *Vic* e suficient, am nevoie de niște bani în plus.

Încă mai sper că până se termină vacanța, Jake va renunța cu totul la gândul de a lucra într-o bucătărie și se va întoarce la universitate.

– E grozav dacă o poți ajuta pe Sam cu livrările, mulțumesc. De fapt, Jake, m-am mai gândit. Aș putea să încerc să aflu unde este tatăl tău, dacă tot mă duc acolo.

Jake se întoarce către mine.

– Serios? O, mamă, chiar crezi că e posibil să găsești pe cineva care-l cunoaște?

Chipul lui Jake exprimă atâta nerăbdare, încât îmi dau seama cât de important este pentru el.

– Nu sunt șanse mari, oftez, încercând să nu-i dau speranțe false. Dar merită să încerc, nu? Dacă încă îți dorești asta.

– Da, mulțumesc, mamă. Mă anunți imediat cum afli ceva? Uau, nu îmi vine să cred.

Mai vorbim despre una, alta, apoi Jake sare de pe scaun și aduce două farfurioare din dulap. Mă simt ușurată că vorbim din nou. Sunt încă ușor îngrijorată în legătură cu planurile lui privind facultatea, dar pentru moment aleg să nu mă gândesc la asta. Nu vreau să îl îndepărtez și mai mult vorbind mereu despre asta.

– Și acum, spune el tăind două felii generoase din prăjitura cu lămâie, piesa de rezistență.

Îmi înfig dinții în ea. La naiba, s-ar putea să fie cea mai bună prăjitură cu lămâie pe care am gustat-o vreodată! Este foarte fină, iar aroma de unt și lămâie îmi gâdilă papilele gustative.

– Pe toți sfinții, Jake – este absolut fantastică. Cred că e mai bună decât a mea. Sunt în stare să mai mănânc o felie.

– Un compliment minunat, dar ești *mama mea*, la urma urmei. În orice caz, mulțumesc.

Chipul îi strălucește.

– Crede-mă, e adevărul, spun lingându-mi buzele să nu pierd nicio fărâmă din glazura lipicioasă și bună.

– Mulțumesc, mamă! Ți-am spus că îmi place să gătesc. Mâine s-ar putea să încerc să fac bezele. O, mă pregătesc să ies. Mă întâlnesc cu niște prieteni în oraș să bem ceva, apoi ne întoarcem la Matt. S-ar putea să rămân acolo peste noapte.

Îmi verific e-mailul, apoi urc să fac o baie lungă. Jake iese luând din mers o felie de prăjitură și îndesând-o în gură. Încerc să nu mă mai gândesc la nimic, dar nu mai pot acum, după ce i-am spus lui Jake că voi încerca să dau de urma tatălui său. În sufragerie, aprind televizorul și văd că e gata să înceapă filmul *Chocolat*, cu Johnny Depp. Nu mă simt în stare să îl urmăresc, așa că aleg în schimb o emisiune de tip reality-show despre serviciile de urgență.

Presupun că trebuia să vină și vremea asta, să încerc să dau de urma tatălui lui Jake. Încă nu îmi pot imagina cum ar fi să îl găsesc și cum i-aș spune că are un fiu.

Capitolul opt

Nu îmi vine să cred că peste câteva zile voi fi în Franța, în apartamentul cu trei dormitoare al mătușii mele, amplasat deasupra patiseriei. Când eram copil, eram fascinată de toate lucrurile din casa ei. Mi se părea că sunt într-un decor de film: ușile franțuzești care se deschid spre un balcon mare, din care, peste acoperișuri, vezi marea strălucind. Întreg apartamentul era amenajat cu stil, cu canapele mari de culoare bej și plante în ghivece mari de alamă, din loc în loc. Pe măsuțele din onix șlefuit erau așezate veioze somptuoase.

Pereții erau împodobiți cu fotografii înfățișându-i pe Gen și unchiul Enzo zâmbind pe punte în mijlocul apelor turcoaz ale Coastei de Azur. Aveau o mică ambarcațiune și ieșeau adesea în larg, luându-mă cu ei, când eram acolo. Îmi amintesc cum opream în locuri izolate să ne scufundăm în apele cristaline, apoi făceam grătar pe punte.

M-am trezit devreme și, trecând pe lângă camera lui Jake, văd ușa deschisă, dar el nu este acolo. După un moment de panică, îmi amintesc că a spus că rămâne la un prieten. Mă întreb dacă ajungem vreodată să nu ne mai facem griji în privința copiilor noștri. Jake a împlinit de curând douăzeci de ani, dar eu tot îmi fac griji ca atunci când era copil. Poate din cauză că am avut mereu grijă de el singură.

În timp ce scot din cămară torturile pe care trebuie să le livrez azi, sună telefonul.

– Bună, Liv, nu te rețin. Vreau doar să îți spun că sunt liberă azi, la cinci, să iau cafeaua cu tine și cu Faye, la cafeneaua de pe dig. S-ar putea chiar să-i întreb dacă fac angajări, oftează Jo.

– Ai o dimineață grea, Jo?

– Se poate spune și așa. Am lăsat ca fraiera un labrador din lesă, în parcul Hesketh, căci am crezut că nu mai e nimeni în jur, dar după colț era un grup de băieți, jucau fotbal. Potaia a făcut pipi pe rucsacul unuia, apoi a furat plăcinta cu carne din geanta altuia. Nu s-a mulțumit cu atât. După ce a mâncat plăcinta, a dat buzna pe teren, le-a furat mingea și a fugit cu ea. Nu mi-a fost niciodată mai mare rușine!

– O, Jo, spun printre hohote de râs. Măcar nu te plictisești la muncă. Cât crezi că vei rezista să servești cafea, la capătul digului?

– Asta cam așa e. Și adevărul este că iubesc câinii. Altfel n-aș putea face treaba asta. În fine, pe mai târziu.

Încarc cu grijă torturile în mașină și plec, zâmbind încă la amintirea isprăvii câinelui lui Jo. Am de făcut câteva livrări în oraș, între care un tort pentru o nuntă cu temă gotică. Tortul este acoperit cu glazură neagră, decorată cu păianjeni roșii. Ceremonia se desfășoară în curtea unui hotel, lângă un copac bătrân care este considerat un simbol al fertilității.

Mergând pe potecă spre o casă unde am de livrat un tort în formă de sirenă, văd în fereastră o fetiță. Scoate limba la mine și mă stăpânesc cu greu să nu-i răspund cu un gest vulgar. Mama copilei se minunează la vederea tortului, admirând nuanțele fosforescente ale glazurii de pe lângă coada sirenei.

– O, privește, Chantilly, cât e de frumos!

Fetița privește peste capacul cutiei și scoate din nou limba.

– Nu e destul de mare. Voiam unul atât de mare, spune ea întinzând brațele grăsuțe.

– O, draga mea, nu-i nimic, data viitoare vei avea unul și mai mare, spune mama și pare dezamăgită, deși tortul este destul de mare și foarte frumos decorat.

Pun banii pentru tort în geantă și îi urez lui Chantilly petrecere frumoasă. Mă privește inexpresivă, cu brațele încrucișate. Mă gândesc că niciun tort în formă de castel, în mărime naturală, n-ar mulțumi-o.

Pe drumul înapoi, mă întreb dacă mama ei știe că și-a botezat copila după numele unei creme franțuzești de vanilie.

Urc în trenulețul albastru care merge spre capătul digului, pentru că bate vântul și nu am chef să merg pe jos distanța de aproximativ 800 de metri. Aproape de destinație, le văd pe Jo și Faye mergând împreună, strâns înfofolite în haine.

– Leneșo! mă admonestează Jo când cobor. Eu ar fi trebuit să iau trenul, am plimbat câini toată ziua.

– Știu. S-ar putea să mă fi lenevit un pic.

– Eu aveam nevoie de plimbarea asta să mă mai dezmeticesc, spune Faye. Ultima săptămână de școală este întotdeauna atât de haotică! Ieri, un copil a sărit gardul, în stradă, să ia mingea pe care o aruncase peste gard. I-a dat palpitații directorului.

– Copiii nu se poartă niciodată așa cum trebuie, nu-i așa? spun eu, amintindu-mi propriile experiențe din anii petrecuți în învățământ.

– Poți s-o mai spui o dată. Haideți, să intrăm, am nevoie să beau ceva, râde Faye.

Eu și Jo ne luăm câte o cafea cu lapte și sendvișuri, iar Faye cere un pahar mare de vin alb.

– Începi devreme, spun eu când ne așezăm la masa cu vedere spre apă.

– Exact. Sunt, oficial, în vacanță și am nevoie de asta.

Cuprind între palme paharul înalt de cafea. Chiar și într-o zi plăcută de iunie, ca aceasta, vântul pe dig e tăios.

– Vă dați seama, peste câteva zile, voi două veți privi apele albastre ale Mediteranei, spune Jo cu privirea pierdută peste Marea Irlandeză ușor agitată, ale cărei valuri se izbesc de dig.

– Recunosc, abia aștept să fac o plimbare pe plajă, sub soare. Pun pariu că aici vara va fi mohorâtă, ca de obicei, spun eu privind norii cenușii, mari, care traversează cerul.

Mai luăm ceva de băut și vorbim încă vreo oră, apoi Jo propune să schimbăm niște mărunțiș și să mergem să ne jucăm în sala de jocuri de alături.

Sala în stil victorian mă face întotdeauna să mă întorc în timp, când Jake era copil și îl aduceam acolo după plimbarea în carusel. Într-o vitrină de sticlă, un cap de țigancă veselă citește cărțile de tarot și îți comunică soarta pe un bilețel, după ce introduci o monedă. Mai sunt jocuri mecanice, o casă bântuită și multe altele asemenea.

– Te las eu cu mașina, îi spune Jo lui Faye, care a venit cu autobuzul, când ieșim, puțin după șapte și jumătate, în aerul rece de pe dig.

Trenulețul albastru se îndreaptă zornăind spre noi și de data aceasta urcăm toate trei.

– Noaptea abia începe, am chef să beau ceva. Veniți și voi? întreabă Faye când coborâm.

– Eu nu, mulțumesc. Și mâine trebuie să mă trezesc devreme, spun eu. Nu pot să ies în fiecare seară.

– Mă gândeam la o bere sau două. Nu îmi vine să merg acasă de-acum, atâta tot. Sper că nu mă judeci prea aspru, spune ea pe un ton ușor tăios.

– Sigur că nu! Știu doar că eu nu mă pot trezi devreme dacă beau mai mult de un pahar-două.

Încerc să râd, dar îmi dau seama că am jignit-o pe Faye.

Ne îmbrățișăm și ne spunem noapte bună, iar Jo mă roagă să o salut pe mătușa Gen din partea ei.

– Pe vineri, spune Faye. Mi-am pregătit ghidul de conversație în limba franceză. Abia aștept.

Plecând, îmi doresc ca Faye să se bucure de vacanță așa cum merită. Și în pofida împrejurărilor vizitei mele, sper că și eu voi petrece momente plăcute.

Capitolul nouă

– Așa. Sunt programate șase livrări pentru mâine. Nic a promis să facă biscuiții cu afine pentru cafeneaua de pe dig, un tort cu blat de pandișpan, Victoria, și unul cu morcovi pentru marți. Torturile de nuntă sunt pentru săptămâna viitoare.

Verific totul cu Sam, în bucătărie, vineri dimineața, lipind bilețele pe cutiile cu comenzi de livrat.

– Totul este organizat până în cele mai mici detalii, spune Sam zâmbind. Nu îți mai face griji!

– Știu, scuze, nu mă pot abține. Am fost și am cumpărat toți coloranții alimentari și toate esențele la care te poți gândi, așa că ar trebui să nu îți lipsească nimic. Știu că las totul pe mâini bune, îi spun.

Cu toate acestea, știu că voi verifica e-mailurile în fiecare dimineață, întrebându-mă neliniștită dacă vor fi livrate comenzile la timp. Nic, prietena lui Sam, s-a oferit să ajute cu livrările și chiar și în bucătărie. A făcut de curând niște biscuiți cu afine pentru o ceainărie din oraș pe care o aprovizionez și proprietarul acesteia mi-a spus că au fost cei mai buni pe care i-a mâncat vreodată. E bine să știi că ai la cine apela, la nevoie. Orgoliul nu are ce căuta în afaceri.

Jake își face de lucru pe lângă noi.

– Nu îți face griji, mamă, decorez eu torturile de nuntă, dacă vrei, mă necăjește el.

– OK, asta este. Nu mai plec.

Mă așez pe un scaun în bucătărie.

– Mama, ți-am spus. Fac doar livrări. Prăjituri nu fac decât ca să-mi satisfac propria lăcomie.

Recapitulăm totul pentru a mia oară, apoi sunt gata de plecare.

– În regulă. Să mă sunați, dacă apar urgențe.

Îi îmbrățișez pe amândoi și-l sărut pe Jake pe obraz, aruncând o ultimă privire asupra bucătăriei, întrebându-mă dacă am uitat ceva.

– Mamă, pleacă odată, spune Jake ridicându-mi valiza și practic împingându-mă pe ușă afară.

Expir prelung în timp ce pornesc motorul și mă îndrept spre apartamentul lui Faye.

*

După un zbor liniștit, ajungem în Franța pe o vreme glorioasă, cu o temperatură de douăzeci și șase de grade și niciun nor pe cerul senin.

– O să iau ceva rece de băut, spune Faye în timp ce tragem după noi valizele pe podelele lustruite ale aeroportului din Nisa, trecând pe lângă grupuri de turiști cu pălării și ochelari de soare în drum spre biroul de închirieri auto. Sunt dezamăgită când văd coada la biroul unde vrem noi să închiriem mașină, în timp ce la cele de alături nu e nimeni. Tipic. Se avansează în pas de melc, întrucât nu lucrează decât un funcționar, un individ mustăcios, ursuz.

– Incredibil, comentează lângă mine un domn englez, în vârstă. Presupun că nu e ca la Tesco[1]. Acolo, când se adună lumea la coadă, mai deschid o casă.

Faye revine cu două sticle reci de Orangina[2]. Deschid una și beau lung, cu sete. În aeroport, aerul este înăbușitor. După cincisprezece minute, când mi-a pierit și dorința de a trăi, își face apariția încă un funcționar și face semn celui aflat la rând să se apropie de ghișeu. Slavă Domnului! Nu mai durează mult și suntem trimise, cu documentele de rigoare, în parcarea de peste drum, să intrăm în posesia autovehiculului.

Ieșim în lumina soarelui și în căldura care îmi mângâie brațele goale mă străbate un fior de entuziasm. Îmi pun ochelarii de soare și o privesc pe Faye, care respiră cu nesaț.

– Nu-i așa că îți place mirosul de vacanță pe care îl simți când cobori din avion? exclamă ea.

– Da. Inhalez și eu aerul umed, nefamiliar și privesc câțiva palmieri legănându-se în bătaia vântului. Ești gata să pornim la drum?

Își pune și ea ochelarii.

– Sunt gata.

Pe drumul cu mașina, către Antibes, de-a lungul litoralului, peisajul și zgomotele familiare îmi trezesc nostalgii. Traversăm Nisa și promenada mărginită de palmieri din Cannes, trăgând cu ochiul spre iahturile din port. Oprim la semafor și așteptăm să treacă strada femei subțiri ca trestiile, cu pălării de soare cu boruri largi și ochelari de soare, de firmă.

---

[1] Cea mai mare companie de desfacere cu amănuntul din Marea Britanie (n.tr.)

[2] Băutură răcoritoare (n.tr.)

– E cumva săptămâna festivalului de film? întreabă Faye, lungindu-și gâtul să privească pe fereastra din spate. Sunt sigură că acela era Tom Hanks.

Acoperișul Renault-ului este lăsat și aerul litoralului pătrunde în mașină. Este un amestec de miros de pin, apă sărată și mireasma aceea indescriptibilă care îți stârnește simțurile. Mă pomenesc gândindu-mă din nou la André. Razele soarelui dansând pe suprafața apei îmi trezesc amintiri de acum douăzeci și unu de ani. Îmi amintesc de acea ultimă noapte petrecută împreună cu el și de emoțiile pe care le-am trăit, de parcă s-a întâmplat ieri. Mă întreb unde o fi acum? Și cum să fac să-i dau de urmă?

Umerii încep să mi se relaxeze. Pe drumul șerpuit, de-a lungul Coastei de Azur, o briză ușoară pătrunde prin acoperișul mașinii zburlindu-mi părul, iar eu respir adânc.

O zi pe care nu o voi uita niciodată este aceea în care eu și André am închiriat biciclete și am pedalat din Antibes la Saint Rafael, pe un drum pentru bicicliști. Am trecut pe lângă iahturile care se legănau pe valurile mării Mediterane, la intrarea în Juan-les-Pins. Îmi amintesc că am oprit să beau o înghițitură din apa încălzită și André m-a tachinat că nu eram în formă. Am fost ușurată când am ajuns în sfârșit pe străzile largi, drepte, din Cannes, umbrite de palmierii înalți. Ne-am continuat drumul prin fața magazinelor de la malul mării – marile nume din lumea modei luptându-se pentru un loc vizibil. I-am spus atunci că într-o zi mă voi întoarce să îmi cumpăr de acolo o rochie Gucci. Ne-am oprit și am mâncat o pizza delicioasă în Théoule-Sur-Mer, unde am fost impresionată de peisajul oferit de întinderea albastră a mării. După aceea am petrecut o oră pe plajă, mâncând înghețată și sărutându-ne pe furiș. Când, în cele din urmă, am ajuns în Saint Raphael, ne-am schimbat în costumele de baie și ne-am răcorit în apele strălucitoare. Când soarele a început să coboare spre apus, am luat trenul înapoi spre Antibes, fericiți și epuizați. A rămas, până în ziua de azi, una dintre cele mai frumoase amintiri ale mele.

După un drum de o jumătate de oră, zidurile medievale ale orașului Antibes apar la orizont, apoi pereții de piatră ai Castelului Grimaldi, care acum găzduiește muzeul Picasso. Traversăm încet portul, înainte să intrăm în orașul vechi. Acesta freamătă de turiști care se plimbă pe străzile mărginite de magazine și cafenele, lăsându-se pătrunși de atmosfera locului. Străbatem orașul și nu peste multă vreme oprim în parcarea privată din spatele patiseriei și ieșim în căldura soarelui.

Cum intrăm în magazinul cu pereți albi și podele de teracotă, mă învăluie aroma de pâine coaptă. Imediat o zăresc pe mătușa în spatele tejghelei, alături de Olivier și de o vânzătoare cu părul negru, de vreo treizeci de ani. Trei clienți privesc în vitrina plină cu bunătăți ispititoare. Olivier mă vede și pe chip îi apare un zâmbet larg. Mătușa mea îi urmărește privirea și se luminează la rândul ei.

– Dragile mele!

Iese din spatele tejghelei și ne cuprinde pe amândouă într-o îmbrățișare.

– Olivia, bună, ce mai faci? mă întreabă Olivier zâmbind.

– Bine, mulțumesc. Și tu?

– Sunt bine, răspunde el.

Sunt mulțumită să descopăr că își amintește că nivelul cunoștințelor mele de limba franceză e limitat la formulele de prezentare. Ne sărută pe amândoi obrajii și ne face cunoștință cu Valerie, vânzătoarea cu părul negru.

Mă uit către Faye, care rostește, fără vorbe, în spatele lui: „E superb!“

– Arăţi bine, îmi spune Olivier.

– Şi tu, îi răspund. Nu s-a schimbat deloc şi-i cercetez chipul cu atenţie, căutând semne de Botox. E în continuare musculos, cu ochii căprui şi mortal de frumos. Şi ca să nu dăm naştere la confuzii, Olivier şi Olivia lucrând cot la cot – aminteşte-ţi să mă strigi Liv.

– Desigur, Liv.

Zâmbeşte.

– Mătuşă Genevieve, ce cauţi aici? N-ar trebui să te odihneşti? o întreb strivind-o într-o îmbrăţişare.

Mătuşa mea arată fabulos, aşa cum mi-o aminteam, într-o rochie galbenă de bumbac şi cu un şorţ alb pe deasupra. Are părul strâns, ca de obicei. Arată grozav, un uşor şchiopătat fiind singurul semn al operaţiei iminente.

– Mă plictiseam singură sus, spune ea revenind în spatele tejghelei şi întinzând unui client două baghete pe care le pune într-o pungă de hârtie.

– Ei bine, ar trebui să nu te oboseşti.

– Poftim? Nu crezi că o să mă odihnesc destul după operaţie? Pune banii în sertarul casei şi o închide cu zgomot. M-am îndopat cu antiinflamatoare, dar sper că operaţia aceasta îmi va rezolva problema la genunchi. Însă fac o pauză să bem un ceai – se întoarce către Olivier – dacă te descurci puţin fără mine. Dar asta doar pentru că ai venit până aici să mă vezi, îmi face ea cu ochiul.

Luăm ceaiul la etaj, pe balcon. A adus cu ea nişte pâine pe care a întins maioneză, somon şi cremă de brânză, alungându-mă din bucătărie când încerc să o ajut.

– Ţi-am spus, o să ai destul timp să îmi porţi de grijă în convalescenţă.

Faye, mătușa și cu mine bem ceaiul din cești înflorate de porțelan și apă cu gheață din pahare înalte, bucurându-ne de căldura după-amiezii. Din balcon se zăresc iahturile în port și respir adânc, gândindu-mă cât de frumos trebuie să fie să te trezești în fiecare dimineață cu o asemenea priveliște.

– Liv, arăți foarte bine, spune mătușa mea. Foarte sănătoasă. Mă ciupește de obraz.

– Vrei să spui că m-am îngrășat?

Faye zâmbește imperceptibil. Știe că detest faptul că am pus niște kilograme.

– Cum să spun așa ceva? Dar te-ai împlinit puțin la față. Îți stă bine. Deși poate ar fi bine să reduci dulciurile, odată cu înaintarea în vârstă.

– Știu și te rog să nu îți faci griji. M-am hotărât să mănânc mai puține dulciuri.

Am fost nevoită să îmi cumpăr haine noi de curând, ceea ce e foarte enervant, căci aveam câteva ținute de vară foarte drăguțe, care mă strâng un pic. Probabil că încă le-aș mai putea purta, dacă m-aș abține să beau și să mănânc pe durata șederii mele aici, dar asta n-o să se întâmple niciodată în Franța.

– Așa, că tot veni vorba, diseară recomand să luăm cina la *Bistro Lemaire*, lângă port. Au cel mai bun homar pe care l-ați mâncat vreodată.

– Homar, zici? Ieșim în larg, Gen? întreabă Faye cu ochii pe niște prăjiturele.

În mod cu totul enervant, Faye mănâncă orice fără să ia vreun pic în greutate.

– Exact. Și voi comanda toate felurile din meniu, cu o sticlă de Beaujolais, râde ea. De mâine nu mai am voie să mănânc și să beau.

Capitolul zece

Îi trimit lui Jake un mesaj să îi spun că am ajuns și îmi cere să o salut pe mătușa Gen din partea lui. Îmi trimite o poză cu un tort Victoria uriaș, pufos, pe care tocmai l-a făcut. Arată uimitor.

Îmi aranjez hainele în dulapul camerei mele elegante, care are pereții zugrăviți în verde și mobilă franțuzească veche, de culoare albă. După un duș lung, îmi pun o pereche de pantaloni albi de in și o vestă înflorată și cobor în magazin, iar Faye rămâne cu mătușa pe balcon, relaxându-se cu câte un pahar de gin tonic. Îmi amintesc că ele două s-au înțeles foarte bine data trecută când am fost aici împreună. Presupun că au în comun pofta de viață. Când cobor, e aproape ora trei și magazinul e pustiu.

– Ai timp pentru o cafea cu lapte? Îi fac semn lui Olivier să vină în spatele magazinului și să o lase pe Valerie să servească.

– Da. Îmi zâmbește. Sună bine.

– Cum îți merge? îl întreb.

– Ei bine, n-am de ce mă plânge. Sunt în continuare liber ca pasărea cerului, dacă vrei să știi.

Chipul îi strălucește. Uitasem ce crai este.

– Nu vreau să știu, râd eu.

– Dar frumoasa ta prietenă?

Se sprijină într-o mână fixându-mă cu ochii lui căprui. Nu e greu să-mi dau seama de ce sunt femeile atrase de el.

– Stăpânește-te! Abia am ajuns.

Stațiunea este neîndoielnic plină de femei frumoase, și cu toate acestea el le examinează pe cele nou sosite. Mai vorbim câteva minute și Olivier mă întreabă la ce oră voi începe lucrul, dimineața.

– Păi, eu voi avea grijă de Gen după operație și mă gândeam că aici voi fi doar când și când, câteva ore. Nu ești tu aici, dimineața devreme?

– Nu, am crezut că tu vei face pâinea în fiecare dimineață, astfel încât eu să mă ocup de torturi, spune el cu o mină serioasă.

– Serios? mă panichez dintr-odată. Gen nu mi-a spus că trebuie să mă ocup de pâine. M-am gândit că voi face niște biscuiți sau tarte, nimic mai mult. Cornurile și baghetele nu sunt specialitatea mea. Deși, desigur, dacă e nevoie, le fac.

– Glumesc, spune Olivier zâmbind cu toată gura. Deși am fost informat din surse sigure că ești foarte bună în bucătărie, așa că vom aștepta cu siguranță să ne faci ceva.

– Dimineți cu noaptea în cap și treabă multă. În ce m-am băgat? În fine, ar trebui să merg să găsesc ceva de îmbrăcat pentru seara aceasta. Ne vedem mai târziu.

Bistro Lemaire are un local excelent în port, cu vedere spre iahturi. Cinăm afară și urmărim o familie absolut fermecătoare traversând pasarela unui iaht alb cromat numit *Marinella*, urcând apoi într-o mașină cu șofer care-i aștepta. Cele două femei blonde, mamă și fiică, au un bronz impecabil, haine și ochelari de soare de firmă; mama are o geantă mare, iar fiica poartă un set de căști conectate la un telefon acoperit cu pietre prețioase. Bărbații chipeși, cu părul negru, probabil tată și fiu, le urmează în ținute șic, de vacanță, pantaloni scurți și cămăși cu mâneci scurte. Mă întreb unde merg. Poate în Saint Tropez. Pe Coasta de Azur au de unde alege.

– Nu duc lipsă de bani, comentează Faye sorbind dintr-o bere franțuzească rece și răsfoind meniul.

– De care abia au făcut rost, spune Gen, care savurează un pahar de vin Beaujolais din sticla pe care o împărțim.

– Ce vrei să spui? întreb eu.

– Câștigători la loto, din Marea Britanie, din câte știu. Cheltuie banii de parcă au intrat zilele în sac. În ritmul ăsta, în curând îi termină. Restaurantele din zonă însă nu se plâng. Se pare că sunt generoși cu bacșișurile.

– Ce ai face cu banii dacă ai câștiga la loterie? o întreb pe Gen.

– Simplu. Aș cumpăra una din alea – arată către o ambarcațiune de agrement de pe apă. Nu una uriașă, dar destul de mare încât să aibă o punte exterioară încăpătoare.

– Așa, păi, pentru că tot l-ai recomandat, voi lua homar, spune Faye închizând meniul. La urma urmei, sunt în vacanță.

– Pentru mine chiar ar putea fi ultima cină, rostește mătușa ușor teatral.

– Nu vorbi așa. Arăți mai bine decât femei care au jumătate din vârsta ta, spun eu. Ceea ce e adevărat, cu excepția genunchiului problematic. Eu voi lua o friptură cu cartofi prăjiți și inele de ceapă.

– Vrei să spui „pommes frittes“[1]? întreabă Faye.

---

[1] Cartofi prăjiți (în limba franceză în original) (n.tr.)

– Dacă zici tu...

Închid meniul și iau o gură din vinul roșu fin.

Sunt curioasă să compar friptura de aici cu cea pe care am mâncat-o ultima dată, la restaurantul *Le Boulevard,* acasă, în Southport. Mă întreb dacă este realmente posibil să reproduci mâncarea specifică altei țări. Oare clienții mătușii Gen își vor da seama că unele dintre produsele pe care le vor cumpăra au fost făcute de mine? Oare produsele făcute de mine au alt gust decât cele ieșite din mâini de francez?

După cina absolut delicioasă (care a depășit-o cu mult pe cea de la *Le Boulevard*), inclusiv desertul – croquembouche – pe care l-am împărțit, ne-am așezat în salonul restaurantului, pe șezlongurile de bambus acoperite cu saltele verde-limetă, cu un pahar de coniac Napoleon. Contemplăm viața care-și urmează cursul în jurul nostru, pe fundalul unui apus liniștit și cald. Un cuplu tânăr trece pe lângă noi. Bărbatul poartă cercel într-o ureche și are părul lung prins în coadă. Se apleacă și sărută capul cârlionțat al partenerei lui și mă năpădește un torent de amintiri. De unde să încep căutările? Peisajele și mirosurile mă catapultează înapoi în timp, în anul 1998, și chiar dacă a trecut atâta timp, inima îmi tresare. Când în sfârșit achităm nota și pornim înapoi spre casă, mă simt ușurată.

Capitolul unsprezece

A doua zi, când sosește asistentul care o va conduce pe mătușa Gen în sala de operație, îi strâng mâna cu putere.

O îmbrățișez, o ating ușor pe braț și-i șoptesc „ne vedem dincolo“, ceea ce, gândindu-mă mai bine, nu e lucrul cel mai potrivit de spus.

– Cer prea mult dacă mă aștept să primesc niște șampanie când mă trezesc? întreabă ea, sedată.

– Vei primi tot ce-ți dorești, deși s-ar putea ca șampania, cu medicamentele pe care ți le vor administra, să nu fie cea mai bună combinație. Vom bea șampanie când ajungi acasă, promit.

Gen închide ochii și zâmbește pe jumătate.

Așteptarea e partea cea mai grea. Aproximativ două ore, a spus chirurgul. Beau cafea după cafea, în timp ce Faye mă asigură că totul va fi bine. Mă hotărăsc să profit de timpul acesta ca să verific cum sunt lucrurile acasă. Jake răspunde la al doilea apel.

– Bună, mamă. E totul în regulă? spune el relaxat.

Ca de obicei, ronțăie ceva.

– Bună, dragule, da. Gen e în operație. Sunt sigură că o să fie bine. Așa sper, cel puțin. Așteptarea însă mă scoate din minți.

– Îmi imaginez. O să fie bine, mamă. Când te întorci tu, poate dau și eu o fugă să o văd.

– Bună idee. Sunt sigură că o să se bucure. Sam e acolo? Vreau să îmi spună cum merg lucrurile.

Sam vine la telefon.

– Bună, Liv. Ai sunat la fix. Abia ce-am terminat de decorat cel de-al doilea tort aniversar. Cum se simte mătușa ta?

– Acum este în operație. N-ar trebui să mai dureze mult. Cum merg lucrurile acolo?

– Bine. Am terminat de copt pentru azi. Am mai primit câteva comenzi mai devreme, torturi cu blat de pandișpan pentru zile de naștere și brioșe pentru o petrecere de bebeluș. Nic a fost aici și s-a ocupat de comanda pentru cafeneaua de pe dig. Biscuiții ei cu afine chiar sunt apreciați de clienți. Atât de mult, încât au dublat comanda pentru săptămâna viitoare.

– Serios? Asta e o veste nemaipomenită.

– Da. A fost grozav și să îl am pe Jake aici, să mă ajute cu livrările. În felul acesta eu mă pot concentra asupra torturilor. Presupun că e și el bun la ceva.

Mi-o imaginez privindu-l pe furiș în timp ce spune asta.

Termin discuția cu ei vorbind din nou cu Jake și spunându-i că sunt norocoasă să fi lăsat treburile pe mâini atât de capabile. El râde și-mi spune:

– La naiba, mama, abia ai plecat. Calmează-te! A, și vezi cum faci să-ți iei câteva zile și pentru tine, să te relaxezi.

Împrejurimile de vis ar relaxa chiar și pe cea mai tensionată persoană, așa că trebuie să învăț să mă destind. Sau să încerc, cel puțin.

Chiar când mă pregătesc să las telefonul, primesc un mesaj de la Jo.

Hei, cum merge?
S-a încheiat operația mătușii tale?
Jo xx

Pentru că mai am timp la dispoziție, mă gândesc să o sun.

– Bună, Jo, poți vorbi?

– Bună, Liv, da, pot. Sunt acasă, beau o cafea între plimbările potăilor. Nu vrei să știi ce dimineață am avut.

– Ia pune-mă la încercare.

Ador să o ascult pe Jo povestindu-mi peripețiile ei cu cățeii.

– Păi, îți amintești de Harold, dogul german care și-a făcut nevoile pe pragul tipului aceluia mișto?

– Da. Cum aș putea uita?

– Ei bine, în dimineața asta, când am trecut prin dreptul casei lui, individul tocmai pleca, arătând foarte sexi într-un costum bleumarin. În fine, dintr-un motiv care îmi scapă, Harold s-a hotărât să sară pe el, lipindu-l cu spatele de ușă și a început să-l lingă pe față. Am intrat în pământ de rușine. Am dat să trag de Harold, acesta m-a atins cu labele și m-am dezechilibrat. Și ce crezi? Evident, am căzut. Și, ca să fie tacâmul complet, trebuia să fie o zi în care nu m-am îmbrăcat în pantaloni, ci aveam o fustă scurtă care se leagă într-o parte.

– Ai avut un motiv special să te îmbraci așa feminin? o întreb zâmbind.

– Ce te face să întrebi una ca asta? răspunde ea cu prefăcută indignare. În fine, fără să-mi dau seama că fusta mi s-a desfăcut, mă ridic și chestia începe să-mi alunece încet pe coapse. Era ca și cum se întâmpla cu încetinitorul. Peste câteva momente lungi, fusta îmi era în jurul gleznelor. ÎMI VENEA SĂ MOR.

– O, Jo.

Râd isteric și mă cutremur de rușinea ei în același timp.

– Între timp, Harold a umplut costumul tipului de noroi, așa că acesta a intrat să se schimbe. Dar nu înainte să mă întrebe: „Săptămâna viitoare ce ai în program?“ Tipul spumega de furie. A trântit ușa și tot tacâmul.

– Presupun că nu asta era impresia pe care o aveai în vedere.

– Nu mai spune! Îmi pusesem cizmele până la genunchi, geacă de piele șic, tot ce trebuie. Mă și machiasem, deși nu mă obosesc cu asta când scot câinii la plimbare.

Oftează.

– Ei bine, măcar ai făcut o impresie memorabilă, spun printre hohote de râs.

– O, da. Cu mine în dresuri care aveau și firul dus pe pulpe, de când m-a împins Harold. Nu mai trecem pe lângă casa aceea niciodată. NICIODATĂ.

Mă întorc în spital zâmbind în sinea mea, fix când apare un asistent în halat verde împingând o targă. Pe pat, acoperită cu o păturică albastru-deschis, e mătușa care pare abia trezită din somn. Îmi întâlnește privirea și zâmbește. E din nou printre noi. Răsuflu ușurată și îi urmez spre salon.

Vine o asistentă și reglează ceva la aparatele la care e conectată Gen.

– A mers totul bine? o întreb pe asistentă.

– Da. Operația a decurs bine. Însă i se vor administra analgezice foarte puternice astăzi, așa că va fi somnolentă. Ar trebui să mergeți acasă, să vă odihniți. Mâine va fi mai vioaie.

Mă uit la ceas.

– În cazul acesta, ar trebui să plec.

Îmi dau seama că sunt epuizată.

O sărut pe Gen pe obraz și-i spun că mă întorc a doua zi. Ea îmi ia mâna și o strânge ușor, apoi ațipește la loc.

Pornesc spre ieșire și respir ușurată – operația pare să fi decurs bine.

Capitolul doisprezece

A doua zi dimineață, deschid fereastra dormitorului către un soare strălucitor care pătrunde prin perdele în camera mea minunată, ajungând la oglinda uriașă de pe peretele opus. În dormitorul de alături, Faye încă doarme, profitând de vacanță.

E aproape șapte și jumătate – aseară, după cină și câteva pahare de vin la un bar din apropiere, am dormit ca un copil. Dar numai după ce m-am strecurat în bucătărie, am pregătit niște rulouri cu scorțișoară și i-am lăsat lui Olivier un bilet, să le bage la cuptor de dimineață, când ajunge el. Fac repede un duș și mă îmbrac, apoi cobor în bucătărie, unde îl găsesc pe Olivier scoțând deja niște pâini din cuptorul mare. În magazin, Valerie deja servește clienții aflați la coadă. Văd rulourile cu scorțișoară abia scoase din cuptor, răcorindu-se pe o tavă. Mirosul e dumnezeiesc. Îi mulțumesc lui Olivier și merg cu tava în magazin, la vitrină, unde le așez lângă madlenele cu cocos și tartele cu cremă de vanilie și fructe. Văd și câteva prăjituri cu glazură de miere, „albinițe“, și îmi amintesc de André cum spusese că erau cele mai bune prăjituri pe care le mâncase vreodată.

– Nu mă aşteptam să fie aşa de aglomerat, îi spun lui Olivier, văzând că era abia ora opt şi zece minute.

– Deschidem la opt. Oamenii vor să aibă pâine proaspătă la prima oră, spune el. Valerie şi cu mine venim de la cinci dimineaţa. Eu plec, de obicei, în jurul prânzului.

Îmi amintesc că ieri, când am venit noi, a rămas să ne aştepte. Trebuie să fie şi el foarte obosit.

– În cazul acesta, ai grijă să pleci la ora prânzului. Preiau eu pentru câteva ore. Cu atât mai mult cu cât mătuşa e încă în spital. Ar fi trebuit să cobor mai devreme. Să fi pregătit şi nişte brioşe.

– Mâine aşa să faci, spune el în timp ce bagă o nouă tavă cu pâini în cuptor.

Mă ocup de nişte clienţi, apoi, puţin mai târziu, când lucrurile se mai liniştesc, Olivier îşi şterge mâinile de făină pe un prosop şi face semn către automatul de cafea.

– Vrei una?

– Le pregătesc eu, tu continuă ce făceai, spun eu.

– Aceasta a fost ultima tranşă de pâine. Ar trebui să ne ajungă pentru azi.

– Rămân multe produse la sfârşitul zilei? Trebuie să fie greu de estimat câte să faceţi.

– Cam ştim câte pâini să facem, dat fiind că în general localnicii le cumpără. Cu prăjiturile e mai greu de prevăzut, pentru că de multe ori intră turiştii pentru ceva dulce, îmi spune Olivier.

– Iar pierdeţi vremea? Mă întorc şi o văd pe Faye în spatele nostru, arătând fabulos într-o salopetă neagră de bumbac şi fardată impecabil.

Olivier se ridică.

– Vino, stai cu noi.

– Eu merg la tejghea.

Eliberez scaunul pentru Faye.

Sunt șase oameni la rând, dar o recunosc imediat. Doamna Beaumont poartă o rochie albă din bumbac, cu flori albastru-deschis și pantofi cu toc asortați. Se vede că a mai îmbătrânit un pic, dar e la fel de frumoasă, atent fardată și cu aceleași bucle negre încadrându-i chipul drăgălaș.

Mă grăbesc spre ea din spatele tejghelei, și când mă recunoaște, chipul i se luminează.

– A, bună, Olivia, ce mai faci?

Mă sărută pe amândoi obrajii.

– Mulțumesc, bine. Tu?

– Foarte bine, mulțumesc. Cât stai?

M-a întrebat cât stau aici și mintea mea se frământă căutând răspunsul corect în limba franceză. Dintr-odată, sunt înapoi la școală, temându-mă de ridicol și de observațiile profesorului, dacă greșesc. Doamna Beaumont zâmbește și dă din cap încurajator, dar mintea mea rămâne goală.

– Două săptămâni, spun triumfător. Sunt vreo două săptămâni și jumătate, de fapt, dar nu știu să spun asta în franceză.

– Foarte bine! spune ea bătând din palme. Vezi, poți să o faci! Secretul este să vorbești câte puțin în franceză, în fiecare zi, altfel uiți tot ce ai învățat. „O folosești sau o pierzi."

Îmi face cu ochiul.

Observ că ea încă „o folosește" să atragă priviri admirative din partea bărbaților. Le răspunde cu un zâmbet pieziș, perfect conștientă de frumusețea ei irezistibilă. Are vreo șaizeci de ani acum, dar pare cu cel puțin un deceniu mai tânără. Parfumul ei dintotdeauna, Chanel no. 5, continuă să plutească în urma ei.

– Îi duci, te rog, asta mătușii tale la spital? spune ea scoțând din geantă un plic violet. O să merg să o văd în câteva zile, când se mai întremează și are dispoziție pentru vizite. Deși, eu una urăsc să primesc musafiri stând în pat și fără să fiu în cea mai bună formă. Și acum, i se adresează ea lui Olivier, care e în spatele magazinului, continuând să vorbească în engleză, căci i-a venit rândul, vreau o pâine din cele tocmai scoase din cuptor, te rog!

– Imediat.

Olivier sare de pe scaun și ia o pâine din tava lăsată la răcit.

– Ai grijă, e încă fierbinte, spune el băgând pâinea într-o pungă de hârtie.

– Păi nu aveam de gând să mănânc din ea chiar aici. Dar știu cel puțin că e proaspătă.

– Totul este proaspăt...

– Da, știu, îl întrerupe ea. Totul este pregătit în dimineața aceasta. Își înalță capul și zâmbește larg cu buzele ei roșii, îndepărtându-se. Mă bucur că te-am revăzut, Olivia. Ai grijă de tine. Mă măsoară cu privirea de sus până jos. Și nu uita, dulciurile trebuie să fie un răsfăț ocazional. La revedere.

E oficial. Doamna Beaumont s-a pronunțat. Este necesar să încep să rezist ispitelor dulci...

– Pe la ce oră mergi la mătușa ta? întreabă Olivier când terminăm treaba în bucătărie.

– Peste vreo două ore. De ce?

– Mă întrebam dacă nu vrei să facem o plimbare, e o zi tare frumoasă. În curând am pauza de prânz.

– Da, sigur, sună bine.

Faye a urcat să stea la soare în balcon, ei nu îi place să se plimbe când e foarte cald. Fără îndoială, vrea să fixeze mai bine bronzul deja existent pentru întâlnirea pe care Olivier a convins-o să o accepte, în seara aceasta. Deşi sunt sigură că nu a fost foarte greu să o convingă.

Ne plimbăm către port, vorbind de una şi de alta, în lumina magnifică a soarelui. Trecem pe lângă un local unde se servesc clătite şi inspir cu nesaţ aroma de zahăr şi vanilie, urmată imediat de parfumul florilor proaspete de lângă florăria învecinată. În găleţile mari de tablă sunt floarea-soarelui, irişi şi flori de liliac. Străzile sunt aglomerate ca întotdeauna, cu maşini care avansează încet, cu speranţa că vor găsi un loc liber de parcare şi pietoni care traversează pieziş printre maşini. Mă las pătrunsă de atmosfera acestui oraş minunat şi, în curând, ne oprim să luăm câte o îngheţată şi ne aşezăm pe o bancă orientată spre mare.

– Povesteşte-mi despre afacerea ta de acasă.

– Merge foarte bine. Am o asistentă şi când avem mult de lucru sau când am nevoie să plec undeva, angajăm ajutor suplimentar. Fiul meu pare să aibă şi el aptitudini în bucătărie, lucru care m-a surprins foarte mult.

– Ai noroc să trăieşti din asta. Este un mediu foarte competitiv.

– Ştiu. Recunosc că am riscat renunţând la un venit stabil, dar din fericire nu am ajuns să regret că am făcut asta. Avem comenzi în fiecare zi şi aprovizionăm constant câteva cafenele locale.

În timp ce îmi savurez cornetul cu îngheţată de vanilie, îi povestesc lui Olivier mai multe despre Jake şi despre hotărârea acestuia de a renunţa la studii.

– Nu e niciodată uşor pentru un părinte să audă că fiul sau fiica lui nu îşi doreşte o anumită profesie. Cred că tata a fost dezamăgit când nu am fost vrut să mă implic în afacerea familiei. Dar mă plictisea. Eu prefer să plimb turiștii pe vas – în viață e mai bine să alegi să fii fericit.

– Mai spune-mi o dată, cu ce se ocupă tatăl tău? îl întreb.

– Industria cosmetică. A făcut o avere din produsele de înfrumusețare. A avut mai multe fabrici pe care le-a vândut când s-a pensionat.

Mă gândesc la Jake și sper ca el să nu fi văzut dezamăgirea de pe fața mea când mi-a spus că se gândește să lucreze în industria culinară. Și știu că Olivier are perfectă dreptate reamintindu-mi că fericirea este lucrul cel mai important în viață.

Terminăm înghețata și ne continuăm plimbarea de-a lungul portului, până la ieșirea din oraș. O jumătate de oră mai târziu, o clădire cunoscută se profilează la orizont. Fațada modernă, din plastic, e o îmbunătățire adusă celei vechi, din lemn, decolorată și cu vopseaua scorojită de trecerea timpului. Marineland. Chiar și acum, vederea ei mă tulbură. Dacă închid ochii, aud strigătele mulțimii, simt mirosul pătrunzător venind dinspre gălețile pline cu pește și fiorul de entuziasm în momentul în care André mă privește.

Contemplu în tăcere clădirea cenușie, pierdută printre amintiri, până când Olivier mă întreabă dacă sunt bine.

– Mi se pare ciudat să revăd locul acesta, atâta tot. S-a schimbat mult. Aici mi-am întâlnit prima iubire.

Sunt surprinsă cât de deschis vorbesc cu Olivier, dar e un om cu care e ușor de vorbit.

– Ah, zilele tinereților pierdute, spune el cu un zâmbet. Și, da, s-a schimbat mult. A fost renovat în 2016. Au instalat bazine cu rechini și tot felul de atracții. Până și un teren de golf, îți vine să crezi?

– Știi ceva, o să intru să văd dacă găsesc pe cineva care lucrează acolo de mai multă vreme. Poate ştie ceva despre prietenul meu.

Olivier mă aşteaptă afară şi nu peste mult timp mă întorc la el.

– Ai avut noroc?

Oliver se sprijină de balustrada de la marginea promenadei și atrage privirile admirative ale tuturor femeilor care trec pe lângă el.

– Nu, n-aş zice. Era cineva, pe nume Patrice, care a lucrat acolo în vara aceea și care își aminteşte vag de un băiat cu părul prins în coadă, dar nimic mai mult. Nu erau prieteni, așa că n-au păstrat legătura. Mi-a sugerat să caut în cartea de telefoane. Nu mă gândisem la asta.

Când o vizitasem ultima dată pe mătușa mea, cu cinci ani în urmă, îi menționasem lui Olivier numele lui André, însă la momentul acela acesta ridicase din umeri, spunându-mi că nu auzise de el. Mă gândesc că nici nu prea avea cum să audă, dat fiind că André locuia într-un sat la marginea orașului și mergea la serviciu cu bicicleta. Putea fi oriunde...

Ne întoarcem în oraș, eu cu mintea fremătând de amintiri, și mă opresc să admir mulțimea de ambarcațiuni care se leagănă încet în apele cristaline ale portului.

– Nu-i așa că adori să trăiești aici? îl întreb pe Olivier trăgând în piept aerul sărat, impresionată de peisajul magnific.

– Desigur, dar astăzi priveliștea este mai frumoasă decât oricând, spune el făcând ştrengăreşte cu ochiul.

– Cred că nu m-aş plictisi niciodată de locul acesta.

Oftez, amintindu-mi cum visasem cândva să locuiesc acolo cu André.

– Dacă te-ai plictisi de locul acesta ar însemna că te-ai plictisit de viață.

Olivier își ridică ochelarii de soare și urmărește cu privirea o femeie deosebit de frumoasă, care tocmai a trecut în pas legănat pe lângă noi.

– Cred că Samuel Johnson a spus ceva asemănător despre Londra, cuget eu.

– Serios? În cazul acesta, e clar că n-a văzut niciodată sudul Franței.

Capitolul treisprezece

Când ajung cu Faye la spital, o găsim pe mătușa adormită, dar culoarea i-a revenit în obraji.

Ne așezăm pe scaune lângă pat și, nu peste mult timp, Gen deschide ochii și zâmbește văzându-ne.

– Uau, arăți bine, îi spun îmbrățișând-o cu grijă.

– O, da, minunat. Pun pariu că arăt de parcă sunt cu un picior în oală.

– Vrei să zici în groapă.

– Poftim?

– Ai zis „cu un picior în oală". Cred că ai vrut să spui „cu un picior în groapă", spun eu întrebându-mă imediat ce m-a găsit să menționez cuvântul groapă.

Zâmbește.

– O, da, groapă. Cred că sunt ușor amețită de la medicamente. Dar sunt bine.

E clar că este sub influența medicamentelor.

Un minut sau două mai târziu se ridică și acum pare cu adevărat dezmeticită.

– Voi ce faceți? ne întreabă.

Tipic pentru mătușa să ne întrebe pe noi cum suntem, când ea tocmai a ieșit din operație.

– Foarte bine. O, Lilian Beaumont îți trimite asta, îi spun scoțând din geantă plicul violet.

– Mulțumesc. Ea ce face? Pun pariu că încă ia la întrebări pe toată lumea cu privire la prospețimea pâinilor.

– Așa este. Spunea că vrea să vină să te vadă, peste câteva zile, dacă te simți în stare să primești vizite.

– Este o prietenă bună, zâmbește Gen. Dar te rog să-i spui să aștepte până ce mă întorc acasă, ceea ce se va întâmpla destul de curând.

Pleoapele îi cad grele.

– Doctorii au spus cât mai trebuie să rămâi internată? o întreb în timp ce îi las niște reviste pe măsuța de la capul patului.

– Nu cu exactitate. Poate încă o zi sau două. Fizioterapeutul vine mai târziu să discutăm tratamentul. Se pare că trebuie să încep să merg destul de repede.

Îmi amintesc de Lilian Beaumont și de comentariul ei „O folosești sau o pierzi".

Mai stăm împreună vreo oră, apoi mătușa cască și se lasă pe pernă.

– Îmi pare rău, e din cauza medicamentelor, spune ea pe jumătate adormită.

Ne luăm la revedere și pornim la drum, spre Antibes, de-a lungul țărmului. Frunzele palmierilor se leagănă ușor de-a lungul plajei din St. Tropez; trecem pe lângă perechi elegante, cu pălării și ochelari de soare. Una dintre ele tocmai își face o fotografie cu un selfie stick, având marea strălucitoare în fundal. Alte cupluri se plimbă ținându-se de mână pe bulevardul larg, iar familiile împing cărucioare cu copii mici, cu toții răcorindu-se cu înghețată. Conducem așa pe lângă kilometri întregi de plajă, pe lângă chioşcurile de la marginea drumului, care vând gustări calde şi băuturi reci.

– Ooo, oprim să luăm nişte clătite sau gofre? întreabă Faye zărind un chioşc din lemn în drumul nostru.

– Sigur.

E tentant. În pofida faptului că încerc să evit cât pot de mult ispitele dulci.

Ne aşezăm pe o bancă de lemn şi contemplu întinderea apei, apoi închid ochii pentru câteva secunde, lăsând soarele să îmi mângâie cald umerii. Pe pături, pe nisip, sunt familii la picnic. Două fetiţe în costume de baie galbene se aleargă una pe alta, ţipând; una din ele o urmăreşte pe cealaltă cu o găletuşă plină cu apă. Doi tineri se ţin de mână şi aleargă împreună spre valurile albastre, amintindu-mi că şi eu făceam la fel, cu ani în urmă, cu iubitul meu.

Uneori, când mă gândesc că Jake nu îşi cunoaşte tatăl, mi se face rău. Dar dacă îl găsesc, oare cum va reacţiona să afle că are un fiu despre care n-a ştiut nimic? Şi chiar mi-am imaginat că aş fi putut păstra secretul pe vecie? Se spune că trecutul are talentul de a ne ajunge din urmă, astfel încât nu îl putem evita la nesfârşit. Dacă Facebook ar fi existat cu ani în urmă! În prezent, e destul de uşor să găseşti pe cineva cu ajutorul reţelelor de socializare.

Ospătăriţa care ne aduce o tavă cu bunătăţi şi o aşază pe masă, în faţa noastră, mă smulge din gânduri. Peste gofrele de casă e îngheţată cremoasă de vanilie şi peste aceasta, căpşuni, zmeură şi afine zemoase. Totul pudrat cu un praf de zahăr pudră şi completat cu sirop de arţar. După asta, nu cred că mai mănânc până diseară.

– Poftă bună!

Ospătăriţa frumuşică ne zâmbeşte, apoi dispare înapoi în chioşcul de lemn în faţa căruia s-a format deja coadă.

Văd un câine alb cu negru alergând după o minge pe plaja aurie și gândul îmi fuge acasă, la Jo, întrebându-mă ce năzdrăvănii a mai făcut și azi, la plimbare cu câinii ei. În zare se vede digul din Antibes și îmi amintesc de seara aceea în care am avut parte, la poalele lui, de primul sărut cu André, care mi-a făcut inima să se oprească. Îmi amintesc cum respirația i-a devenit grea, cum mâinile i-au ajuns pe sânii mei, iar eu l-am împins. Ne vedeam de puțină vreme și nu aveam de gând să fiu o iubire de-o vară. Cu toate acestea, în ciuda hotărârii mele inițiale, cu fiecare săptămână care trecea, am cedat treptat propriilor mele dorințe, fiind convinsă că sentimentele lui depășeau simpla atracție fizică.

– Cred că nu trebuia să mănânc toată asta, spune Faye împingând farfuria din fața ei. Poate ar fi trebuit să mă limitez la înghețată.

– Pofta e întotdeauna mai mare decât stomacul, râd eu. Ar fi bine să ieșim să alergăm, mai târziu, când se mai răcorește. Sau măcar să facem o plimbare lungă.

– Nici vorbă, ai uitat că am întâlnire diseară? Deși nu m-ar deranja să mă plimb până într-un loc izolat cu Olivier, spune ea visătoare.

– Ai dreptate, să ne întoarcem? o întreb.

– De ce, ce grabă avem? Cât Gen e încă în spital, ne putem relaxa puțin. Facem o baie?

Coboară deja treptele spre plajă, după ce a lăsat un bacșiș modic pentru ospătărița cea zâmbitoare care acum adună farfuriile.

Mă pregătesc să îi spun că nu am adus prosoape, când îmi strigă să iau geanta ei de plajă de pe bancheta din spate a mașinii. Soarele arde pe cer și e trecut de ora trei când intrăm în apa sclipitoare. O stropesc pe Faye, care se îndepărtează cu un țipăt. Pentru observatorul neavizat, suntem două tinere care se distrează într-o vacanță împreună. Motivul real al vizitei mele este însă mereu prezent în mintea mea...

Puțin după ora patru, când suntem înapoi acasă, mă îndrept spre piața din Antibes. Multe tarabe au început deja să strângă marfa în cutii de carton pe care le încarcă în furgonete. Mă opresc lângă un stand cu bijuterii din argint și pietre semiprețioase și îmi promit să revin într-o altă zi. O altă tarabă vinde ulei de măsline și delicatese franțuzești, alături de flacoane cu ierburi și săpunuri. Mă bucur să văd că taraba cu legume și fructe proaspete, un adevărat caleidoscop de culori, e încă acolo.

– Bună ziua, mă întâmpină vânzătorul, un bărbat chipeș, de aproape treizeci de ani, tuns scurt. Căutați ceva anume?

– Busuioc.

Îmi arată o cutie în care se găsesc buchete de ierburi aromatice proaspete. Trec cu privirea peste taraba ordonat aranjată, care expune dovlecei, vinete cu pielea lucioasă și roșii mari, frumoase. Inspectez buchețelele de tarhon, pătrunjel și busuioc parfumat, din care aleg un buchet mare. Cumpăr și legume pentru o tocăniță.

– Mulțumesc, îmi spune vânzătorul când îi întind banii. Sper să vă placă legumele, care sunt proaspăt culese. Iar busuiocul va da gust oricărui sos.

– De fapt, l-am cumpărat să îl adaug în niște prăjituri.

Pe chip i se așterne uimirea.

– Serios? Este prima dată când aud una ca asta.

– Căpșuni cu busuioc. E o combinație delicioasă. Poate îți aduc o prăjitură să încerci.

– Mulțumesc, zâmbește el larg.

Este o zi superbă, soarele încă strălucește pe cer, așa că mă hotărăsc să fac o plimbare înainte de a mă întoarce acasă. Piața este o desfătare pentru simțuri, un amestec de culori se revarsă din mormanele de fructe din cărucioare, în contrast cu aroma dulce a floricelelor de porumb și cea înțepătoare a brânzeturilor de pe tarabele alăturate. Fac la dreapta să ies din piață și pornesc pe străduța pietruită, în pantă, pe lângă brutării și magazine de haine. Ajung în capătul străzii și opresc să mă odihnesc pe o bancă, după ce mi-am cumpărat un ceai de lămâie cu gheață de la un chioșc de pe stradă. Locul înălțat oferă o perspectivă fabuloasă asupra zidurilor castelului și portului din depărtare. Fac drumul înapoi și când trec prin dreptul tarabei de unde am cumpărat legumele, găsesc vânzătorul așezând ultima cutie cu marfă în furgonetă. Îmi zâmbește și spune:

– Nu uita de prăjitură!

Mai târziu, după ce am pregătit aluatul de copt a doua zi dimineață, mă așez să mă relaxez cu o carte. Faye își face apariția în balcon și se învârte pe loc. Arată spectaculos într-o rochiță înflorată de vară. Are genul acela de piele măslinie care pare tot timpul bronzată.

– Uau! Olivier o să se bucure. Distracție plăcută!

– Mă voi strădui.

Râde și mă sărută pe obraz, apoi pleacă.

Câteva ore mai târziu, mă demachiez și mă strecor între cearceafurile răcoroase ale patului confortabil. Ies din contul de e-mail, intru pe platforma Facebook și, pentru prima dată, folosesc funcția de căutare a aplicației. Poate trebuia să fi făcut asta mai demult. Poate Jake avea dreptate, mă obișnuisem prea mult cu traiul meu confortabil de acasă. Acum însă a venit momentul, cu atât mai mult cu cât Jake dorește să-și cunoască tatăl. Tastez agitată numele André Duvall în bara de căutare.

Capitolul paisprezece

Căutarea nu a oferit niciun rezultat mulțumitor și în dimineața aceasta mă întreb unde să continui căutările. Privind retrospectiv, mă întreb ce i-aș spune, dacă îl găsesc. „O, bună, André, mă mai ții minte din vara anului 1998? Și, apropo, ai un fiu de douăzeci de ani.“

Probabil am adormit peste laptop pentru că, de dimineață, când m-am trezit, l-am atins cu piciorul și aproape l-am trântit din pat. O privire aruncată spre ceas îmi arată ora cinci dimineața, dar începe deja să se lumineze de ziuă. Nu cred să mă mai ia somnul, cu mintea frământată de gânduri cum sunt, așa că mă hotărăsc să trag pe mine niște blugi și un tricou și cobor în bucătărie. Când deschid ușa, intră și Olivier.

– Dumnezeule, ce devreme te trezești. Am crezut că ești un intrus. Bine că nu ți-am dat cu ceva în cap.

– Un intrus care are cheie?

Olivier râde.

– Nu m-am gândit la asta. Așadar, să înțeleg că n-ai putut dormi?

Intrăm și eu aprind luminile, apoi Olivier pornește cuptorul cel mare, pentru pâine.

– De fapt, am căzut într-un somn profund. Doar că m-am trezit devreme şi, odată trează, nu mai pot adormi la loc. M-am gândit să profit de ocazie, să fac nişte brioşe. Se fac repede. Cum a fost întâlnirea? Când am coborât, Faye dormea dusă.

– Nemaipomenită. Prietena ta este foarte amuzantă.

Nu mă îndoiesc că Faye îmi va da detalii despre întâlnire mai târziu.

Olivier se apucă să modeleze pâinea în diverse forme pe care le strecoară apoi în cuptorul încins, cu o paletă de lemn. În cuptorul alăturat introduce nişte cornuri cu ciocolată şi brioşe franţuzeşti.

La șase și jumătate, pâinile sunt coapte și eu glazurez un rând de brioșe în timp ce în cuptor a intrat deja o a doua tranșă. Munca reușește să îmi distragă atenția în dimineața aceasta, căci încerc să mă gândesc cât mai puțin la André.

– Ia să văd, ce avem aici? întreabă Olivier, inspectând vasele cu diverse glazuri.

– Caramel sărat, portocală cu lămâie și căpșuni cu busuioc, îi răspund aplicând o spirală de glazură pe o brioșă.

– Îmi dai voie? întreabă el, înfigând o linguriță în crema de căpşuni infuzată cu busuioc. Gustă și dă din cap aprobator. Îmi place foarte mult, dar crezi că Antibes este pregătit pentru prăjiturile tale cu căpșuni și busuioc?

– Nu e cum te aşteptai, nu-i aşa? Deşi, recunosc că este un fel de prăjitură cu Marmite[1].

– Ai pus și Marmite? Extractul de drojdie? întreabă Olivier oripilat.

– Nu, râd eu. Vreau să spun că este genul acela pe care ori îl iubești, ori îl detești.

---

[1] Extract de drojdie (n.tr.)

– Mie îmi place foarte mult. De unde ai luat busuioc proaspăt?

– M-am oprit ieri în piață, când veneam de la spital. Uitasem cât de frumoasă e piața de aici.

La ora opt, când deschidem, soarele strălucește deja sus pe cer și la ușă s-au adunat câteva persoane. Lilian Beaumont este prima.

– Bună ziua.

Le zâmbesc clienților care se apropie de tejghea.

– Te-ai trezit devreme, îi spun lui Lilian, care studiază prăjiturile din vitrină.

– Fac cumpărăturile de dimineață. Mai târziu am o întâlnire. Îmi face cu ochiul. Nu mă tulbură din cale-afară, dar îi dau o șansă, spune ea fără ocolișuri. Și acum, ia să vedem, ce avem aici?

Examinează prăjiturile, deși în dreptul tuturor sunt cartonașe cu aromele.

– Sunt câteva rețete noi. În funcție de părerea clienților, unele dintre acestea s-ar putea să nu mai apară vreodată în vitrină.

– Mmm. Portocală și lămâie sau St. Clements, îmi surâd amândouă. Dar nu o să înțeleg niciodată de ce ar pune cineva sare în caramel. M-am întrebat adesea dacă această combinație nu este rezultatul unui accident în bucătărie, când un patiser a pus sare în loc de zahăr, din greșeală. Pufnește. Și căpșuni cu busuioc? Pe asta de unde ai mai scos-o?

Mă hotărăsc să iau câte o brioșă din fiecare tip și să le tai în bucățele pentru clienți, să le guste.

Cele cu caramel sărat și portocale cu lămâie sunt primite cu entuziasm. După cum mă așteptam, în cazul căpșunilor cu busuioc, votul este jumătate-jumătate.

– Este interesant, trebuie să recunosc, spune Lilian, ștergându-și buzele cu un șervețel. Nu este neplăcut, dar probabil e un gust cu care trebuie să te obișnuiești. Dar am admirat dintotdeauna deschizătorii de drumuri, spune ea zâmbind larg. Bravo! Cele cu portocală și lămâie, vine verdictul ei. Delicioase.

Mă simt ca un patiser apreciat în cadrul unui show culinar și mă încearcă un sentiment de mândrie.

Doamna Beaumont pleacă luând cu ea o baghetă, două brioșe cu portocale și lămâie și niște cornuri cu ciocolată.

– La revedere. Să ai o întâlnire plăcută, zâmbește Olivier cu o sprânceană ridicată.

– Mulțumesc. Mergem împreună la un concert. *Toccata și Fuga* lui Bach, în D minor. Întotdeauna mi-au plăcut instrumentele mari, strigă ea peste umăr către Olivier, care rămâne cu gura căscată.

Dimineața trece la fel de repede precum cea de ieri și, în curând, Olivier trebuie să plece. Într-un moment mai liber, îl conduc până la ușă.

– Ce planuri ai pentru restul zilei? îl întreb.

– Cred că voi dormi puțin. De obicei, când mă trezesc devreme, trag un pui de somn după-amiaza. Diseară ies. Merg cu un prieten la un concert tribut Black Sabbath, într-un bar de la marginea orașului.

– Îți place muzica rock?

– Foarte mult. Unul dintre lucrurile mele cele mai de preț este un tricou semnat de însuși Ozzy Osbourne, dintr-un turneu al trupei.

– Știu pe cineva care s-ar bucura să meargă. Îi spun despre preferințele lui Faye pentru muzica rock și trupele de coveruri.

– Serios? Nu întâlnesc des femei cu aceleași gusturi muzicale. În cazul acesta, trebuie să vină cu noi. Și tu, Liv, desigur.

– Mmm, mulțumesc, dar nu e pentru mine.

– Și ia spune-mi, sunt multe locuri în Southport unde se cântă rock? Poate ar trebui să vin într-o vizită, cândva.

– Sunt câteva. Baruri, de obicei. La vară, o trupă cu mulți admiratori, pe nume Toxic Voltage, concertează la Atkinson Theatre.

– Sună electrizant.

Când ajungem la spital, Faye și cu mine o găsim pe mătușa ridicată în capul oaselor, sorbind dintr-o supă de legume despre care spune că e neașteptat de bună pentru mâncarea de spital.

Îmi spune că doctorul crede că peste o zi sau două va putea merge acasă.

– Mă simt bine, ne spune. Fizioterapeuta vine din nou mâine. Cred că au luat-o cu împrumut de la armată.

– E pentru binele tău, țin să îi reamintesc.

– Cum merg lucrurile la magazin? întreabă ea.

– Foarte bine. Clienţii au întrebat cum te mai simți. Scot alte câteva felicitări cu urări de sănătate din geantă. Nu mai e nevoie să menționez că Olivier are un succes nemaipomenit printre clienți. Ca să nu mai vorbesc despre o anumită prietenă a mea.

Zâmbesc larg către Faye.

– Olivier e foarte drăguț. Îl știu de când era copil. Dar – Gen o fixează pe Faye cu privirea – e un spirit liber. E în regulă, atâta timp cât nu te aștepți la ceva serios.

– În cazul acesta, e bine că nu mă aștept.

Ne luăm la revedere și mă întreb când își va găsi Olivier iubirea vieții lui, în caz că o va găsi vreodată. Sunt oameni care trăiesc întreaga viață fără să își întâlnească „jumătatea“.

Înainte ca drumurile noastre să se despartă, eu crezusem că mi-am găsit jumătatea în André.

Întoarsă acasă, urc la etaj și deschid larg ușile ce dau către terasă – casa este sufocantă în miezul zilei. Merg apoi în dormitorul meu, care dă către strada principală, și deschid și acolo fereastra. O văd pe Lilian Beaumont. O strig.

– Bună ziua, doamnă. Cum a fost întâlnirea?

– Bună ziua, Olivia. N-a fost rău. S-a dovedit un individ destul de amuzant. De fapt, am avut o după-amiază cât se poate de plăcută. Însă nu cred că îl voi revedea.

– Așadar, nu ai fost impresionată de instrumentul lui?

Își înalță sprâncenele perfect arcuite și izbucnește în râs.

– Domnișoară Olivia! O doamnă nu spune!

Faye aduce suc proaspăt de portocale și ieșim în balcon.

– Aș fi zis că preferi un pahar de vin.

Îi arunc o privire. Faye este relaxată și bronzată.

– Iartă-mă, voiai vin? Se ridică și dă să intre înapoi în casă.

– Nu, nici vorbă. Sucul de portocale e perfect.

– Dar crezi că pentru mine e neobișnuit să beau suc de portocale în vacanță? spune ea, însă cu căldură. E în regulă, știu că ești de părere că beau cam mult.

– Întrebarea este, tu crezi că bei cam mult? o întreb eu cu toată sinceritatea.

– În ultima vreme, da. Răsucește paharul în mână, cu privirea pierdută în zare, spre port.

– Este din cauza stresului de la muncă?

– Nu chiar. Nu mă înțelege greșit, este un mediu stresant, dar îmi iubesc meseria. Uneori, serile, mă cuprinde singurătatea și atunci merg la bar, pentru că acolo îi cunosc pe toți. Sau beau singură, acasă, ceea ce este și mai rău. Cu vreo două săptămâni în urmă, m-am trezit mahmură și aproape am întârziat la ore. Mi-am jurat că nu mai fac. A fost un fel de duș rece. Nu vreau s-o apuc în direcția aceea.

Mă simt vinovată că nu mi-am dat seama că Faye se simte singură. Ne întâlnim de vreo două ori pe săptămână, dar e clar că nu este suficient. Eu una mă simt bine în compania mea, seara, după o zi aglomerată. Dar nu suntem toți la fel. Pe de altă parte, nu cred că genul de companie pe care aș oferi-o eu îi lipsește.

– Te rog să nu te simți singură. Îmi așez mâna peste a ei și o strâng ușor. Și eu îmi petrec serile singură, cel mai adesea. Treci pe la mine oricând. Vorbesc serios. Și nu uita, la mine găsești întotdeauna prăjituri...

– Așadar, ficatul meu va fi bine, în schimb mă voi îngrășa?

– Da, sigur – bei berea aceea fără calorii, nu? Izbucnim amândouă în râs. Ar trebui să ieșim să ne plimbăm serile, când e vremea frumoasă. Nu avem nicio scuză, cu locurile acelea minunate pentru plimbare, de-a lungul țărmului, atât de aproape.

Mai vorbim o vreme și mă bucur că Faye și-a dat seama că trebuie să schimbe ceva în privința băuturii. Îmi bâzâie telefonul. E Jo, care sună prin video.

– Bună, Jo, cum merge?

Eu și Faye îi facem febril cu mâna când îi apare chipul pe ecran.

– Bine, mulțumesc. Însă deja mi-e dor de voi. Cafeaua, la cafeneaua de pe dig, nu e la fel fără voi. Acolo cum e vremea?

Ridic telefonul să-i arăt cerul senin, spectaculos.

– Înțeleg, ajunge. Aici bate vântul și e rece.

Faye îi povestește despre întâlnirea ei cu Olivier.

– Ei bine, nu mi-ați spus că e un francez chipeș la magazin. Poate veneam și eu, râde ea.

– Cine zice că e chipeș? se miră Faye.

– Păi, este?

– Superb, recunoaște Faye. Mă bucur că n-ai venit să îmi faci și tu concurență. Râde, deși sunt convinsă că nu glumește decât pe jumătate. Nu e nimic serios. Nu se implică în nicio relație. Ar putea să aibă propriul lui site, intitulat playboy.com.

– O, vai. Deja am o imagine cu totul diferită. Jo râde în hohote. În regulă, ar trebui să plec. Am de recuperat un pudel de la salonul pentru cățeі – și-a făcut șuvițe roz.

– Glumești!

– Deloc. Vă jur, data viitoare stăpânii ei o duc să-i vopsească unghiile. Poate chiar să îi aplice niște ștrasuri în zona intimă. Înfrumusețarea zonei genitale ar putea fi următoarea tendință în moda canină.

– Vai de mine!

Râd cu atâta poftă încât mă doare stomacul.

– Revenind la lucruri serioase, ai început să-l cauți pe André?

– Sinceră să fiu, nu, nu încă. Mătușa Gen se recuperează după operație.

Mai vorbim puțin și ne luăm la revedere cu frenezie și cu promisiunea să ne reauzim curând.

August 1998

– O zi la cazinou?

– Da, de ce nu?

André este cât se poate de entuziasmat și aproape că țopăie de atâta energie.

– În Monte Carlo?

– Sigur, unde altundeva?

E tot numai un zâmbet și îmi ia mâinile între mâinile lui. Entuziasmul lui e molipsitor.

– Mi-am închipuit doar că îți trebuie mulți bani ca să mergi în locuri ca acelea, spun eu, dar încep deja să simt un fior de nerăbdare.

Deja văd cu ochii minții bărbați în smochinguri și femei în rochii elegante bând șampanie în jurul meselor de joc, dar André îmi spune că la cazinou sunt și jocuri mecanice unde oricine își poate încerca norocul, fără să se apropie măcar de mesele de joc.

– Și se câștigă frumos și la jocurile mecanice. Anul trecut, o văduvă din St. Raphael a câștigat potul cel mare, 300 000 de franci. Serios, o să îți placă la nebunie!

Entuziasmul lui e molipsitor și deja îmi imaginez cum ar fi să mergem.

– Monaco nu e foarte departe și este un loc ce trebuie neapărat vizitat, când ajungi în sudul Franței. În timpul circuitului Grand Prix, se închid străzile și oamenii privesc din vârful dealului. Cei care locuiesc în apartamentele de la etajele superioare, din apropiere, urmăresc circuitul de la ferestrele casei lor.

– Sună grozav.

– Ar trebui să revii și să asiști, cândva.

– Crezi că aș putea obține un autograf de la David Coulthard?

– Nu știu. Dar de ce te-ar interesa piloții de formula 1? Se știe că sunt afemeiați.

Mă trage protector la pieptul lui.

– Ești gelos? îl necăjesc eu. Poate dacă o să câștig la cazinou, ajung să mă învârt în cercurile lor.

André mă ridică și mă aruncă peste umăr.

– Am înțeles, nu te las să te apropii de mesele de joc.

Ne sărutăm cu ardoare și simt un fior de nerăbdare la gândul reîntoarcerii în timpul circuitului de formula 1.

A doua zi, pe o ploaie torențială, am luat autobuzul de-a lungul țărmului. Mă gândeam că e deprimant și că totul arată mult mai bine în lumina soarelui. Apoi, chiar în apropiere de Monaco, norii s-au retras făcând loc unui soare strălucitor, care a dezvăluit vederii portul mărginit de iahturi. Peste puțin, la orizont și-au făcut apariția cazinourile cu pereți de marmură aurită. André mi-a spus că sunt un exemplu de arhitectură belle époque, iar eu am fost impresionată de cunoștințele lui.

Făcusem eforturi suplimentare să fiu o apariție elegantă, căci nu voiam să mi se interzică accesul pentru că eram îmbrăcată în haine de stradă, în ciuda asigurărilor lui André că mulți turiști obișnuiți intrau să se joace la aparate. Portarii ne-au măsurat de sus până jos și m-am simțit ca o școlăriță nepregătită. Ne îndreptăm spre automatele din sala Amerique, deschisă publicului larg. André mă ținea strâns de mână și mi-a spus că se simte norocos, pentru că fata cea mai drăguță din jur era lângă el. Când a lăsat prima monedă să alunece în aparat, am fremătat de entuziasm, entuziasm căruia, curând, i-a luat locul îngrijorarea, căci pierdea bani. Ajuns la ultimul franc, André l-a sărutat și a zis:

– Acesta e cu noroc.

Și, în timp ce moneda cobora zăngănind spre măruntaiele mașinii, surprinzător, așa a și fost.

Am căscat gura de uimire și inima îmi bătea năvalnic în timp ce din automat se revărsau 6 500 de franci. André a lăsat să-i scape un strigăt de bucurie, apoi m-a ridicat și m-a învârtit, numindu-mă talismanul lui norocos. M-a sărutat pe buze în fața mulțimii care aplauda și aclama. Mi se învârtea capul. Suma era o mică avere pentru noi.

Ne-am plimbat prin partea istorică a orașului Monte Carlo, am luat masa în restaurante elegante și am băut șampanie în baruri cochete. În restaurantele foarte scumpe am fost întâmpinați cu priviri piezișe, pentru că vorbeam tare și chicoteam fără încetare, dar nu ne-a păsat. André mi-a șoptit că banii noștri erau la fel de buni ca ai oricui altcuiva, așa că am mâncat și am băut însuflețiți de un sentiment de sfidare.

Se lăsa înserarea și bogătașii de pe iahturi începeau să își facă apariția, să petreacă, și când am trecut pe lângă un hotel, André mi-a luat mâna și m-a privit cu seriozitate.

– Hai să ne petrecem noaptea aici, a spus el fixându-mă cu privirea aceea hipnotică. Să ne bucurăm puțin de viață. A fost o zi minunată – nu vreau să se încheie încă.

M-a tras spre el și m-a sărutat pe gât, respirând greu. Am sunat-o pe mătușa și i-am spus că aveam să petrecem noaptea într-un club, cu prietenii lui André, apoi urma să înnoptăm la unul dintre ei. Eram împărțită între sentimentul de vină, pentru că mințeam, și entuziasm. Însă aș fi fost foarte stânjenită ca ea să știe că îmi petreceam noaptea la hotel cu André.

În camera hotelului elegant, cu vedere spre port, eu și André ne-am strecurat între cearceafurile proaspete de bumbac și am făcut dragoste pentru prima oară. Aceea a fost noaptea care avea să-mi schimbe viața într-un fel pe care nu mi-l puteam imagina. Genul de noapte memorabilă pe care o retrăim în amintire de numărate ori, ani la rând. Puțin după miezul nopții m-am ridicat să beau apă și am admirat, de la fereastră, un spectacol de artificii în zona portului. Explozia de lumini surprindea magia acelei nopți într-un mod desăvârșit.

Capitolul cincisprezece

Trei zile mai târziu, mătușa Gen este externată și face progrese, deplasându-se cu grijă prin apartament, cu ajutorul cârjelor, și citind în balconul însorit. Au sosit și mama cu tata, din Spania, și se agită în jurul ei. Stau peste noapte în cel de-al treilea dormitor al apartamentului, ceea ce înseamnă că Faye va împărți dormitorul de oaspeți cu mine.

– Ai grijă să te miști cu regularitate, o sfătuiește tata pe mătușa, pe un ton blând, dar ferm.

Mama e ocupată în bucătărie, pregătește ceaiul.

– Îi las să se descurce, spune ea, ocupată să umple ceainicul. Tata e cel mai potrivit să o mobilizeze. Eu sunt mult prea blândă pentru asta.

– Mătușa e foarte hotărâtă, mamă. Sunt sigură că va fi ca înainte, în cel mai scurt timp.

Mama așază ceaiul și un castron cu supă pe o tavă și merge cu ele în sufragerie, la mătușa.

– În regulă, ne revedem curând, le spun. Cobor să petrec ultima oră în magazin. Cum te simți? o întreb pe Gen.

– Bine, spune ea pe un ton ușor exasperat. Tatăl tău este foarte autoritar.

Îi aruncă o privire piezișă, însă chipul îi e luminat de un zâmbet.

– Așa trebuie. Doctorul a spus că trebuie să te miști neîntârziat, nu să zaci în pat.

– Să zac?

– Scuze. Înțelegi ce vreau să spun. În orice caz, e destul pentru azi. Cel puțin știm că te descurci singură.

– Te pot ajuta eu să mergi la toaletă, îi spune mama mângâind-o pe braț.

– Gloria, nu ajuți, intervine tata. Trebuie să o încurajăm să facă lucrurile singură.

Gen se lasă pe perne.

– Poate când führerul nu e atent, îi șoptește ea mamei.

Părinții mei coboară cu mine să-l cunoască pe Olivier. Când intrăm în magazin, lângă tejghea sunt trei femei tinere. Sunt adunate una lângă alta, studiind ce a mai rămas în vitrină la sfârșitul zilei, în timp ce Olivier vorbește cu ele. Acestea îi sorb fiecare cuvânt și râd la vorbele lui.

Astăzi poartă un tricou alb strâmt care-i pune în evidență brațele musculoase. Zâmbește cu dinții lui albi și se apropie să o sărute pe mama. Mama își aranjează timidă părul cu mâna și e deja îmbujorată de efectul lui Olivier. Dă să îl îmbrățișeze și pe tata, dar acesta îl oprește întinzându-i mâna.

– Bună ziua, mă bucur să vă cunosc pe amândoi. Înțeleg de unde moștenește Olivia frumusețea, o complimentează el pe mama, în timp ce tata fixează pofticios un chec cu vanilie și ciocolată.

Mai stăm de vorbă o vreme și mama îi spune lui Olivier că prăjiturile mele sunt nemaipomenite.

– De acord. Sunt sigur că Gen a inspirat-o, ca și pe mine, îi spune el, apoi ea și tata urcă înapoi în apartament.

E trecut de ora şapte seara şi, după o cină uşoară cu salată şi macrou afumat, îi las pe părinţii mei la un pahar de vin, pe balcon, în timp ce mătuşa Gen se odihneşte. Vremea e frumoasă, aşa că eu şi Faye ieşim la o plimbare pe plajă. Câteva familii strâng de plecare, neîndoielnic recunoscătoare după o zi lungă şi relaxantă de vară. Doi tineri încă înoată, în vreme ce soarele apune colorând cerul în portocaliu. Inspir adânc şi mă las pătrunsă de frumuseţea peisajului. Cum ar fi fost să mă fi stabilit într-un loc ca acesta? Poate chiar să fi crescut o familie aici? Gânduri similare m-au străbătut adesea, de-a lungul anilor, dar acum, stând acolo, curiozitatea este şi mai puternică. Mâine, fără să mai amân, voi începe să întreb despre André.

Stăm într-o cafenea cu vedere spre mare, cu câte un frappé, când văd un cuplu ieşind dintr-o cafenea peste drum de noi. Bărbatul ţine de mână o copilă şi îi zâmbeşte unei femei brunete de vârstă apropiată. Copila, de vreo patru ani, întinde braţele şi râde zgomotos când bărbatul o ridică pe umeri. Sunt imaginea familiei perfecte. Simt un fior de regret la gândul că eu nu am experimentat aşa ceva, cu Jake. Bărbatul se întoarce şi-i văd chipul. Zâmbetul lui îmi este foarte cunoscut. Aspectul, felul în care păşeşte... Încremenesc aproape instantaneu. Inima începe să-mi bată cu putere şi nu îmi pot lua privirea de la el, incapabilă să mă mişc. Când se întoarce spre noi, ridic meniul să îmi acopăr faţa. Sunt destul de sigură că el este. Tocmai l-am văzut pe André. Împreună cu familia lui. Trag aer în piept şi încerc să îmi revin.

– Ce e cu tine? întreabă Faye. Arăţi de parcă ai fi văzut o fantomă.

– S-ar putea să fi văzut una. Sunt sigură că acela era André.

– Poftim? Unde?

Privește în direcția în care îi arăt, pe urmele familiei care se îndepărtează.

– Repede. Să-i urmărim, spune ea, lăsând repede niște bani pe masă și apucându-mă de mână.

– Și apoi, ce facem? o întreb, împleticindu-mă în încercarea de a ține pasul cu ea.

Îi urmărim o bucată de drum, apoi îmi pierd curajul și mă retrag la adăpostul unei alei. Faye și-a pus ochelarii de soare și și-a ridicat gulerul cămășii albe.

– E nebunie curată, oftez. Ce să îi spun? E clar că are familie. Cred că trebuie să plecăm. Uită-te la tine – nu-ți lipsesc decât nasul fals și ochelarii. Nici nu te cunoaște, Faye.

– Nu m-am schimbat chiar atât de mult, se bosumflă Faye. Și-ar putea aminti de prietena ta. Părul mi-a rămas la fel. Își trece mâna prin părul scurt, de culoarea vinetei.

– Nu fi caraghioasă! Au trecut douăzeci de ani.

Tragem cu ochiul din ascunzătoare la familia care face un popas și s-a așezat pe un zid scund.

– Hai să ne întoarcem, îi spun, făcând cât mai discret drumul înapoi.

Mă simt ca într-o scenă din Pantera Roz.

Îmi recapăt respirația pe drumul înapoi spre casă, șocată de efectul pe care vederea lui André l-a avut asupra mea. Era împreună cu familia lui. O familie care nu are nici cea mai mică idee că el are un fiu adult, în Anglia. Iisuse, nici el nu știe. Dar oare la ce mă așteptasem? Crezusem că timpul va încremeni pentru el? Poate că eu m-am gândit la el, de nenumărate ori de-a lungul anilor, dar pentru el e posibil ca eu să nu fi fost mai mult decât o iubire de-o vară. Au trecut douăzeci de ani. O viață de om de când am fost împreună. Mă simt ca o neroadă.

Ajunsă acasă, simt nevoia să vorbesc cu fiul meu. Mă pregătesc să-l sun când îmi sună telefonul. E Jake.

– Bună, mama. Cum merge?

Mă bucur să-l aud și sunt tentată să-i spun totul, apoi mă liniștesc. În plus, ce aș avea de spus, mai exact?

– Bine, mulțumesc. Mătușa Gen se reface după operație și bunicii tăi au ajuns și ei. Tata face armată cu ea, să se asigure că își face exercițiile cum trebuie. La voi cum merge treaba?

– Bine, mulțumesc. Azi am creat un sortiment nou de brioșe. Sam spune că ar trebui să-l adaugi în ofertă.

– Serios? Cu ce este?

– Cu limetă și fructul pasiunii și glazură de cocos.

– Uau, sună grozav. Dacă Sam e de părere că trebuie inclus, mergeți înainte!

– Serios? Grozav! În fine, trebuie să plec. În curând începe tura mea la bar.

Mă simt bine să vorbesc despre chestiuni familiare, după ce l-am văzut pe cel care ar putea fi André. Mai vorbim puțin, apoi mă retrag și încerc să citesc, dar nu mă pot concentra și mintea îmi freamătă de gânduri. Până în momentul în care mă cuprinde somnul, mă conving singură că acela poate nici nu era André – nu l-am văzut bine, au trecut douăzeci de ani, iar eu sunt obsedată de cum ar putea arăta după atâta timp. Însă și dacă nu era el, vederea cuiva care îi seamănă m-a răscolit – și reacția mea deplasată îmi dă de înțeles că nu eram nici pe departe pregătită să port o discuție calmă și rațională cu tatăl copilului meu. În cele din urmă, alunec într-un somn agitat, cu puțin înainte de sosirea unei noi dimineți în care mă trezesc devreme.

Capitolul șaisprezece

De dimineață, cobor în magazin în același timp în care sosește Olivier. E îmbrăcat în blugi și un tricou negru și cum intră, desprinde un șorț alb din dosul unei uși.

– Bună dimineața, Olivia. Sper că ești bine în dimineața asta.

Zâmbește afișând un șirag de dinți absolut perfecți și își dă pe spate părul negru, des.

– Sunt bine, mulțumesc. Un pic obosită, acasă mă trezesc mult mai târziu.

Îi povestesc mai multe despre afacerea mea cu prăjituri online.

– A, unul dintre beneficiile lucrului de acasă.

Olivier se apucă de pâine și constat că se mișcă eficient și rapid. Realizez că nu-mi pot lua ochii de la el, de la cum frământă și întinde aluatul, formând baghetele cu mâinile lui puternice. Adun ce îmi trebuie și încep și eu să pregătesc prăjiturile zilei și vorbim de una și de alta, în timp ce lucrăm cot la cot.

– Îți e dor să fii pe vas, în zilele în care lucrezi aici, ca acum?

– Nu chiar. Este o schimbare binevenită. E bine să faci din când în când lucrurile care te pasionează. Îmi face cu ochiul.

– Presupun că ai dreptate. Totuși, să lucrezi pe un vas pare o slujbă de vis.

– Nu neg, este cât se poate de plăcut. Mai ales în timpul verii. Cu toate acestea, vasul ideal pentru petreceri este iahtul tatălui meu.

Olivier arată bine și provine dintr-o familie înstărită. Unii oameni chiar le au pe toate.

– Cine s-a ocupat de vas săptămâna aceasta, dacă tu ai fost aici?

– Fratele meu. Se bucură când are ocazia să iasă în larg. El e sculptor. Își vinde lucrările dintr-un mic atelier, lângă port.

– Mătușa mi-a spus că te-ai dovedit talentat în bucătărie de mic.

– Serios? A spus ea asta?

Se întoarce și mă privește cu ochii lui incredibili, de culoarea ciocolatei.

– Da.

– Mi-am petrecut mult timp aici, în tinerețe, cumpărând de toate. Gen mi-a fost un adevărat profesor. Mă bucur că pot să mă dedic pasiunii mele, pentru o săptămână și ceva, și mă bucur că am putut s-o ajut. Dar nu cred că aș fi în stare să fac asta în fiecare zi.

– Așadar, nu te vezi având propriul tău magazin, cândva?

– Nu cred că m-aș putea dedica în mod corespunzător. Se întoarce către mine, cu colțurile ochilor încrețite de zâmbet.

Mi se pare că Olivier are probleme în ceea ce privește angajamentele.

Dimineața trece pe nesimțite și magazinul se umple de femei flămânde, zăbovind în jurul tejghelei și flirtând cu chipeșul nostru brutar temporar. Olivier vorbește cu toate, iar acestea privesc peste umăr când ies, confirmându-i că se vor revedea mai târziu, în port. Apare și Faye – se pregătește să iasă în oraș, să cutreiere magazinele de haine de-a lungul litoralului. În timp ce așez niște brioșe în vitrină, o femeie intră în magazin, se oprește la jumătatea podelei acoperite cu gresie și mă fixează cu privirea.

– Iartă-mă, te rog, te numești cumva Olivia?

– Da.

O privesc încercând să îmi dau seama unde am mai întâlnit-o.

– Am lucrat la Marineland cu ani în urmă. Veneai pe acolo destul de des.

La auzul numelui Marineland inima începe să-mi bată cu putere.

– Da, așa este, dar au trecut douăzeci de ani de atunci. Cum de m-ai recunoscut?

– Părul acesta magnific, zâmbește ea. Nu te-ai schimbat.

Duc o mână la buclele castanii; e drept că s-au schimbat prea puțin de-a lungul anilor. Nu îmi amintesc absolut nimic despre femeia din fața mea, însă, pe de altă parte, pe vremea aceea nu aveam ochi decât pentru André.

– Mă numesc Françoise, spune ea întinzându-mi mâna. Am lucrat peste vară în magazinul de suvenire. Îmi amintesc că toate fetele te invidiau – tu erai cea care se întâlnea cu André.

– Ți-l amintești și pe André?

– Desigur. Cine nu și l-ar aminti? Toate fetele erau îndrăgostite de el. Îmi amintesc că stăteai în primul rând la spectacolele lui, sau îl așteptai afară, să termine.

Zâmbește larg.

– Cred că eram una dintre nenumăratele lui cuceriri.

Oftez.

Françoise se încruntă.

– Nu, nu cred asta. Nu s-a întâlnit niciodată cu vreuna dintre fetele care lucrau acolo, în pofida eforturilor acestora, desigur. Și nu cred să fi avut vreodată de-a face cu turiste. Se pare că tu ai fost singura excepție. Cred că am o fotografie cu voi doi, pe undeva.

– O fotografie? spun eu surprinsă.

– Da. În sala personalului era un panou plin cu fotografii din sala de spectacol. Sunt sigură că era și o fotografie cu voi doi. Când am plecat de acolo, am luat câteva, ca amintire.

Am rămas fără cuvinte. Nu am avut niciodată o fotografie cu mine și André. Aveam pe atunci un aparat foto de unică folosință și făcusem câteva fotografii cu noi – nu prim-planuri, în stil selfie, cum se fac acum, dar erau instantanee pe care André mi le făcuse când râdeam sau înotam. Îmi amintesc că rugasem un trecător să ne facă o fotografie împreună, sprijiniți de un perete, pe plajă. După ce m-am întors acasă, am descoperit dezamăgită că pierdusem aparatul pe drum, sau uitasem să îl iau. Nu mă gândisem niciodată că aș putea avea o fotografie din vara aceea și gândul mă umple de bucurie.

– Ai putea să mi-o arăți? Locuiești în zonă?

– În apropiere. Locuiesc în Juan-les-Pins. Ne-am putea vedea la o cafea, într-o zi.

Mai stăm puțin de vorbă, apoi facem schimb de numere de telefon, cu promisiunea să ne reauzim curând.

– L-ai mai văzut pe André? o întreb în timp ce pun mâna pe mătură și încep să mătur podelele – lucru complet inutil, dat fiind că mai este până la ora închiderii, dar simt nevoia să fac ceva cu mâinile, căci sunt foarte emoționată.

– Deloc. Dar, după cum spuneam, eu locuiesc în orașul vecin. Deși, se prea poate să fi trecut pe lângă el, pe stradă, și să nu-l fi recunoscut. Cei mai mulți oameni se schimbă de nerecunoscut. Tu ești o excepție.

M-am gândit de multe ori cum mi-am petrecut aproape tot timpul în vara aceea împreună cu el, și cu toate acestea nu m-a dus niciodată acasă la el. Dacă e să fiu sinceră, în ultimii douăzeci de ani m-am gândit că acesta fusese un semn că el nu luase relația noastră în serios, nu așa cum o făcusem eu, dar lucrurile pe care mi le povestește Françoise îmi reamintesc că sentimentele noastre fuseseră puternice și reciproce.

Tot nu îmi vine să cred că în curând mă voi uita la o fotografie cu mine și cu André. O amintire concretă a trecutului meu. Și, poate, un lucru și mai important, în sfârșit ceva să îi arăt lui Jake.

Mai târziu, pe seară, o scoatem pe Gen la o scurtă plimbare în jurul blocului, apoi ne așezăm să luăm cina: o tocăniță de porc cu mere, care s-a făcut încet la cuptor.

– Îmi vei lipsi mult când pleci. M-ai răsfățat complet cu mâncărurile tale, spune Gen, gata să se retragă în camera ei, cu o ceașcă de ceai. Prima mea plimbare și deja sunt extenuată. Noapte bună, tuturor.

– Și eu merg la culcare, sunt trează de la cinci și jumătate dimineața, le spun eu.

– Ți-am mai spus. Trebuie să tragi un pui de somn după-amiaza, funcționează de minune, spune Gen.

– O să încerc. Noapte bună!

E trecut de nouă și jumătate când mă îndrept spre dormitor. Capul îmi este plin de gânduri. Este posibil ca André să fie încă în Franța. Uneori mă gândesc că i-am uitat chipul, dar în curând voi avea o fotografie să mi-l amintească. Iau telefonul și găsesc un mesaj de la Jo.

Bună, Liv. Sper că e totul bine cu tine și cu familia ta! Am o nouă poveste amuzantă pentru tine și pentru Faye:

am dat (la propriu) peste tipul mişto, azi, în bar! L-am făcut să scape tava cu băuturi şi, în timp ce fugeam, l-am auzit strigând în urma mea ceva despre cum nu mai pot da vina pe câini pentru asta. Am murit de ruşine. DAR, cred că l-am văzut zâmbind, aşa că încă mai sper! Sună-mă când ai timp. xx

Mă strecor zâmbind între cearceafuri şi, pentru că sunt foarte obosită, alunec rapid într-un somn profund.

Capitolul șaptesprezece

Prăjiturile St Clements au avut așa un succes printre clienți încât a doua zi, în jurul prânzului, dau o fugă în piață să mai cumpăr portocale și lămâi ca să mai fac câteva. Vânzătorul îmi așază fructele într-o pungă de hârtie și îmi spune, făcându-mi cu ochiul, că încă așteaptă prăjitura cu căpșuni și busuioc.

– În cazul acesta va trebui să fac una special pentru tine.

Zâmbesc. Nu le-am mai făcut. Mă tem că reacțiile cumpărătorilor au fost împărțite.

– În regulă, nu-ți face griji. Mă mulțumesc și cu una cu portocală și lămâie.

– Probabil o alegere mult mai sigură. Acestea se vând ca pâinea caldă.

– Îți mai pun câteva, pentru efort, spune el adăugând încă o portocală și o lămâie.

Piața este inundată de lumina soarelui în miezul zilei, în timp ce cumpărătorii trec de la o tarabă la alta pe strada pietruită. O tarabă cu flori expune exemplare magnifice în găleți, lângă o tarabă care vinde pâine proaspătă de casă. La o tarabă de fructe, un bărbat anunță în gura mare o ofertă la zmeură. Cumpăr și eu două cutii mari, hotărându-mă să fac pentru a doua zi biscuiți cu zmeură. Atunci observ lângă taraba care vinde pâine o femeie cu un copil. Fetița arată către o tarabă învecinată, unde se fac clătite proaspete, lângă borcanele de Nutella, dar mama clatină din cap și-i spune fetei ceva în limba franceză. Mama pare să aibă vârsta mea, este suplă și elegantă, cu părul negru până la umeri și ochelari mari de soare. Când trec pe lângă mine, îmi țin respirația. Sunt femeia și copila pe care le-am văzut cu André, lângă cafeneaua de pe plajă, cu două zile în urmă. Fetița își ridică spre mine ochii albaștri uimitori și zâmbește. Are ochii lui André. Dau să vorbesc cu ea, dar trece în fugă pe lângă mine și nu reușesc. Încerc să-l grăbesc pe vânzător, ca să le urmăresc, dar până ce termină de ales zmeura pentru mine, mama și fiica s-au pierdut în mulțime.

Întoarsă la magazin, las zmeura și-mi fac o cafea, ca să îmi limpezesc gândurile. Acum sunt convinsă că André are o familie. Dacă stau să mă gândesc, ce mă așteptasem să facă? Nimeni nu călătorește întreaga viață. Însă nu pot alunga sentimentul de dezamăgire care îmi cuprinde sufletul. Trebuie să îmi dau seama ce e de făcut în continuare, pentru că vreau să-mi țin promisiunea pe care i-am făcut-o lui Jake. Sunt complet pierdută în gânduri, când simt cum cineva mă lovește ușor pe cap cu tubul de carton gol al unei role de șervete de bucătărie.

– Pauza s-a încheiat, îmi spune Olivier. S-au terminat prăjiturile cu portocală și lămâie și clienții întreabă de ele.

– Nicio grijă, spun ridicându-mă de pe scaun și începând să adun ingredientele pentru o nouă tavă de prăjituri.

Arunc o privire în magazin și văd femeia și copila din piață intrând. Fetița arată către cornurile cu ciocolată și mama ei cumpără șase bucăți. Olivier vorbește cu ele și o urmărește pe mamă cu privirea, la plecare.

– O cunoşti pe femeia aceea? îl întreb pe Olivier când se închide uşa în urma lor.

– Nu, nu am mai văzut-o până acum. Sunt sigur că mi-aş fi amintit. Zâmbeşte larg. Mi-a spus că fiica ei a vrut să cumpere clătite, în piaţă, dar ea i-a spus că ştie un magazin în apropiere, unde se găsesc cele mai bune produse de patiserie.

Acesta e momentul. Cu inima bătând nebuneşte, îmi fac curaj şi mă năpustesc pe uşă afară, cu făină în păr şi cu şorţul pe mine, dar, din nou, au dispărut.

– Eşti bine? mă întreabă Olivier când mă întorc. Ce-a fost asta?

– O, nimic. Mi s-a părut că recunosc pe cineva. În orice caz, noroc că faci cornuri cu ciocolată la fel de bune ca ale lui Gen, altfel ar fi fost dezamăgită.

Sunt dornică să abat discuția de la femeie și de la copilă. Olivier mă privește cu îndoială, dar e clar că nu vrea să insiste.

– La fel de bune? Nu mai bune?

– Amândoi le faceți excelente, răspund diplomatic.

După-amiaza în magazin se scurge liniştit şi am terminat de curăţat bucătăria cu o oră înainte de închidere. Olivier a plecat la ora două, aşa că suntem doar eu şi Valerie.

– Ce-ar fi să pleci mai devreme? îi propun. Mă descurc singură. E o zi frumoasă, mergi și bucură-te de soare.

– Ești sigură? Mai avem o oră și ceva.

– Insist. Și nu îți face griji, nu ți se va reține din salariu, îi spun.

– Mulțumesc, Olivia. Dacă ești sigură. Ne vedem mâine-dimineață.

Cât încă e linişte în magazin, mă gândesc la prăjiturile pentru a doua zi. Pe lângă biscuiţii cu zmeură, hotărăsc să mai fac prăjituri St Clements, madlene și eclere cu ciocolată. Nu am mai făcut de mult prăjituri cu aluat franțuzesc, așa că vreau să fac câteva, de probă. În timp ce încorporez untul în făină, se aude clopoțelul de la intrare. Este Lilian Beaumont.

– Bună, Olivia. Mai aveți ceva?

Îi fac semn din cap către două baghete rămase în coșul de pâine, câteva prăjituri St Clements și un chec cu vanilie și ciocolată.

– Doar nu ai venit pentru pâine la sfârșitul zilei? o întreb surprinsă.

– Sigur că nu. Am un prieten care stă la mine pentru o vreme. Se recuperează în urma unui accident de motocicletă. Probabil din cauza drogurilor, spune ea fără ocolișuri. Nu am dispoziția necesară să pregătesc ceva dulce. Mmm, dar nu prea mai am de unde alege.

– Este individul cu instrumentul?

– Nu. Este un iubit de demult, pe care l-am întâlnit ieri, când am fost în Saint Tropez. Mi-a cumpărat ceva de băut, apoi m-a condus acasă, căci venisem cu autobuzul. Am fost ușor dezamăgită că nu era cu motocicleta, mi-ar fi plăcut o plimbare pe faleză. Dar nu e complet refăcut și încă are probleme la un picior, după accident. Locuiește singur, așa că i-am spus că poate sta la mine câteva zile. Îl voi ajuta să își revină complet, cât mai repede. Era un amant desăvârșit, din câte îmi amintesc. Nu mai știu de ce l-am lăsat.

– Norocoasa de tine, îi spun, fără ca nimic din ceea ce spune Lilian Beaumont să nu mă mai surprindă.

– Scuză-mă, nu cumva ai vrut să spui norocosul de el?

Înalță o sprânceană perfect pensată.

– Bineînțeles. Bine, uite, întoarce-te peste vreo oră și vei avea eclere proaspete, dacă vrei. Ușa de la intrare va fi încuiată, dar eu sunt aici, așa că te rog să vii la intrarea laterală.

– Foarte bine, excelent. Eclerele cu ciocolată vor fi perfecte. Ești o fată bună, Olivia.

O fată bună. O prietenă grozavă. O mamă minunată. Asta sunt eu. Atâta doar că vreme de douăzeci de ani am purtat cu mine un secret uriaș pe care l-am ținut ascuns de tatăl lui Jake. Poate că nu sunt așa bună cum par să mă considere ceilalți.

Capitolul optsprezece

La o săptămână de la operație, mătușa Gen își recapătă treptat puterile, ajutată de plimbările zilnice pe care le face însoțită de părinții mei. A primit nenumărate vizite de încurajare și a petrecut câteva după-amiezi sorbind ceai (sau gin tonic) împreună cu musafirii, pe balconul însorit. Nu știu despre ce vorbesc, dar judecând după hohotele sănătoase de râs care răsună până în sufragerie, trebuie să fie lucruri amuzante.

De dimineață am primit un mesaj de la Françoise și la ora trei ne întâlnim într-o cafenea numită Café Flore, pe plaja din Juan-les-Pins. Nu am reușit să vorbesc cu soția lui André zilele trecute, dar dacă obțin fotografia de la Françoise, o să am ceva pentru Jake și poate aflu de la ea alte lucruri care m-ar putea ajuta să dau de urma lui. Olivier îmi spune că autobuzul care are stație chiar peste drum mă duce rapid la cafenea, ceea este cât se poate de convenabil, pentru că Faye are nevoie de mașină să meargă până în Cannes, la cumpărături. Gândul că voi vedea fotografii de la Marineland, de acum mulți ani, mă entuziasmează.

Termin treaba în magazin și pun într-o pungă două prăjituri St Clements și un chec rămas din ziua anterioară. Fac o plimbare scurtă până la piață, sperând să-l mai găsesc pe vânzătorul de legume și fructe. Îl găsesc împachetând de plecare.

– Azi ai stat până mai târziu, îi spun, dat fiind că de obicei până la ora patru e plecat.

– Știu. Astăzi am avut vânzare bună. Am dat toate salatele și căpșunile. Vremea frumoasă a fost de mare ajutor.

– Ei bine, îți doresc o seară minunată. Poftim un desert.

– A, mulțumesc, spune el, trăgând cu ochiul în pungă. Aroma de vanilie deja îmi face foame. Dar trebuie să mă stăpânesc. Soția mea se va supăra dacă nu-i mănânc tocănița. O seară frumoasă și ție. La revedere!

Mă bucur de călătoria cu autobuzul, urmărind pe geam oamenii care se plimbă pe faleză și pe cei de pe plajă, care se relaxează pe șezlonguri sub razele încă fierbinți ale soarelui. La semafor surprind privirea a doi tineri bărbați aflați într-o mașină sport decapotabilă, roșie. Unul din ei își ridică ochelarii de soare și îmi face cu ochiul, lucru care mă face să zâmbesc. Am o rochie albă din bumbac cu broderie englezească, fără mâneci, care îmi dezvăluie bronzul impecabil. În mai puțin de douăzeci de minute cobor la destinație și pornesc pe faleză în căutarea cafenelei, pe care o găsesc pe partea stângă a digului. Françoise nu a ajuns încă și, pentru o clipă, mă întreb dacă va veni.

Pereții cafenelei sunt albaștri, împodobiți cu tablouri în acuarelă și geamuri mari care dau către mare, iar eu mă gândesc la cafeneaua de acasă, de la capătul digului, în Southport. Văd o tablă pe care sunt afișate specialitățile zilei – pui suprême, coq au vin, cremă de zahăr ars și tartă tatin cu prune – și îmi dau seama că îmi e foame.

Câteva minute mai târziu se deschide ușa și intră Françoise, cu părul blond prins în coadă. Pe umăr are o geantă maronie.

– Bună seara, Olivia. Ce faci?

– Sunt bine, mulțumesc? Ți-e foame?

– Da, foarte.

– Bine. Căci vreau neapărat o porție de coq au vin.

– Iau și eu la fel.

Comandăm două porții și două ape minerale unei ospătărițe care trece pe lângă noi.

Françoise deschide geanta, din care scoate un plic maro și-l împinge către mine. Îl deschid, scot o fotografie și mă trezesc uitându-mă în ochii albaștri ai lui André. Chiar și acum îmi tresare inima. Eram o pereche atât de frumoasă, dacă îmi permiteți să spun. Brațul lui André îmi cuprinde umerii și amândoi zâmbim către aparatul de fotografiat. Părem cu adevărat fericiți și se spune că aparatul de fotografiat nu minte niciodată.

– Mulțumesc, Françoise, îi șoptesc.

Mai sunt șase fotografii, între care și una cu balena ucigașă și zâmbesc amintindu-mi că am sărutat-o.

– Păstrează-le, am făcut copii.

Françoise zâmbește.

Îi mulțumesc și le pun în geantă.

– Nu te supăra că întreb, dar mai știi ceva de familia lui André? Locuiesc aici?

– Mă tem că nu știu. Și, după cum am spus, nu l-am cunoscut atât de bine.

Câteva minute mai târziu, o aromă plăcută ne anunță că ne sosește comanda și ne îndreptăm atenția, înfometate, asupra mâncării delicioase. Puiul, care se desprinde de pe oase, se odihnește în sosul roșu, consistent, de vin și usturoi. Este dumnezeiesc de bun.

– Ar fi bine să nu sărut pe nimeni în seara asta. Atâta usturoi, spune Françoise.

– Așa e. Cred că și eu va trebui să mă așez în spatele autobuzului, departe de ceilalți, la întoarcere.

Bem apă și Françoise îmi spune că e căsătorită, are o fiică de zece ani și lucrează cu normă redusă la un centru de agrement, ca recepționeră.

În curând vine momentul să ne despărțim.

– La revedere, Françoise. Îți mulțumesc pentru fotografii. Acum ai numărul meu de telefon, dacă mai ai chef vreodată să ne vedem.

Îmi dau seama că vorbesc serios, chiar am impresia că eu și Françoise ne-am înțeles din prima. Dacă n-aș fi fost atât de captivată de André, cu ani în urmă, noi două am fi putut fi prietene.

– Sigur, spune ea, făcând un pas să mă îmbrățișeze și să mă sărute pe amândoi obrajii. La revedere, Olivia. Ai grijă de tine.

În autobuz, în drum spre casă, scot fotografia și îmi dau seama că nu mă pot stăpâni să nu o privesc. Uitasem cât de mult seamănă Jake cu tatăl lui. Are aceiași ochi fascinanți și aceeași linie a bărbiei puternic conturată, masculină. Buzele pline sunt singurul lucru pe care l-a moștenit de la mine.

Este aproape ora nouă când cobor din autobuz, cu câteva stații mai devreme, căci simt nevoia să fac o plimbare. Mă îndrept spre port și în crepusculul delicat își fac apariția luminile strălucitoare ale ambarcațiunilor. Dintr-odată, mă aud strigată pe nume. Pe puntea unui iaht impunător stă Olivier cu brațele în jurul a două tinere superbe în costume de baie, una blondă, una brunetă. Faye îmi trimisese un mesaj, spunându-mi că o doare stomacul, așa că nu iese nicăieri și ne vedem când ajung acasă. Nu mă pot împiedica să gândesc că Olivier nu pare deloc afectat. Deși, cunoscându-l pe Olivier așa cum încep să îl cunosc, probabil este doar o imagine.

– Olivia, vino să bei un pahar cu noi, spune el ridicând un pahar de șampanie.

Arată foarte bine, imaginea perfectă a unui playboy, într-o cămașă roz, blugi strâmți și ochelari de soare de firmă.

Mă îndrept spre iahtul lui și, când mă apropii, simt mirosul de aftershave scump.

– Îmi pare rău, Olivier, mă pregătesc de culcare.

– Fără să te ademenesc eu cu șampanie mai întâi?

Joacă din sprâncene către mine, iar bruneta îl împunge jucăuș în braț și țâțâie din buze.

Mai vorbim puțin, apoi plec, epuizată, simțind că aș putea dormi o veșnicie. Olivier e proaspăt ca o floare. Îi spun că sper să nu întârzie de dimineață, dar el ridică din umeri și-mi răspunde că sincronizarea lui este întotdeauna perfectă. Poate că și el trage câte un pui de somn revigorant după-amiezile, ca Lilian Beaumont și ca Gen.

Ajung acasă și le spun noapte bună părinților mei și mătușii, care joacă scrabble în sufragerie, apoi mă duc în dormitor. Faye e trează, răsfoiește o revistă, cu o sticlă de apă pe noptieră.

– Cum te simți? o întreb, prăbușindu-mă pe patul alăturat.

– Mult mai bine, mulțumesc. Nu știu dacă e de la ceva ce-am mâncat sau din cauza soarelui.

După ce mă îmbrac în pijama, scot fotografia din geantă și o mai privesc o dată înainte să i-o întind lui Faye. Cu greu o recunosc pe femeia din fotografie, care mă privește cu ochi plini de iubire. Pe atunci capul îmi era plin de visuri, credeam că totul e posibil înainte ca realitatea întoarcerii acasă, pentru a crește singură un copil, să devină viața mea. Timpul a trecut pe nesimțite. E plăcut să am o bucățică din acele timpuri, indiferent cât de dulci-amare sunt unele amintiri.

– Dumnezeule, uitasem cât era de frumos, spune Faye când îi arăt fotografia. Nu mă mir că ai fost atât de îndrăgostită.

Îi povestesc lui Faye despre Françoise și că nu știe nimic despre familia lui sau unde ar putea locui acum.

– Sunt sigură că totul o să se aranjeze așa cum trebuie, mă liniștește Faye.

– Nu, dacă nu încerc să aflu. Cineva din întreg orașul trebuie să știe ce s-a întâmplat cu el și trebuie să încerc cel puțin să aflu, pentru Jake. Acum că am o fotografie, poate e mai ușor. O să întreb oamenii din oraș dacă îl recunosc. Cred că o să mai merg o dată și la Marineland. Fotografia i-ar putea ajuta pe unii dintre angajați să își amintească.

– Merită să încerci, presupun, ridică Faye din umeri.

Stăm așa de vorbă multă vreme și o întreb ce părere are despre Olivier.

– Îmi place mult. Dar sunt realistă. El e ușuratic, iar eu sunt în vacanță. Nu am așteptări.

Cred că e mai bine așa, gândesc, amintindu-mi de femeile fermecătoare care îl înconjurau mai devreme.

Mi-aș fi dorit să fiu la fel de sigură pe mine cum este ea.

Îi spun lui Faye noapte bună și mă bag sub pătură, lăsând fotografia pe noptieră. În curând, adorm.

A doua zi dimineață, mă trezesc brusc, cu mama bătând în ușa dormitorului meu. Mă uit la ceas și văd cu groază ora 6.45.

– O, nu. N-am auzit alarma. Oare Olivier a sosit? spun ridicându-mă și frecându-mă la ochi.

– Olivier e în bucătărie, dinainte de ora șase. Și Valery la fel, pregătește niște prăjituri, așa că nu îți face griji.

Așază o ceașcă plină cu ceai pe noptieră și observ că apucă să arunce o privire către fotografie, înainte să reușesc să o iau de acolo. Faye continuă să doarmă, în pofida faptului că vorbim lângă ea.

– Mulțumesc pentru ceai, mamă.

Îl beau la repezeală, apoi cobor în bucătărie. Olivier scoate o tavă mare cu pâini din cuptor și zâmbește larg când mă vede.

– A, bună dimineața, Olivia. El arată incredibil de odihnit. Poate e mai bine că nu mi-ai acceptat invitația la un pahar, seara trecută. Acum ai fi lipsă la apel, mă necăjește el.

Valerie îmi aruncă o privire piezișă și zâmbește.

– Vă rog să mă iertați. Cred că trezitul devreme din ultima vreme m-a ajuns din urmă, atâta tot. Și întotdeauna stau până la ora închiderii, spun eu în apărarea mea.

– Știu, glumesc.

Zâmbește.

Valerie a făcut niște tarte cu fructe și rulouri cu frișcă, iar acum glazurează niște brioșe red velvet[1].

– Arată grozav, Valerie. O să fac și eu niște biscuiți florentini și unii cu zmeură.

Îmi strâng părul, iau un șorț și mă apuc de lucru.

Dimineața e aglomerată ca de obicei, femeile îi fac în continuare ochi dulci lui Olivier când intră să-și cumpere pâine. În jurul prânzului, fac o pauză și urc la etaj. A trecut mai bine de o săptămână de la operația mătușii Gen și se recuperează rapid.

Mama vine după mine în bucătărie, aducând niște cești de ceai, în timp ce eu îmi torn suc de portocale într-un pahar.

---

[1] Prăjituri de origine americană, foarte pufoase, de culoare roșie, de unde și numele (n.tr.)

– Bărbatul din fotografia de pe noptieră, începe ea, întorcându-se să mă privească. Arată exact ca Jake. Acela este tatăl lui?

Mama nu e genul care să vorbească pe ocolite. Îi povestesc despre vizita pe care Françoise a făcut-o la magazin și despre întâlnirea noastră. Nu știu de ce, dar nu îi spun și despre faptul că am avut impresia că l-am văzut pe André în oraș, cu soția și fiica lui. Deși, cu cât mă gândesc mai mult la asta, cu atât mă conving că m-am înșelat.

– Trebuie să-ți fie greu, spune ea în timp ce spală ceștile în chiuvetă. Jake nu și-a cunoscut tatăl. Mă întreb dacă mai locuiește aici.

Ridic din umeri.

– Nu știu. Ar putea fi oriunde. Eram niște copii când ne-am cunoscut.

Mama mă mângâie pe braț și zâmbește.

– Știu. Totuși, nu e niciodată prea târziu să îți cunoști familia biologică. Eu urmăresc emisiunea aceea despre familii despărțite, și sunt oameni care nu s-au văzut unii cu alții de peste patruzeci de ani. Jake este încă tânăr.

Mă întreb dacă acesta este felul mamei de a spune că ar trebui să încerc să dau de urma lui André, acum că sunt acolo. Dacă ar ști că exact asta încerc (fără să reușesc, deocamdată) să fac!

În frigider este un bol uriaș cu salată nicoise și îmi scot o porție, apoi merg în balcon să mănânc, bucurându-mă de soarele care îmi încălzește brațele. În ciuda zgomotelor slabe ale străzii, care se aud de dedesubt, este un loc deosebit de relaxant.

În magazin, vânzarea este slabă în această după-amiază și sunt tentată să închid mai devreme, dacă n-am rămâne cu atâta marfă nevândută. Poate ar fi bine să fac o reducere de preț, cu speranța că vestea se va răspândi rapid în cartier.

Discut ideea cu Valerie, care spune că merită să încercăm, așa că încropește rapid un anunț, iar eu îl afișez în vitrină. În cincisprezece minute se formează o coadă de clienți dornici să cumpere ceva dulce pentru cină și epuizăm rapid stocul. Unul dintre clienți este vânzătorul de fructe și legume.

– Bună ziua. Am auzit că este o vânzare cu preț redus la prăjituri. Vorba merge repede pe aici.

Zâmbește în timp ce cumpără ultimele prăjituri ale zilei. Când e gata să plece, smulg fotografia cu André din poșetă și ies în grabă din spatele tejghelei.

– Pot să te întreb ceva? Ai locuit mereu în Antibes?

– Da, de când mă știu. De ce?

Îi arăt fotografia și îl întreb dacă îl cunoaște pe bărbatul din imagine.

O studiază câteva secunde, apoi răspunde.

– Nu sunt absolut sigur, dar seamănă cu un tip care lucrează la Café Rouge.

Îmi explică unde este cafeneaua, la doar câteva străzi depărtare.

Mă hotărăsc să merg acolo fără întârziere și inima îmi bate să-mi iasă din piept când intru. În spatele tejghelei este un bărbat cu spatele către mine, pregătind o cafea la un aparat. Are aceeași înălțime și conformație ca André. Părul care îi atinge gâtul este castaniu cu fire albe. Aștept să se întoarcă și îmi simt gura uscată.

Pare că trece o veșnicie până ce termină de preparat cafeaua și se întoarce să o așeze în fața clientului.

– Bună ziua, doamnă, cu ce vă pot servi?

Abia pot vorbi în timp ce îi studiez chipul. Are aceeași privire hipnotică și linie puternică a bărbiei, dar nu este el.

– Doamnă?

– O, da, iartă-mă că mă holbez, căutam un bărbat.

Chicotește și ridică mâna să îmi arate verigheta.

– Mă tem că nu vă pot ajuta.

– Nu, vreau să spun acest bărbat. Cineva a crezut că ai putea fi tu.

Îi arăt fotografia și el o studiază.

– Este o fotografie veche, dar mă gândesc că poate nu s-a schimbat foarte mult, spun eu.

– Sunt flatat. Este un bărbat chipeș. Dar îmi pare rău, nu îl cunosc.

Îi mulțumesc și pornesc înapoi spre magazin, gândindu-mă la următoarea mișcare.

– A fost o idee bună să reducem prețurile, spune Valerie în timp ce curăță vitrina frigorifică. Poate ar trebui să facem asta zilnic, detest să arunc ce rămâne.

– Poate că ai dreptate. Deși nu este ceva obișnuit să ne rămână atât de multe produse la sfârșitul zilei.

În scurtă vreme, Valerie își adună lucrurile și își ia rămas-bun, iar eu fac ultima curățenie înainte de închidere. Mâine vom avea și mai mulți biscuiți cu zmeură, madlene și brioșe, care se păstrează proaspete mai mult decât prăjiturile cu cremă.

Mă îndrept spre ușa de la intrare, să o încui, și văd o femeie venind spre magazin. Este femeia pe care o văzusem cu André. De data aceasta, este singură.

– Îmi pare rău, pentru astăzi am vândut tot, îi spun forțându-mă să zâmbesc. Sunt hotărâtă să o întreb despre André, dar inima îmi bate cu putere și iar mi se usucă gura.

– Nu îți face griji, nu am venit pentru pâine. Am venit să vorbesc cu tine. Dacă ești Olivia.

Capitolul nouăsprezece

Femeia, care spune că se numește Angela, propune să bem o cafea la un local din apropiere, așa că îmi iau geanta și încui ușa magazinului în urma mea, întrebându-mă unde va duce această întâlnire. Poate că o fixasem cu privirea la piață. Nu l-am văzut pe André de douăzeci de ani și cu toate acestea simțeam o gelozie lipsită de sens față de această femeie. E ridicol. Nu am niciun drept să mă simt așa.

Comandăm cafele și ne așezăm la o masă afară.

– Ia spune, de unde știi cum mă cheamă? întreb, dornică să intru direct în subiect, intrigată peste măsură.

– Din discuțiile cu fratele meu. Am fost ieri la voi în magazin, cu fiica mea, spune fixându-mă cu ochii ei albaștri incredibili.

– Da, îmi amintesc. Iartă-mă, ne cunoaștem de undeva?

– Nu mă cunoști și, sinceră să fiu, nici eu nu te cunosc. Dar știu despre tine.

– Nu cred că înțeleg ce vrei să spui.

Sunt destul de convinsă că nu sunt faimoasă, dacă nu cumva am devenit subit cel mai bun patiser din Antibes sau ruda idioată care administrează patiseria mătușii Genevieve.

– Păi, situația este în felul următor, spune ea sorbind din cafea. Sunt sora lui André.

Mă las pe spătarul scaunului, gândindu-mă la ceea ce tocmai a rostit. Așadar, nu este soția lui! Poate nici nu este însurat. Dar fetița aceea seamănă atât de mult cu André! Are ochii lui. Eram convinsă că este sora vitregă a lui Jake.

– V-am văzut împreună cu André în apropierea pieței, reușesc să spun în cele din urmă. Am crezut că ești soția lui – că fiica ta era fiica lui.

– Nu, zâmbește ea. Noi toți semănăm mult între noi. Presupun că avem gene puternice.

– Cu siguranță aveți, îi spun, amintindu-mi de ochii albaștri ai fetiței. Prin urmare, ce te aduce aici? întreb cu inima bubuindu-mi în piept.

– După ce merg la piață, intru de multe ori în magazin. În ultima vreme, mai des chiar decât de obicei, pentru că vin în zonă la niște probe pentru o rochie. Când te-am văzut, am fost sigură că trebuie să fii Olivia. Din felul în care André vorbea despre tine, nu putea fi altcineva.

– André a vorbit despre mine? întreb surprinsă.

– Bineînțeles. Recunosc, nu în ultimul timp, dar îmi amintesc cum povestea despre această fată pe care o cunoscuse cu ani în urmă. O fată cu părul castaniu, ondulat. Mi-a spus că mătușa ta deține patiseria Genevieve. Mi-a mai spus totodată că nu te-a uitat niciodată. Când te-am văzut, zilele trecute, am știut că ești tu. Ești aici în vacanță?

– Într-un fel. O ajut pe mătușa, care a suferit o intervenție chirurgicală.

Încep să-i spun Angelei totul despre operația la genunchi a mătușii Gen și despre afacerea mea cu prăjituri de acasă.

– Așadar, mătușa ta te-a inspirat?

Îmi amintesc de copilărie, de vacanțele de vară petrecute urmărind-o pe mătușa făcând lucruri magice în bucătărie.

– Da, răspund eu într-un sfârșit, m-a inspirat.

– Pe mine m-a inspirat bunica. Sunt croitoreasă și, când eram copil, stăteam sub masa unde lucra și apăsam pedala mașinii de cusut. Zâmbește retrăind amintirea. Mai mult o încurcam decât să o ajut, de fapt. Sper ca mătușa ta să se refacă rapid.

Sunt cât se poate de încântată de discuția noastră, dar ard de nerăbdare să aflu mai multe despre André. Ca și cum mi-a citit gândurile, mă privește drept în ochi.

– În fine, nu de asta te-am căutat. Te-am căutat pentru că vreau să știu ce părere ai să îl revezi pe André?

Rămân tăcută, preț de câteva clipe, gândindu-mă la ceea ce m-a întrebat. Mi-l amintesc pe tânărul de acum douăzeci de ani și vara lungă, amețitoare, a anului 1998, dar acesta trebuie să se fi schimbat mult între timp. Eu una m-am schimbat. Nu sunt convinsă că l-am cunoscut cu adevărat pe atunci. Nu în adevăratul sens. E drept că îmi vorbise despre frații și surorile lui, dar nu îl cunoscusem pe niciunul, nu fusesem la el acasă. Poate că asta ar fi trebuit să îmi dea de gândit. Dar eram tânără, nesăbuită și îndrăgostită. Este aproape ireal că sunt aici, bând cafea cu sora lui, după atâția ani. Nu pentru prima dată, mă întreb dacă nu era mai bine poate să fi lăsat lucrurile cum erau. Dar îi sunt datoare lui Jake să merg mai departe.

– Ce te face să crezi că el ar vrea să mă revadă? Îi întâlnesc privirea. Sigur și-a văzut de viața lui.

– André a trăit o vreme în străinătate. Cred că știi că plecase într-o călătorie. În fine, a ajuns în Canada, unde a lucrat într-o colonie de animale sălbatice, și unde s-a și căsătorit.

– André este căsătorit?

– A fost. Căsătoria lui cu Jenny a durat vreo șase ani, apoi lucrurile n-au mai mers și s-a întors. E în Franța de mai bine de zece ani. A mai avut câteva iubite, dar de câțiva ani e singur.

– Unde locuiește?

Încep să simt fluturi în stomac la gândul că îl voi revedea pe André, că voi privi în ochii lui albaștri, tulburători. Și e singur. Îmi imaginez zâmbetul lui natural și inteligența ascuțită.

– La câțiva kilometri de aici, în casa părintească. Părinții mei au murit acum trei ani, la distanță de un an unul de celălalt.

– Îmi pare rău să aud asta.

– Mulțumesc. Zâmbește trist. Întotdeauna am știut că aveau să moară la scurt timp unul după celălalt, erau genul acela de îndrăgostiți. Sunt surprinsă că tata a mai supraviețuit un an după moartea mamei.

Angela îmi arată o fotografie cu ea și frații ei, pe plajă, de când erau copii. Seamănă între ei, toți cu ochii albaștri și pielea fină, măslinie. O familie foarte frumoasă. Arată exact așa cum îmi imaginam că ar fi arătat copiii mei și ai lui André.

– Vezi bistroul acela, în spate? Arată în fotografie o cafenea cu fațada albă, amplasată spre capătul portului. Tata ne spusese că într-o bună zi va cumpăra localul acela, pe care îl va transforma în cel mai bun restaurant cu specific pescăresc din zonă. Avea barca lui, era un pescar de succes și făcuse economii considerabile de-a lungul anilor. După câțiva ani, când proprietarul localului s-a pensionat, tata l-a cumpărat în sfârșit. A angajat un bucătar tânăr și talentat și a dat lovitura. După ce tata a murit, André a preluat conducerea. Nu i-a fost deloc ușor la început, pentru că toată lumea îl iubise pe tata. În plus, André nu știa nimic despre cum să administreze un restaurant. La vremea aceea, el lucra pentru o organizație de protecție a animalelor, dar angajații l-au sprijinit fără rezerve. A reușit să transforme restaurantul într-unul modern, mai elegant, care merge mai bine decât oricând. Sunt foarte mândră de fratele meu.

Pune fotografia deoparte, zâmbind afectuos, apoi se uită la ceas și spune că trebuie să plece.

– Trebuie să mă văd cu o mireasă, pentru o probă de rochie. Nu vreau să o las să aștepte. Întotdeauna, cu prilejul pregătirilor de nuntă, nervii sunt întinși. S-ar putea transforma într-o, cum se spune, mireasă de coșmar?

Își termină cafeaua și se ridică să plece.

Îmi întinde o carte de vizită cu numărul de telefon al lui André. Mă sărută pe amândoi obrajii și pleacă.

– Stai așa, strig în urma ei. Ești sigură că el s-ar bucura să mă revadă?

– Crede-mă, spune Angela, întorcându-se și așezându-și o mână pe brațul meu. E convins că tu ești iubirea pe care a pierdut-o.

Merg înapoi spre apartamentul mătușii, amețită, răsucind cartea de vizită între degete. André este aici, în Antibes, administrează un restaurant în capătul portului. Când mă gândesc că era doar o chestiune de timp până când aș fi ajuns acolo, într-o plimbare. Aș fi dat peste el întâmplător, complet pe nepregătite. Aș fi stat în restaurantul lui și aș fi comandat mâncare de la el. Acestea vor fi vești extraordinare pentru Jake.

Ceea ce mi-a spus Angela, faptul că André încă se gândește la mine, îmi face capul să vâjâie. Oare el i-a spus asta? Încerc să îmi pun ordine în gânduri, pentru că atunci când în sfârșit voi ajunge să îl văd, trebuie să îi vorbesc despre fiul lui.

Capitolul douăzeci

Nu a trecut decât o săptămână și jumătate de la operație, dar în dimineața aceasta, după ora 10, mătușa Gen coboară în magazin.

– Bună ziua, doamnă Genevieve. Ai venit să ne supraveghezi? zâmbește Olivier.

– Sunt sigură că nu este necesar. Sunt convinsă că tu și nepoata mea vă ridicați la nivelul așteptărilor.

Olivier își ridică brațele bronzate.

– Întru totul. Întotdeauna m-am priceput să îmi folosesc mâinile.

Zâmbește pieziș către mine, iar Valerie își dă ochii peste cap.

– Cum te simți? o întreb.

– Plictisită, răspunde Gen. Am citit două romane și zeci de reviste. Privesc portul din balcon în fiecare zi, dar sunt nerăbdătoare să fiu aici.

– Trebuie să ai răbdare. Ai fost operată de curând, îți amintești? îi spun.

– Cum aș putea să uit? Dar vă spun sincer, sunt bine. Încă mă mai doare genunchiul, însă abia aștept să mă aflu din nou în spatele acestei tejghele. Lilian mă ia la o plimbare cu mașina puțin mai târziu. E un magazin drăguț cu haine, lângă plajă, cu o cafenea alături. Un pic de terapie prin cumpărături s-ar putea să-mi facă bine. În plus, cred că și părinților tăi le-ar prinde bine să petreacă puțin timp singuri.

– Dacă ești sigură că nu este un efort prea mare pentru tine, îi spun îngrijorată.

– Ei bine, dacă vrei să ajung iar la spital, cu probleme mintale, din cauza lipsei de activitate, atunci nu mă mai deranjez. Dar serios – zâmbește –, o să fie bine. Stăm puțin prin magazine și luăm un prânz ușor la malul mării. Sunt sigură că îmi va prinde nemaipomenit de bine.

– Bine. Dar te rog să nu îți uiți telefonul și să mă suni, dacă e nevoie.

Poate că îmi fac prea multe griji. Gen chiar pare că se înviorează când are oameni în preajma ei.

– Desigur. În regulă, plec. Trebuie să găsesc ceva decent de îmbrăcat. Să nu o fac pe Lilian de rușine.

Azi-noapte, aproape n-am închis un ochi. M-am răsucit pe toate părțile, imaginându-mi întâlnirea mea cu André. Mă tem de ce e mai rău, la gândul că trebuie să îi spun despre Jake. Cu fiecare an care trecea, mă încercau sentimente contradictorii, gândindu-mă că lui Jake îi era bine și simțindu-mă vinovată că tatăl lui nici măcar nu știa că el există. Și, firește, anii au trecut cu repeziciune. Parcă ieri îl duceam în prima zi la școală, și până să apuc să îmi dau seama, termina liceul și se interesa de facultăți. Cu cât trece mai mult timp, cu atât este mai greu să faci o schimbare.

– Ești cu gândurile departe azi, observă Olivier când uit să pun zahăr în amestecul pentru prăjitură – din fericire, a observat la timp, înainte să o bag în cuptor. Ești bine?

– Sunt bine, doar că nu am dormit prea mult azi-noapte.

Îmi înăbuș un căscat.

– Neapărat trebuie să tragi un pui de somn după-amiază. Pe mine asta mă menține în formă. Câteva ore de somn după-amiaza și rezist toată noaptea.

Deja mi-l imaginez.

– Poate că ai dreptate. O să mă retrag pe la patru, dacă ești de acord să rămâi singură o oră, sau două la sfârșitul zilei? spun, întorcându-mă spre Valerie.

– Bineînțeles. Și tu m-ai lăsat pe mine să plec mai devreme. Îți sunt datoare.

Următoarele două ore se scurg repede și puțin după ora două văd mașina sport, roșie, a lui Lilian Beaumont oprind în fața patiseriei. Coboară din mașină într-o rochie galbenă dreaptă și o pălărie de pai cu boruri largi. Câteva secunde mai târziu apare și mătușa, la fel de elegantă, în pantaloni albi de in, o vestă din mătase verde și eșarfă asortată. Amândouă intră să ne salute.

– La revedere, doamnelor. Te rog, ai grijă de mătușa!

– Firește. Lilian zâmbește. Nu pornim la vânătoare de bărbați decât după ce se reface complet. Gen o împunge ușor în braț și râde.

– Că tot veni vorba despre bărbați, cum a fost întâlnirea ta, zilele trecute? I-au plăcut eclerele?

– N-a mâncat. Nu mănâncă produse lactate sau care conțin gluten, lucru pe care a uitat să-l menționeze. Și făcusem o vită cu sos delicioasă. Foarte nepoliticos din partea lui.

– Ce anume? Că nu mănâncă lactate și gluten?

– Că nu mi-a spus. Nu o să meargă niciodată între noi. Nu am timp să gătesc separat pentru cineva. Nu îl voi mai revedea. Genevieve – la mașină, repede, să mergem.

Înainte să plece, Lilian îmi mai verifică o dată cunoștințele de limbă franceză.

– Ce ai mâncat la micul dejun?

– Cafea cu lapte și corn cu dulceață de zmeură.

– Foarte bine. Să vorbești câte puțin în franceză în fiecare zi. Pe mai târziu.

În curând, e după-amiază târziu și mă pregătesc să urc să trag un pui de somn. Îl sun pe Jake, să verific cum sunt lucrurile acasă și, ca de obicei, totul pare să meargă strună. Când pun telefonul la încărcat, primesc un mesaj de la Jo.

Bună, Liv. Sper că e totul bine. Am făcut o plimbare pe lângă casa tipului mișto (deși îmi promisesem să nu o fac) cu doi shih-tzu care, mi-am imaginat, nu vor cauza niciun fel de probleme. Cred că era ora la care l-am văzut și altă dată plecând de acasă, și iată că așa s-a întâmplat și acum! Cine s-ar fi gândit? Am vorbit puțin, și ce crezi? Îl cheamă Guy[1]*. Am râs când mi-a spus. M-a invitat să bem ceva, diseară, la un bar de vinuri. O să îți spun cum a mers. xx*

Urmat de un alt mesaj.

Cum se numește câinele unui magician?
Labracadabrador.

Îi răspund imediat, urându-i întâlnire plăcută și spunându-i că aștept detalii când se întoarce acasă. Chiar sper să se distreze cu tipul cel arătos. Dacă a ales-o pe Jo, atunci chiar este norocos.

Mă trezesc puțin după ora șase și le găsesc pe mama și pe mătușa pe canapea, înconjurate de sacoșe pline de cumpărături.

[1] Și substantiv comun = tip, individ, bărbat etc. (n.tr.)

– Bună, Gen, ai avut parte de o ieșire plăcută?

– Da, mulțumesc, Olivia, a fost cât se poate de reconfortant.

– Sper că nu te-ai obosit prea mult.

– Sinceră să fiu, m-am temut că poate sunt prea ambițioasă, în pofida faptului că abia așteptam să ies puțin din casă. Dar, trebuia să mă aștept, Lilian a fost prevăzătoare și vorbise deja la magazin să aibă pregătit un scaun cu rotile. M-a dus de colo-colo, cât am ales niște lucruri foarte drăguțe. Am mâncat la un restaurat cu specific pescăresc, foarte drăguț, la malul mării. A fost o zi deosebit de plăcută. Uite, am ceva pentru tine.

Îmi întinde o poșetă de seară din mătase roz împodobită cu cristale Swarovski și nu îmi pot stăpâni o exclamație de uimire.

– Gen, mulțumesc! E absolut superbă. Acum trebuie doar să găsesc o ocazie să o folosesc.

A mai cumpărat o eșarfă de mătase minunată pentru mama și un portmoneu din piele maron, fin, pentru tata.

– Niște cadouri în semn de mulțumire. Sunt norocoasă cu o familie atât de frumoasă.

Mama adună ceștile de ceai și le duce în bucătărie, iar eu o urmez.

– Crezi că Gen e bine? Pare epuizată, spune mama în timp ce așază ceștile în mașina de spălat vase.

– Pare că Lilian a avut grijă de ea, mamă, nu îți face griji. Începea să fie deprimată, stând numai în casă, așa că probabil i-a făcut foarte bine plimbarea.

– Presupun. Cred totuși că ar fi bine să o lase mai ușor în următoarele zile.

Îmi fac un duș și îmi torn un pahar de Chardonnay, apoi aprind lumina în balcon și mă pregătesc să ies cu o carte.

Este o noapte blândă și luminile portului clipesc în depărtare. Trebuie să ies în larg, într-o zi. Poate iau unul din taxiurile pe apă ale lui Olivier și merg să petrec o zi în Cannes.

Mai târziu, merg cu Faye la un cinematograf în aer liber, în apropierea plajei, să vedem *Dirty Dancing* (din fericire, e în limba engleză cu subtitrare în franceză). Este povestea iubirii de o vară a unei femei cu bărbatul visurilor ei. De parcă nu m-aș fi gândit destul toată ziua la André. Mâine îl sun.

Capitolul douăzeci și unu

A doua zi dimineață, și eu, și Faye primim un nou mesaj de la Jo care, este clar, simte lipsa întâlnirilor noastre.

Bună, fetelor. Am vrut doar să vă spun că întâlnirea mea cu Guy, noaptea trecută, a mers bine. Sunați-mă când aveți timp, și vă povestesc. xx

O sun fără întârziere și o pun pe difuzor, ca să audă și Faye.

– Bună, Jo, poți vorbi?

– Hei, Liv, da, tocmai ce m-am trezit.

– Așadar, cum a fost întâlnirea? întreabă Faye.

– Grozavă. Guy e foarte drăguț, m-am simțit în largul meu cu el. După vin, am mers să mâncăm câte o porție de curry, la un local pe o străduță lăturalnică, numit *A Passage to India.* Nu știam de el, poate că e nou. Data viitoare când ne vedem, trebuie să mergem acolo, mâncarea este nemaipomenită.

– Sună bine, trebuie să-l încercăm neapărat.

Mai vorbim puțin și, ca întotdeauna, poveștile despre năzdrăvăniile câinilor ei mă fac să zâmbesc. Dar în curând gândurile mele se îndreaptă către întâlnirea cu André. Poate că a venit momentul să dau telefonul acela.

Am ținut telefonul în mână minute bune, dar în cele din urmă nu l-am sunat pe André, pentru că vocea îmi tremura numai la gândul că urma să vorbesc cu el. I-am trimis un mesaj și m-a sunat aproape imediat. Accentul lui adorabil, încărcat de emoție și surpriză mi-a făcut inima să bată nebunește în vreme ce încercam să îmi controlez vocea. Nu ne-am spus multe, am aranjat doar să ne vedem în seara aceea. Când am terminat de vorbit, palmele îmi erau transpirate. În sfârșit, după atâția ani, aveam să îl revăd.

Am stabilit cu André să ne întâlnim la ora șase la un bar în port Vauban. Nu am mâncat mai nimic toată ziua, stomacul îmi era agitat și mă întrebam într-una dacă e bine ce fac. Însă gândul brațelor lui André în jurul taliei mele încă mă tulbură. Trebuie să îl văd. Și chiar dacă lucrurile între noi nu mai sunt la fel, are dreptul să știe despre fiul lui.

Mă schimb de trei ori până ce mă hotărăsc cu ce să mă îmbrac. Cum vreau să arăt? Confortabil și relaxată? Sexi și atrăgătoare? Îmi dau seama că a trecut ceva timp de când n-am mai fost la o întâlnire. În cele din urmă, Faye mă ajută să mă hotărăsc.

Mă îmbrac într-o rochie tip cămașă, albă, de in, îmi pun bijuterii de argint, apoi mă fardez cu grijă. Părul meu nu are nevoie de prea multă atenție, în afară de un strop de spumă fixatoare. Mă simt bine și îndrăznesc să spun că și arăt destul de bine.

– Perfect.

Faye zâmbește.

– Arăți bine, mergi undeva special în seara asta? întreabă mama când trec pe lângă ea pe scări. Mă gândesc să nu îi spun unde merg, deși mă simt vinovată, pentru că lui Faye i-am spus. Oftez. Am reușit să îl găsesc pe André. Iartă-mă că nu ți-am spus, mamă. Încerc să înțeleg eu mai întâi ce se întâmplă. Acum merg să mă văd cu el.

Mama arată surprinsă.

– Când s-a întâmplat asta? De unde ai știut unde este?

Îi povestesc despre vizita la patiserie a surorii lui, care mi-a spus că el este singur acum și că locuiește aici, pe Coasta de Azur.

– Mama, nu-i spune încă nimic lui tata. Vreau să văd cum merg lucrurile la această primă întâlnire mai întâi. M-a luat cu totul prin surprindere, nici nu știu unde mi-e capul.

– Știi că nu am secrete față de tatăl tău, îmi răspunde ea în spiritul loialității. Iar el îți dorește numai binele. Cred că ar trebui să îi spui chiar tu.

– Ce să îmi spui?

Tata apare din bucătărie ținând un platou cu brânzeturi și biscuiți.

Arunc un ochi către ceas. Dacă nu vreau să întârzii, e momentul să plec.

– Trebuie să ajung la o întâlnire. Iartă-mă, tată, e ok dacă îți spune mama despre ce e vorba? Nu vreau să întârzii.

Mă îndrept spre ieșire, simțindu-mă ca o lașă pentru că o las pe mama să îi spună tatei, dar chiar nu am timp să îi explic și lui. Pe drum spre port, simt în stomac o emoție pe care nu am mai trăit-o de mult. Mă întreb cât de mult s-o fi schimbat. Sora lui categoric arăta foarte bine pentru vârsta ei.

Ca să mă liniștesc, respir adânc și mă hotărăsc să merg pe drumul mai lung către port, pe străzile pietruite ale orașului vechi. Încerc să mă relaxez, plimbându-mă de-a lungul străzilor înguste, pe marginea cărora artiști ambulanți pictează în lumina blândă a asfințitului, expunându-și lucrările pe trotuar. Un artist de portrete schițează chipul unei copile cu părul lung, negru, în vreme ce părinții ei privesc și beau frappé-uri la o cafenea alăturată. Simt miros de vanilie când trec prin dreptul unei patiserii, și nu mă pot abține să nu arunc o privire la bunătățile din vitrină. Alături, dintr-o băcănie, mă întâmpină mirosul sărat al șuncilor și mireasma aromată de ierburi a salamurilor. O iau pe o străduță laterală spre port și trec pe lângă cafenele înțesate de oameni. Grupuri de femei încărcate cu sacoșe de cumpărături de la magazinele alăturate discută și râd, ca și cum ar fi lipsite de orice grijă. Mi-aș dori să mă simt și eu așa.

Când mă apropii de port, emoțiile pun stăpânire pe mine și mă gândesc să fac drumul înapoi. Oare fac o greșeală colosală? Cum să îi spun că are un fiu? Cu toate acestea, știu că trebuie să o fac. O fac pentru Jake. Are dreptul să afle despre tatăl lui.

Harta de pe telefon îmi indică să fac dreapta în apropierea portului și mă apropii de locul de întâlnire. În drum spre bar, văd câteva cupluri așezate pe scaunele albastre de fier, bând bere sau vin. Văd un bărbat chipeș cu părul negru ușor grizonant, pieptănat peste cap, și cu o umbră de barbă. E singur la o masă, cu o sticlă de vin în frapieră și două pahare alături. Este André.

Mă vede și se ridică, iar eu am impresia că înaintez către el ca prin apă.

– Olivia. Tu ești? Arăți minunat.

Mă privește câteva secunde, apoi mă sărută delicat pe amândoi obrajii.

Mă holbez la bărbatul chipeş din faţa mea. S-a menţinut în formă şi poartă o pereche de blugi şi o cămaşă albastră care îi evidenţiază ochii. Nu mai are coadă, dar chipul îi este foarte puţin schimbat. Încă mi se pare că seamănă cu David Ginola. Am senzaţia că timpul s-a topit şi am din nou optsprezece ani.

– Bună, André. Ce faci? Arăţi bine.

Ne aşezăm la o măsuţă, unul în faţa celuilalt, cu privirile împreunate. Sunt străbătută de un fior şi sunt convinsă că şi el este tulburat.

– Sunt bine, mulţumesc. Bem vin?

Dau din cap, iar el ia sticla din frapieră şi umple două pahare de Sauvignon Blanc, abia desprinzându-şi ochii răscolitori de la mine, în tot acest timp.

– Nu îmi vine să cred că eşti tu. Nu te-ai schimbat deloc.

Accentul lui franţuzesc este la fel de încântător.

André nu se mai satură privindu-mă, iar eu mă joc stânjenită cu un suport de pahare de pe masă.

– Am fost şocat când sora mea mi-a spus că te-a văzut în patiseria mătuşii tale. Evident, nu era sigură că eşti tu, dar din felul în care te descrisesem, era destul de convinsă.

– Presupun că este din cauza părului meu inconfundabil.

Îmi scutur pletele.

André zâmbeşte şi clatină din cap.

– Nu îmi pot lua ochii de la tine.

Şi mie îmi este la fel de greu să nu mă uit la el. E la fel de chipeş. Sorb o gură din vinul proaspăt şi rece.

– Ce mai face mătuşa ta?

Îi spun despre operaţia mătuşii Gen şi cum am venit împreună cu Faye să o ajutăm.

– Faye a mai fost aici cu mine, cu ani în urmă. De fapt, e vina ei că te-am cunoscut.

André pare descumpănit.

– M-a oferit să îți fiu asistentă.

– A, prin urmare ei trebuie să îi mulțumesc.

Soarbe o gură de vin și zâmbește.

– Angela a spus că ai un restaurant cu specific pescăresc în capătul portului. Îmi pare rău pentru părinții tăi. Trebuie să fi fost dificil să-i pierdeți așa, unul după altul.

Nu îmi pot imagina viața fără părinții mei și îmi dau seama cât sunt de norocoasă. Au trăit fericiți împreună și mă întristez la gândul că eu și André nu am avut asta. Dar poate nu este întâmplător că ni s-a dat această șansă, să ne reîntâlnim.

– Așa este, dar a fost mai bine. Niciunul din ei nu ar fi supraviețuit fără celălalt. Adevărul este că, după moartea tatălui meu, nu voiam să mă ocup de restaurant. Este foarte solicitant și acest domeniu de activitate nu mă interesase niciodată. Dar știi ceva, acum îmi place foarte mult. Ajung să cunosc mulți oameni deosebiți.

– În viață, lucrurile rareori se întâmplă așa cum ne așteptăm, nu-i așa?

– Adevărat.

Mai ia o gură de vin.

Îmi povestește puțin despre călătoriile lui prin lume și despre câteva din locurile pe unde a lucrat și mă ascultă cu interes când îi vorbesc despre afacerea mea cu prăjituri.

– Așadar, talentul se moștenește din familie. Zâmbește, iar eu îmi amintesc de pasiunea pentru gătit, recent descoperită, a lui Jake. Vrei să mâncăm ceva? Merg să cer un meniu, spune André, ridicându-se să intre în restaurant.

Îmi dau seama că îmi este foame, căci n-am fost în stare să mănânc nimic întreaga zi. Sunt mai relaxată după ce am băut vin și încuviințez cu un semn din cap.

– Da, bine. Mi-ar plăcea.

André se întoarce cu meniul, din care eu comand risotto cu fructe de mare, iar el alege vită bourguignon.

– Sper că risotto-ul este la fel de bun ca acela pe care îl servim noi la restaurant. André zâmbește când vine comanda. Trebuie să vii și să apreciezi singură.

– Sigur, mi-ar plăcea.

Mai vorbim de una, de alta, în ciuda emoțiilor care nu m-au părăsit, știind că am un secret pe care, curând, trebuie să i-l împărtășesc. Îmi vorbește despre sora lui, dezvăluindu-mi că este mai apropiat de ea decât de fratele lor.

– Nimeni nu dorește cu adevărat să se îndepărteze de cineva, dar uneori așa se întâmplă. Ridică din umeri. Fratele meu s-a mutat la vreo 48 de kilometri, în apropiere de Monaco, așa că îl văd rar. Ne adunăm de Crăciun sau la ocazii speciale. L-am revăzut de curând, a venit la restaurant. E arhitect și avea un proiect în zonă.

Când spune Monaco, îmi amintesc de noaptea petrecută împreună acolo, la hotel. Noaptea în care a fost conceput Jake. Mă întreb dacă el se gândește la noaptea aceea la fel de des ca mine. Privindu-l acum, cu barba de trei zile și ochii pătrunzători, mi se pare mai sexi decât era în tinerețe.

Risotto-ul este cremos și gustos, cu o cantitate generoasă de fructe de mare și parmezan. André închide ochii și savurează prima înghițitură din vita bourguignon, pe care o declară „excelentă". Mirosul de vin și plante aromatice umple aerul din jur în timp ce el se înfruptă din porția lui.

Comandăm încă o sticlă de vin și, pe măsură ce se lasă noaptea, mă simt atât de bine sub cerul înstelat, pe strădușa pietruită, cochetă, încât mi-aș dori să rămân acolo pentru totdeauna. În jurul nostru răsună râsetele perechilor sau grupurilor de prieteni care își petrec seara împreună.

Sunt puțin amețită și André mă conduce acasă. Pe drum, fără să rostească vreo vorbă, îmi ia mâna. Din barurile apropiate muzica se revarsă în valuri și pe punțile iahturilor sunt perechi care beau și se veselesc. În lumina lunii, valurile liniștite dau un aer romantic peisajului. Trecem pe lângă iahtul tatălui lui Olivier, dar acesta este cufundat în întuneric; poate că au ieșit în oraș în seara aceasta. Îmi dau seama, străbătută de un fior de vinovăție, că încă nu i-am vorbit despre Jake. La urma urmei, acesta este unul dintre motivele pentru care mă aflu aici.

– Putem lua prânzul împreună vineri? mă întreabă André. Vineri este poimâine. Trebuie să aranjez să mă înlocuiască la restaurant cineva pentru câteva ore. Ai vizitat vreodată muzeul Picasso din Castelul Grimaldi?

– Nu, nu l-am vizitat, dar mi-ar plăcea. Când eram tânără, nu mă interesau prea mult lucrurile acestea.

– Eu am manifestat în tinerețe un pic de interes față de artă, pentru că îmi plăcea să desenez, spune André. Un desen în culori pastel al nuferilor lui Monet a ocupat un loc de cinste pe panoul clasei, spune el cu mândrie în glas.

Se întoarce spre mine și brusc îmi cuprinde obrajii între palme, răsucindu-mi ușor capul într-o parte.

– Ai un profil foarte frumos. Dacă eram suficient de talentat, mi-ar fi plăcut să-l pictez.

La atingerea lui, pielea îmi ia foc și sper că nu m-am îmbujorat foarte tare. Mergând alături de el, mă simt cuprinsă de emoție și de toate acele sentimente din adolescență.

Când ajungem acasă la mătușa, André mă fixează cu ochii lui hipnotici, apoi se apleacă și mă sărută ușor pe amândoi obrajii. Îmi stăpânesc dorința să-l trag către mine și să-l sărut pe gură, amețită de parfumul cu aromă de citrice al loțiunii după bărbierit.

– La revedere, Olivia. Am petrecut o seară minunată. Pe vineri. Vise plăcute.

Îl urmăresc cu privirea cum se îndreaptă în direcția portului, să ia un taxi către casă, aflată la câțiva kilometri de oraș, după cum mi-a spus. Cerul nopții e senin, promițând o nouă zi minunat însorită și poate chiar un strop de speranță pentru viitor.

Mă bag în pat stăpânită de emoții diverse. Seara a fost una minunată, dar aceasta nu este realitatea. M-am lăsat sedusă de mâncare, de vin și de companie și m-am întors într-un timp în care eram tânără și lipsită de griji. Sărutul acela pe obraz m-a lăsat dorind mai mult și distanța dintre noi a dispărut când s-a apropiat de mine. Mă pomenesc gândindu-mă la data viitoare când vom fi împreună și îmi imaginez că ne sărutăm cu pasiune. Mă întreb dacă André simte la fel. Mă lupt cu emoțiile și îmi spun că nu trebuie să mă las luată de val; trebuie să mă gândesc la Jake. Ar fi trebuit să am curajul să-i spun lui André din seara aceasta și regret că nu am făcut-o. Am fost egoistă, alegând să mă bucur de ocazia revederii lui. Vineri, negreșit, trebuie să îi spun.

Capitolul douăzeci și doi

A doua zi dimineață, puțin peste ora nouă, Gen își face apariția în magazin.

– Bună dimineața. Cum merge treaba?

Pare odihnită și în fiecare zi se mișcă mai ușor, cu ajutorul cârjelor.

– Foarte bine. Ocupată, ca de obicei. N-am făcut albinițe deloc săptămâna asta. Mă tem că ale mele nu se ridică la nivelul alor tale, îi spun.

– A, păi e vorba de ani de experiență. Mâine-dimineață vin devreme să fac câteva. Și înainte să te agiți, voi lucra așezată, acolo. Îmi arată către o masă de lucru imensă, din lemn. Așa că nu mă voi obosi peste măsură.

– În regulă, dacă insiști.

– Insist.

Ia o pâine rustică și niște profiterol pentru prânz și urcă în apartament.

– O mică atenție pentru tatăl tău. De câteva zile, la insistențele mamei tale, a primit doar fructe și iaurt la desert, astfel încât cred că merită.

– Ați avut o seară plăcută? îl întreb pe Olivier după ce pleacă mătușa.

El și Faye au ieșit din nou împreună.

– Da, am dus-o la inaugurarea barului unui prieten, în Juan-les-Pins. Încă doarme? întreabă el.

– Da. Cred că îi place că nu e nevoită să pună ceasul să o trezească în fiecare dimineață.

Olivier mă întreabă la rândul lui cum mi-am petrecut seara, iar eu îi spun că m-am întâlnit cu un prieten, pentru că nu vreau să vorbesc prea mult despre asta, deocamdată.

– M-a căutat după ce sora lui m-a recunoscut, în magazin.

– Norocul lui. Trebuie să ieșim să bem ceva împreună într-o seară.

– Poate că o vom face. Mulțumesc, Olivier.

Pornesc spre piață să mai cumpăr niște zmeură, căci biscuiții cu zmeură au avut un succes nemaipomenit. Mai vreau să fac și prăjitură cu lămâie. Pe drum, o zăresc pe Lilian Beaumont venind spre mine, alături de un bărbat cu părul negru care pare cu cel puțin zece ani mai tânăr decât ea. Ea este elegantă ca întotdeauna, în pantaloni albaștri de in și o cămașă albă care se înnoadă într-o parte. Ochelarii de soare de firmă îi sunt așezați pe cap. Trag adânc aer în piept și mă pregătesc pentru o nouă lecție de franceză.

– Bună, Olivia. Ce faci?

– Foarte bine.

Mă prezintă prietenului ei, Juan, și mă întreabă, în franceză, ce caut să cumpăr.

– Zmeură și lămâi.

– Pentru prăjituri?

– Firește.

– Excelent. Faci progrese.

Îmi trimite o bezea și îi simt parfumul inconfundabil, Chanel.

– Nu uita, repetiția e mama învățăturii.

Cumpăr zmeură și lămâi de la vânzătorul de fructe și legume și iau totodată niște căpățâni mari de usturoi și o legătură de pătrunjel proaspăt și aromat. Omul îmi laudă prăjiturile, spunând că lui și soției le-au plăcut foarte mult.

– Data viitoare vin și cumpăr mai multe, spune el așezând fructele într-o sacoșă.

– Desigur, te anunț când le fac.

Mă gândesc la prânzul meu cu André și îmi dau seama că aștept momentul cu nerăbdare. Cu o seară în urmă, când ne-am văzut, a fost ca și cum nu am fi fost despărțiți niciodată. Aproape ca și cum am fi reluat legătura de unde rămăsese. Am sentimentul că lucrurile se întâmplă la momentul potrivit și nu pot să nu mă întreb dacă nu cumva soarta a făcut să ne revedem acum, când suntem amândoi singuri.

Întoarsă acasă, port o discuție lungă cu Sam, care îmi spune că totul merge bine și că Jake are în continuare succes în bucătărie.

– Într-o bună zi, poate își deschide afacerea lui. „Cofetăria lui Jake“ sună destul de bine, nu crezi? râde Sam.

Nu îmi dau seama dacă glumește sau nu.

– Și să îi facă mamei lui concurență? Ce nerușinare! De fapt, Jake e pe acolo? Am încercat să îl sun mai devreme.

– E plecat. Livrează un tort aniversar pentru un cuplu care sărbătorește mâine patruzeci de ani de căsnicie. Probabil că aceștia îl invită la petrecere chiar acum, în timp ce vorbim. Are un succes nebun la clienți, până și la copii. O fetiță de zece ani, fermecată de el, l-a invitat ieri la petrecerea ei cu trambulină. Râde. El se gândește să meargă.

Încheiem discuția, căci aud temporizatorul din bucătărie anunțând că e timpul să scot niște prăjituri din cuptor.

– Trebuie să fug. Vorbim din nou curând. Mă bucur că te-am auzit.

Capitolul douăzeci și trei

A venit și ziua de vineri și, pe măsură ce întâlnirea mea cu André se apropie, devin extrem de agitată. L-am mai sunat pe Jake de câteva ori, dar nu l-am prins. Poate e mai bine așa, să nu îi dau speranțe false despre André; nu știu cum va primi acesta vestea azi.

Dimineața trece repede, cu clienții obișnuiți, care vin pentru pâinea proaspătă a zilei. Descopăr că discuțiile mele cu Lilian Beaumont se desfășoară cu mai multă ușurință cu fiecare zi care trece, așa că pare să fi avut dreptate când a spus că repetiția ajută.

La prânz, iau o baghetă și urc la etaj, unde pregătesc cele necesare pentru un bourguignon și o rog pe mama să îl pună pe foc la ora trei, pentru câteva ore de gătire lentă.

– Eu însă nu cred că voi mânca. Iau prânzul mai târziu în oraș. Cu André.

– Ești sigură că faci ceea ce trebuie? mă întreabă mama cu o privire îngrijorată.

– Sigur că nu. Tot ce știu este că, după André, nu am mai iubit cu adevărat pe nimeni.

– Prima iubire este întotdeauna foarte puternică. Însă de cele mai multe ori nu rezistă.

– A ta cu tata a rezistat, nu?

Mama și tata încă se privesc unul pe celălalt ca o pereche de adolescenți și se țin de mână seara, pe canapea.

– Da, presupun că noi am fost foarte norocoși. Mulți oameni din generația noastră au rămas împreună de nevoie. Eu însă, și să am de ales, nu aș schimba nimic. Eddie Dunne a fost și este iubirea vieții mele.

Iubirea lor statornică mă emoționează și înghit nodul din gât.

– Fă ceea ce te face fericită, spune mama. L-ai crescut minunat pe Jake și, indiferent ce se întâmplă, el va rămâne mereu fiul tău.

– Mulțumesc, mamă. Deși, vreau să spun că *noi* l-am crescut minunat pe Jake. Nu aș fi reușit să o fac fără ajutorul vostru, de-a lungul anilor.

– Îl adorăm. Acum, mergi și pregătește-te. Îmi place cum îți vine rochia aceea albastră, de bumbac. Nu ai îmbrăcat-o până acum, nu-i așa?

– Nu, așa este. Mulțumesc, mamă, este o alegere bună. În regulă, merg să fac un duș. O sărut pe mama pe obraz, apoi plec.

Când sunt gata, mă privesc în oglinda mare, din dormitor, și conchid că sunt mulțumită. Rochia este una cu talia nemarcată, de culoare albastru păun. Îmi pun un colier de argint cu o piatră turcoaz și sunt gata de plecare. Pulverizez un strop de Rive Gauche pe încheieturile mâinilor și zâmbesc văzând că sticla de parfum se asortează cu rochia. Îmi amintesc cum mi-am cumpărat prima sticlă de parfum aici, dintr-un magazin duty-free, cu Faye, cu ani în urmă, și m-am simțit ca o adevărată doamnă. Era prima noastră vacanță peste hotare, singure, fără părinți, deși e drept, stăteam la mătușa mea.

Am stabilit cu André să ne vedem lângă muzeul din Castelul Grimaldi ca să îl vizităm împreună. Dacă memoria nu mă înşală, Picasso era spaniol, aşa că mă întreb de ce are un muzeu dedicat operei lui aici, în Antibes. Presupun că în curând voi afla. Mintea mea încearcă să se agaţe de tot felul de lucruri fără importanţă, evitând chestiunea curentă şi presantă. Poate că mi-e teamă să îi fac faţă.

– Mergi şi să ai o zi bună, îmi urează mama la plecare. Apropo, arăţi minunat.

– Mulţumesc, mamă.

Tata este cu mătuşa Gen jos, în magazin, pentru că ea a hotărât că este întremată suficient să petreacă o oră acolo, iar eu mă bucur, într-un fel. Tata n-a spus prea multe despre întâlnirea mea cu André, dar cred că îşi face griji că aş putea ajunge să sufăr.

Păşesc afară, în lumina strălucitoare a soarelui, şi cobor spre port, apoi urc pe drumul uşor în pantă, către castel, aflat în mijlocul unei străvechi fortăreţe de stâncă înconjurată de ziduri mari. Trec pe lângă doi domni chipeşi care tocmai ieşeau dintr-un bar şi simt cum mă mângâie din priviri. Nu mă pot stăpâni şi mă uit peste umăr. După cum mă aşteptam, au rămas privind în urma mea. Unul din ei îmi zâmbeşte. E plăcut să te simţi admirată şi mă gândesc că poate merită efortul să mă aranjez mai des. Poate de aceea are Lilian Beaumont parte de atâtea întâlniri.

Când zidurile decolorate ale cetăţii încep să se zărească, îl văd şi pe André sprijinit de un perete, cu privirile pierdute în zare, peste ape. Mă întreb la ce s-o gândi. Habar nu are ce urmează să-i spun astăzi. E foarte posibil să nu se aştepte la nimic altceva decât o ieşire plăcută, în compania unei vechi cunoştinţe. Câteva ore liniştite, departe de agitaţia din restaurant. Când sunt aproape, se întoarce şi mă întâmpină cu un zâmbet larg. Are ochelari de soare, pantaloni scurți, tricou alb și mocasini din piele.

– Bună, Olivia. Arăți bine.

– Mulțumesc. Tu ești atrăgător.

Chipul frumos al lui André se destinde într-un zâmbet larg.

– De ce zâmbești?

– Păi, tocmai mi-ai spus că sunt atrăgător. Dar nu mă deranjează.

– Serios? Am vrut să spun că ești elegant.

Râd și ne îndreptăm spre intrarea în muzeu. În timp ce plătim pentru bilete și pășim în interiorul clădirii minunat restaurate, mă gândesc că Picasso însuși nu ar fi putut alege un loc mai bun pentru expunerea lucrărilor sale.

Traversăm coridoarele răcoroase de marmură, oprindu-ne să admirăm picturile, înainte să urcăm la etaj, unde sunt expuse lucrările lui Picasso. Ne întâmpină o sculptură care reprezintă un grup de chitare amestecate, iar eu îmi aplec capul într-o parte, încercând să-i descifrez sensul – piesa este la fel de încurcată precum gândurile care îmi umblă prin cap. Admir celelalte tablouri cu noduri în stomac, cu gândul la conversația pe care urmează să o am.

– Nu recunosc multe dintre lucrări, spun când facem cale întoarsă.

– Asta pentru că multe dintre picturile lui cunoscute sunt în Barcelona.

– A, da. Știam că Picasso a fost spaniol. Cum de are un muzeu aici, în Antibes?

Încerc să par interesată și să fac conversație, dar sunt cu gândurile în cu totul altă parte.

– Se pare că a trăit aici timp de șase luni. A avut un studio chiar în castel, la vremea aceea.

– Uau! Îți dai seama cât de important trebuie să fii să îți permiți să închiriezi un studio într-un castel adevărat? „Spune-mi, Elizabeth, aș putea închiria o cameră în aripa de vest a Palatului Buckingham? Cu baie privată?“

– Exact, râde André. Era o cu totul altă lume.

Un desen reprezentând o capră îmi reține atenția, deși André jură că și nepoata lui de patru ani ar face unul mai bun, făcându-mă să râd.

– Lucrările lui Picasso au stârnit întotdeauna discuții aprinse. Însă pentru un artist, îmi imaginez că acesta este un lucru bun, cuget eu.

O oră mai târziu, pășim din nou în lumina puternică a soarelui și André propune să luăm prânzul.

– La restaurantul tău?

– Unde altundeva? Am reținut pentru noi cea mai bună masă, cu vedere către iahturile din port.

– Perfect.

Pornim și nu îmi vine să cred că mergem împreună pe același drum pe care l-am făcut cu ani în urmă. Atunci, ne opream la fiecare câțiva metri să ne sărutăm cu pasiune, în văzul tuturor, fără să ne pese. Îi arunc pe furiș o privire și chiar și acum, vederea lui îmi taie răsuflarea. André îmi surprinde privirea.

– Ce faci, mă studiezi? mă tachinează el.

– Mă gândeam doar că nu te-ai schimbat mai deloc. Atâta că nu mai ai părul prins în coadă. La vremea aceea îmi plăcea, dar acum nu mă pot gândi la ceva mai dizgrațios.

André se oprește din mers și mă privește cu o mină serioasă.

– Și eu care începusem să îmi las părul să crească special pentru tine.

– A, chiar ai face asta dacă ți-aș cere?

– Nu, râde el.

Continuăm să vorbim de una, de alta, și mă întreb dacă mai putem regăsi pasiunea aceea intensă din trecut.

După zece minute de mers, ajungem în capătul portului și vedem fațada albă a restaurantului *Langousta.* Are mese și scaune în stil colonial francez așezate afară și plante în ghivece la intrare. Fețe de masă albe din bumbac și pahare scumpe completează aspectul elegant al localului. Meseni eleganți, probabil descinși de pe iahturi, se amestecă printre turiștii obișnuiți, ceea ce înseamnă că restaurantul este potrivit pentru toată lumea.

– Minunat, exclam trecând pe lângă un ospătar care așază o porție aromată de homar pe o masă din apropiere.

– Mulțumesc. Ne-a luat ceva timp să punem totul la punct, dar sunt mulțumit cu imaginea de acum a restaurantului. Este plin aproape tot timpul. Am rezervat pentru noi o masă în interior. Dacă nu cumva preferi să mâncăm afară.

– E bine înăuntru – afară e prea cald. Însă arată nemaipomenit. Cred că ai muncit din greu să realizezi toate acestea.

Arunc o privire împrejur, asupra locului deosebit de primitor.

André ridică din umeri cu modestie.

– Era destul de plăcut încă de pe vremea când tata se ocupa de el. Eu am dat locului o notă personală, presupun. Viziunea fiecăruia e ușor diferită.

Viziunea lui era clar complet diferită de a mea, cu ani în urmă, îmi spun în sinea mea.

André mă conduce în interior, la o masă împodobită cu o vază cu floarea-soarelui, pahare de cristal și tacâmuri ce par scumpe. Pe masă mai sunt o carafă cu apă și o frapieră cu o sticlă de șampanie. Masa este așezată în dreptul unei ferestre cât peretele, cu vedere spre iahturile din port, după cum promisese. Este perfect.

– Tu ai pregătit toate astea?

– L-am rugat pe ospătarul-șef să se ocupe când noi eram la muzeu. Am vrut doar să mă asigur că nu preferi să mâncăm afară.

– Nu. Aici este minunat. Mulțumesc, André.

Restaurantul este ocupat în totalitate și mâncarea este pregătită în bucătăria deschisă din centrul sălii mari de mese. Din vasele așezate pe foc se înalță flăcări și se aude untul sfârâind în tigăi. Bucătarii prăjesc pește și cartofi și aroma intensă de pătrunjel și usturoi umple încăperea și îmi face stomacul să semnaleze că îi e foame. Pereții zugrăviți într-un albastru ca gheața sunt acoperiți de fotografii alb-negru cu imagini din port. Un perete lung este drapat cu o pânză de pescuit decorată cu stele de mare din lemn și o cascadă de luminițe. Este cât se poate de simplu și de frumos.

– M-am gândit să luăm câte o ciorbă de pește, dacă ești de acord. Conține mai multe tipuri de pești din părțile locului. Ciorba noastră de pește este considerată cea mai bună din oraș.

– Pe „codul" tău?

– Chiar este cel mai bun loc din oraș. „Știucă" o să îți placă.

– Nu sunt sigură că îmi face plăcere să îmi alegi tu mâncarea. Mi se pare puțin cam în „râspăr"[1].

– O, pentru numele „diavolului de mare"[2], fără alte glume cu pești.

– Ai terminat?

– Cred că da, râde André.

– Nu mă gândeam că vei ceda așa ușor. Cred că am câștigat.

[1] Specie de pește exclusiv de apă curgătoare, care preferă apele lente de la câmpie, dar ajunge și la deal. Locurile favorite sunt cele cu fundul nisipos. (n.tr.)

[2] Pește cartilaginos care aparține genului Manta (n.tr.)

Glumele noastre îmi reamintesc cât de mult ne-am distrat în trecut. Cred că, în adâncul lor, oamenii nu se schimbă. Cel puțin, sper ca acesta să fie cazul nostru.

Îl surprind pe André uitându-se la mine în timp ce îmi rotesc privirea prin restaurant, admirându-i munca și întrebându-mă cum arăta locul când era administrat de tatăl lui.

– La ce te uiți? îl întreb în cele din urmă.

– Iartă-mă. N-am vrut să mă holbez. Mă gândesc că este incredibil că ne aflăm aici, unul în fața celuilalt. Știi, întotdeauna am sperat că ne vom revedea cândva, dar mi se părea imposibil.

– Serios? Inima îmi bubuie în piept. Am visat să-l revăd pe André de nenumărate ori, dar niciodată nu mi-am imaginat că el ar simți la fel. Dar nu mi-ai mai scris niciodată, după acea primă scrisoare.

– Știu și m-am simțit atât de vinovat! Dar îmi doream foarte mult să călătoresc. Se întâmplau atât de multe lucruri care îmi rețineau atenția și așa săptămânile au devenit luni și presupun că mi-a fost jenă să te mai contactez, după atâta timp.

Dacă ar fi făcut-o, mă găsea cât se poate de însărcinată și oricum nu cred că ar fi fost dispus să rămână cu mine atunci.

– Viața mea și-a urmat cursul, dar m-am gândit adesea la tine, continuă el. În plus, e greu să-mi iau privirea de la tine azi. Ești atât de frumoasă!

Întinde brațul peste masă, îmi ia mâna și simt un fior de-a lungul spinării.

Îi privesc chipul frumos, zâmbitor. E greu de crezut că am trăit vieți atât de diferite timp de douăzeci de ani. Iar el a fost căsătorit. Mă întreb cum de n-a avut copii. Poate că a fost o decizie pe care a luat-o împreună cu soția lui. Sau poate a fost doar decizia lui. Poate că nu și-a dorit niciodată copii. La gândul că trebuie să îi spun despre Jake simt că mă ia cu leșin.

Un ospătar așază în mijlocul mesei un platou uriaș cu pâine prăjită pe grătar, unsă cu maioneză și piper și în scurt timp sosește și ciorba de pește într-o supieră frumoasă, albastru cu alb. Mirosul este amețitor. Poate dacă mănânc îmi mai trec emoțiile și mi se liniștește și stomacul. André îmi arată bucățile de pește-undițar, doradă și caracatiță.

– Dă-mi voie să te servesc, spune el, luând un polonic și scufundându-l în supieră.

Toarnă apoi în bolul meu și aroma ciorbei mă face să-mi lase gura apă.

– Îți petreci mult timp aici, la restaurant?

Iau o lingură de ciorbă și sunt impresionată de gustul bogat, aromat, desăvârșit.

– Destul de mult. Când l-am preluat, după ce a murit tata, eram aici zi și noapte. Voiam să-l fac să arate într-un fel anume și a fost mult de muncă. Când am terminat amenajările și am angajat personalul corespunzător, am avut mai mult timp liber. Dar în cea mai mare parte a timpului sunt aici. Când e vorba de afacerea ta, ai tendința să vrei să controlezi totul.

– Știu ce spui. Vorbesc tot timpul cu Sam, asistenta mea, deși știu că e perfect capabilă să se descurce în orice situație.

Terminăm de mâncat ciorba delicioasă și André mă întreabă dacă vreau desert. Dintr-odată, totul mi se pare oarecum fals, cum stăm acolo, bucurându-ne de mâncare bună, când eu mă pregătesc să-i dau vești uluitoare, care-i vor schimba viața. Mă simt vinovată.

Încerc să mă port cât mai natural și André mă convinge să încerc crema de zahăr ars cu rubarbă, specialitatea bucătarului-șef. Este desăvârșită, gustul intens al rubarbei fiind perfect balansat de dulceața cremei și de crusta de caramel care crapă cu un zgomot plăcut când înfig lingurița în ea. Decid că nu e corect să îi spun despre Jake într-un asemenea loc. În locul *lui*.

Mă pregătesc să-i propun să plecăm, când el se scuză pentru câteva minute și dispare în bucătărie, de unde revine cu un cocktail într-un pahar vintage.

– Înainte să pleci, trebuie să încerci un martini franțuzesc.

– Mă răsfeți. Ori asta, ori vrei să mă îmbeți.

Sorb din băutura de culoarea prunei.

– Votcă, lichior Chambord și suc de ananas. De fapt, această băutură a luat naștere în New York, dar se întâmplă să fie specialitatea barmanului nostru.

– Și de ce se numește martini franțuzesc?

– Întrucât conține lichior Chambord, care *este* franțuzesc.

– Ei bine, a devenit noul meu cocktail preferat. Mulțumesc.

Culeg o zmeură proaspătă de pe buza paharului și o mănânc.

– Cu plăcere. Și acum – André se uită la ceas – din păcate, în curând trebuie să mă întorc la treabă. Avem un fel nou în meniu și trebuie să mă asigur că bucătarul-șef este în continuare mulțumit cu el.

André mă conduce și îl rog să se așeze pe parapetul scund dincolo de care se întinde apa cristalină. Mă simt puțin vinovată să-i vorbesc despre Jake tocmai acum, când mi-a spus că trebuie să se întoarcă la restaurant. Dar nu mai pot amâna. Nu e corect. Mă întorc cu fața spre el, cu un nod în stomac.

– Ce s-a întâmplat? Deja vrei să te desparți de mine? glumește el. Sau e din cauza ciorbei de pește? Ori a glumelor neinspirate cu pești?

Încearcă să păstreze un ton degajat, dar în voce i se simte neliniștea și pe frunte i-a apărut o cută.

Se apropie de mine și își plimbă ușor mâinile în sus și în jos pe spatele meu. Ard de dorință să mă lipesc de el și să-l sărut pătimaș, pe gură, dar pentru moment alung aceste gânduri.

Inima îmi bate atât de tare încât sunt convinsă că o aude.

– Trebuie să îți spun ceva, André, și nu prea știu cum.

– Părerea mea este că, de obicei, când trebuie să spui ceva ce te preocupă, cel mai bine este să vorbești direct, spune el, fără să știe ce lovitură urmează să primească.

Trag adânc aer în piept.

– Când am revenit acasă, în Anglia, după vacanța aceea, cu ani în urmă, am descoperit că eram însărcinată, șoptesc practic, cu privirea agățată de ochii lui, disperată să îi văd reacția.

Pare că trece o veșnicie, dar în cele din urmă vorbește.

– Însărcinată?

Pare derutat.

– Da. Am avut un copil. Copilul tău. Avem un fiu.

Îmi arunc ochii peste întinderea de apă, căci nu sunt în stare să-i întâlnesc privirea pentru a doua oară.

André se ridică în picioare.

– Îmi spui că ai un copil? Și că e al meu?

– Da, rostesc, privindu-l din nou. Deși, nu mai este un copil. Are douăzeci de ani și îl cheamă Jake. E blând și respectuos și în ultima vreme și-a descoperit abilități de bucătar.

– Un fiu. André se așază din nou pe parapet și își trece mâinile prin păr, alb la față. Atâția ani și eu n-am știut. De ce nu mi-ai spus?

Își cuprinde capul cu mâinile și rămâne așa în tăcere, câteva secunde.

– Îmi pare rău, André, dar cum era să-ți fi spus? Erai în celălalt capăt al lumii, mai știi? Călătoreai, din câte îmi amintesc. Nu aveam cum să iau legătura cu tine și, după acea primă scrisoare, nu am primit nimic din partea ta.

– Știu. Îmi pare rău. Sunt șocat. Dumnezeule! Am un fiu. Nu îmi vine să cred. Trebuie să mai beau ceva. Răsuflă prelung și se ridică. Totuși, atâția ani? Aveai de gând să mă cauți și să îmi spui vreodată?

– De ce crezi că sunt aici, acum? Jake știe că te caut.

– Îmi pare rău, Liv, trebuie să plec. Vorbim curând. Mă aplec spre el să îl îmbrățișez, dar trupul îi este tensionat. Se întoarce spre mine și pe chip i se citește șocul.

– Te sun eu.

Pornește înapoi spre restaurant, iar eu rămân copleșită de o gamă variată de emoții. Am făcut-o. În sfârșit, i-am spus. Nu știu la ce mă așteptam, dar sunt cuprinsă brusc de o furie irațională, din cauză că André nu s-a bucurat la auzul veștii. Oricine s-ar bucura să aibă un fiu ca Jake, iar dacă lui nu-i convine, atunci este pierderea lui. Mă întreb dacă nu cumva am făcut o greșeală și ar trebui să mă întorc imediat acasă, să-l protejez pe Jake de faptul că tatăl lui nu este interesat. Însă apoi îmi spun să mă pun în locul lui – nu vreau să plec și să îl las în starea aceasta, și sigur că îmi doresc un alt deznodământ, dar are nevoie de timp să asimileze vestea. Cu toate acestea, nu îmi pot alunga sentimentul de dezamăgire.

Capitolul douăzeci și patru

Reiau drumul prin port, către casă, gândindu-mă la discuția cu André, și trec pe lângă iahtul tatălui lui Olivier, pe puntea căruia este în toi o petrecere premergătoare cinei. Olivier îmi face semn cum mâna imediat ce mă zărește.

– Liv! Urcă la bord. Olivier traversează pasarela către mine și mă cuprinde într-o îmbrățișare. Ești bine? Pari necăjită!

O umbră de îngrijorare îi trece peste chip.

– Sunt bine. A trebuit să dau cuiva niște vești și a fost cam mult pentru el, spun eu, nedorind să dezvălui mai multe deocamdată. Și știi ceva? Cred că accept băutura aceea. Ai niște gin?

Dacă mă poate distrage ceva în seara aceasta, sunt câteva pahare la bordul ambarcațiunii lui Olivier.

– Bineînțeles. Am invitat-o și pe Faye. Ar trebui să sosească în curând.

Lângă el vine o roșcată deosebit de frumoasă, care îl cuprinde în brațe, zâmbind cu jumătate de gură către mine.

Urc la bordul iahtului de lux și arunc o privire către salonul din interior, pe geamul fumuriu. Câteva cupluri cu pahare de băuturi în mâini sunt așezate pe canapelele mari de piele bej. Într-un colț al salonului, în zona barului, un ospătar cu papion pregătește cocktailuri. Pe puntea exterioară, din spate, sub șiraguri de lampioane, petrecerea este în toi. Femei superbe, precum cele din reviste, beau șampanie alături de bărbați extrem de chipeși, iar din difuzoare răsună muzică de dans.

– Prin urmare, așa trăiește lumea bună? Mă simt ca pe platourile unui film cu James Bond, spun eu. Un ospătar îmi aduce un gin tonic cu gheață și lămâie. Ești foarte norocos că ai vasul acesta.

– Este al tatălui meu. Momentan e plecat cu afaceri în sudul Spaniei.

„Ceea ce explică petrecerile din ultimele zile", îmi zic eu.

– Vino, ia loc, mă invită Olivier, conducându-mă către o zonă retrasă, pe o punte inferioară. Vrei să vorbești despre ce te frământă?

– De fapt, nu vreau, Olivier. Într-o bună zi, îți voi spune întreaga poveste, acum însă am chef să beau.

Iau o înghițitură mare de gin tonic – este exact ce-mi trebuie.

– O văd în sfârșit pe Olivia, petrecăreața? spune Olivier, făcând semn unui ospătar să îmi aducă o nouă băutură.

Se aude una dintre melodiile mele preferate și mă trezesc că încep să îmi mișc umerii în ritmul muzicii.

Apare Faye și mă ridic. E îmbrăcată într-o rochie neagră, mulată, și poartă o cruce de argint la gât. Olivier o trage către el și o sărută ușor pe buze. După ce vorbește câteva minute cu el, Faye mă ia deoparte.

– Așadar, cum a fost întâlnirea cu André? Ați ieșit să sărbătoriți? Unde e? privește în jurul ei, pe punte.

– Sau poate îmi înec amarul.

Îi explic pe scurt cum s-au întâmplat lucrurile, iar ea mă îmbrățișează și-mi spune că e sigură că el mă va suna curând.

Olivier se asigură că am de băut, apoi o ia pe Faye și merg să danseze.

Mă trezesc că îi urmez pe punte, unde muzica se revarsă din difuzoare și câteva perechi dansează dezlănțuit în lumina asfințitului. Cred că ginul mi s-a urcat direct la cap, căci îmi arunc brațele în aer și încep să dansez și să cânt fără să îmi pese de nimic. La naiba cu toate!

– Te distrezi, Liv! mi se adresează Olivier în franceză, râzând.

– Da.

Mai dau de dușcă un pahar până să înceapă melodia următoare – și aceasta îmi place. U-hu! Ador melodia asta. E ca și cum sunt singură pe puntea vasului, iar eu dansez și cânt în gura mare *Don't stop me now*. Nu m-am mai simțit atât de liberă și dezlănțuită de multă vreme și sentimentul este unul plăcut.

– Treaba asta îmi face sete, spun și sorb iar, prelung, din pahar.

– Oi, las-o mai ușor! Nu ții la băutură ca mine, îmi face Faye cu ochiul, ridicând un pahar de pe tava unui ospătar care trece pe lângă noi.

Încep să dansez cu Faye și Olivier ne privește, deși este în permanență abordat de femei care caută să-i capteze atenția. Arată atât de bine, cum stă acolo pe punte, încât nici nu mă mir că femeile îi cad la picioare.

După alte câteva dansuri, se aude începutul unei melodii din anii nouăzeci, care include diverse nume de femei.

– Asta chiar este o lovitură din trecut. Au pus albumul „cele mai bune melodii siropoase de dans"?

– Asta trebuie să fie! râd eu.

Cu toate acestea, picioarele ni se mișcă în ritmul cântecului.

Olivier este în elementul lui și schimbă partenerele de dans odată cu numele din melodie.

Face semn cu degetul unei femei, care se ridică imediat și i se alătură pe ringul de dans, râzând.

Chicotesc apoi când vine către mine, cu o expresie de macho man, să mă ia la dans, în timp ce Faye dă o fugă până la baie. Dansăm câteva momente, apoi, fără niciun avertisment, își pune mâinile pe mijlocul meu, mă ridică și mă aruncă printre picioare. Alunec, cu un strigăt, pe podeaua lustruită și mă opresc izbindu-mă de un ospătar care aducea o carafă cu mojito, pe care o răstoarnă peste mine.

– Dumnezeule, ești bine? Faye s-a întors de la baie și este aplecată deasupra mea, îmi culege din păr o frunză de mentă, încercând să nu râdă.

– Sunt bine. Cred că am nevoie de o băutură.

Ospătarul, înmărmurit de rușine, se dezmeticește și merge să aducă un prosop.

Puțin mai târziu, după ce m-am uscat, se aude o melodie lentă și câteva perechi încep să danseze îmbrățișate. Dintr-odată, mi se strânge stomacul. Îl privesc pe Olivier, care este realmente cel mai frumos bărbat pe care l-am văzut vreodată, cum o cuprinde pe Faye cu brațele peste mijloc, privind-o jucăuș în timp ce se leagănă amândoi în ritmul muzicii.

– Au început apele să se agite? îl întreb pe Olivier, apropiindu-mă cu pas clătinat de el.

Mă privește surprins.

– Suntem în port. Ce ai băut? mă întreabă râzând.

Încerc să îmi controlez respirația, dar simt cum mă cuprinde amețeala.

– Am senzația că se mișcă podeaua sub picioarele mele.

– Vino, așază-te aici.

Faye și Olivier mă conduc de braț lângă un scaun.

– Te simți bine? mă întreabă Faye.

Dau din cap fără convingere.

– Poate că n-ar fi trebuit să amestec băuturile, spun amintindu-mi de vinul și de cocktailul de la restaurant.

– Poate e din cauza dansului. Vrei niște apă? mă întreabă Olivier.

– Da, cred că da. De fapt, s-ar putea să mi se facă...

Înainte să termin fraza, alerg la marginea vasului și vomit în apă.

– O, Doamne, îmi pare tare rău!

Aș vrea să mă înghită pământul.

Olivier ne conduce, pe mine și pe Faye, la o baie elegantă, albă, cu accesorii aurite. Îmi dau cu apă rece pe față și mă privesc în oglindă. Arăt cumplit. Ce o fi fost în capul meu? Deși, e drept, porțiile acelea de gin tonic au fost mult mai generoase decât cele pe care le găsești în baruri.

– Dumnezeule – în ce hal arăți, râde Faye în timp ce îmi șterg fața cu un prosop.

Scotocește în poșetă și scoate o trusă mică de machiaj, apoi începe să mă aranjeze. Gestul ei mă face să mă simt mai puțin stânjenită și sunt copleșită de iubire pentru prietena mea.

Când în sfârșit ieșim din baie, Olivier ne întâmpină cu un zâmbet.

– Nu mai râde, îl cert.

– Îmi pare rău, fără să vreau. Dar ai făcut un spectacol pe cinste. Te pricepi să dansezi.

Ridică dintr-o sprânceană și Faye îi aruncă o privire cu subînțeles.

Abia a trecut de ora nouă, dar simt nevoia să mă bag în pat.

– Iertați-mă, trebuie să plec, mă scuz eu față de Olivier și de Faye.

– Dă-mi voie să te conduc acasă. Măcar atât să fac, se oferă Olivier.

– Poftim? Pentru că mi-ai oferit porții generoase de gin, apoi te-ai amuzat când m-am făcut de râs?

– Poate ne oprim să bem o cafea, pe drum, propune el.

– Nu, serios, rămâi la petrecere. Faye îl cuprinde cu brațele pe după gât și îl sărută. Ne vedem mâine.

Încă nesigură pe picioarele mele, îi sunt recunoscătoare lui Faye că mă însoțește acasă, deși mă simt vinovată că i-am stricat seara. În timp ce mergem, eu cu brațul înlănțuit de al ei, pentru sprijin, discuția cu André îmi revine în minte. Nu îmi vine să cred că i-am spus despre Jake. Sper să mă sune curând, ca să mai vorbim despre asta.

Ne oprim la o cafenea și beau o cafea neagră și niște apă, în timp ce Faye încheie seara cu un coniac mare.

– Nu mă judeca.

Zâmbește larg înainte să bea.

– N-aș face asta niciodată. Poate îmi exprim o ușoară îngrijorare, din când în când, dar așa fac prietenii.

– Știu și știu că trebuie să beau mai puțin, îmi dau seama. Alcoolul nu prea are efect asupra mea, ceea ce înseamnă că am dezvoltat o anumită toleranță. Asta nu e bine.

Oftează.

– Încearcă să reduci treptat cantitatea. Nu așa se spune că trebuie procedat? Dacă bei de mult timp, e mai bine așa decât să renunți complet, dintr-odată.

– Pari să știi multe despre subiect.

– Am văzut o emisiune la televizor. Un doctor prelua apeluri telefonice. Se pare că jumătate din cei din generația noastră va avea probleme cu ficatul înainte să împlinească patruzeci de ani. Dar există grupuri de susținere, să știi.

– Nu cred că am ajuns în stadiul acela. Cel puțin, așa sper.

– Totuşi, cred că e important să fii conştientă. Mulţi refuză să admită că au o problemă când vine vorba de cantitatea de alcool pe care o consumă. Deşi, cine sunt eu să vorbesc, mai ales în seara asta? Abia mă ţin pe picioare şi m-am făcut de râs.

Mă simt mai bine, pentru că am vomitat, şi în curând îmi simt pleoapele grele de somn şi abia aştept să mă bag în pat.

– Dar ţie nu ţi se întâmplă des. Vino, hai să mergem acasă.

– Îmi pare rău că ţi-am stricat seara. Tu şi Olivier pare că v-aţi apropiat destul de mult, spun mergând pe lângă Faye şi căscând.

– Nu îţi face griji. E şi mâine o zi. E mai important să ajungi acasă cu bine. În plus, ţi-am spus deja, nu e nimic serios între mine şi Olivier.

Când ajungem în faţa patiseriei şi deja simt că se apropie o durere cumplită de cap, Lilian Beaumont trece pe lângă noi, la braţ cu noul ei prieten.

– A, Olivia, ai avut o zi plăcută?

Începe o conversaţie în franceză.

– Nu acum, Lilian, spun eu scotocind în geantă după chei. Îmi pare rău, dar trebuie să merg la culcare. Noapte bună.

Lilian deschide gura să spună ceva, dar se răzgândeşte la timp şi Faye îi şopteşte ceva înainte să se îndepărteze.

Urc scările obosită şi deschid uşa salonului doar cât să urez noapte bună tuturor.

– E totul în regulă? întreabă mama, iar eu îi răspund că da şi că îi voi povesti mâine.

Poate nu chiar totul, voi omite partea în care am vomitat peste marginea iahtului.

Capitolul douăzeci și cinci

Gen a hotărât că vrea să își reia activitatea, astfel încât astăzi este ultima zi a lui Olivier la noi, iar eu și Faye mai avem câteva zile până la plecare. Ca de obicei, el își face apariția proaspăt ca o floare, în vreme ce eu, după două pastile de paracetamol și câteva pahare cu apă, tot arăt ca un câine plouat. Nu m-am bucurat niciodată mai mult ca acum văzând-o pe mătușa că intră în magazin, puțin după ora zece și jumătate.

– Mergi, îmi spune ea fără menajamente, când mă vede ascunsă în spatele ochelarilor de soare și încercând să îmi împiedic reflexul de vomă la vederea prăjiturilor proaspete cu cremă pe care Valerie le așază în vitrină.

– Unde să merg?

– În pat. Cel puțin pentru câteva ore.

– Îmi pare rău, Gen. Nu te superi?

– Cum să mă supăr – tocmai ce ți-am sugerat asta. Și pentru ce să îți pară rău? Ai muncit enorm zilele astea. În plus, m-am plictisit teribil sus, în apartament.

– Păi, dacă ești sigură că e în regulă.

– N-ai plecat? Mă gonește fluturând un prosop de bucătărie spre mine, cu un zâmbet pe față.

Urc și, după ce mai beau niște apă, mă strecor recunoscătoare între cearceafurile răcoroase. Nu îmi vine să cred cum m-am purtat cu o seară în urmă, deși, presupun, nu am vrut decât să uit de toate, pentru câteva ore. Nici nu mai știu când m-am îmbătat ultima oară. Acasă am tot timpul livrări de făcut și nu-mi permit să conduc a doua zi mahmură. Sau să fac prăjituri mahmură. Mă tot gândesc cât de necăjit și derutat arăta André când i-am spus că are un fiu. Mă așteptasem să mă simt ușurată, acum că nu mai eram împovărată de secret, dar inima îmi e grea. În pofida gândurilor care nu îmi dau pace, în curând mi se închid ochii și alunec într-un somn adânc.

Trei ore mai târziu, m-am trezit și mă întind, când aud o bătaie în ușa dormitorului. E mama, cu o tavă pe care aduce cafea, suc de portocale și cornuri.

– Bună, draga mea, cum te simți? întreabă ea lăsând tava pe noptieră și așezându-se în spatele meu. Nu prea erai în apele tale aseară. Cum au mers lucrurile?

Beau o înghițitură zdravănă din sucul de portocale și mușc dintr-un corn, realizând că este primul lucru pe care-l mănânc de ieri după-amiază.

– Am făcut greșeala să beau cam mult. Am ajuns la o petrecere, pe iahtul lui Olivier.

– O, draga mea, sunt sigură că nu ești nici prima, nici ultima. Și ai lucrat mult zilele acestea în patiserie, era și cazul să petreci și tu un pic. Cum au mers lucrurile cu André?

Îmi face bine să vorbesc cu mama și îi povestesc tot.

– M-am simțit ca ultimul om. A primit vestea în tăcere. A părut foarte tulburat, ceea ce era de așteptat, presupun. Vreau să spun, ce naiba mi-am închipuit?

– Ei bine, nu a fost o veste oarecare. Are nevoie să se gândească. Sunt sigură că va lua legătura cu tine când este pregătit. I-ai spus lui Jake?

– Nu. Oftez. Cred că am vrut să văd întâi cum reacționează André. Ultimul lucru pe care mi-l doresc este să-l fac pe Jake să sufere. Niciodată nu se știe ce întorsătură iau lucrurile acestea, nu-i așa? Emisiunile acelea despre familii care se regăsesc peste ani, pe care le urmărești tu, nu toate au final fericit.

– Ai făcut ceea ce trebuie, mă asigură mama. Jake are mulți ani înainte să-și cunoască tatăl, dacă amândoi vor dori asta. În multe sensuri, un tânăr are nevoie de tatăl lui mai mult când a crescut. Știu că tatăl tău a avut o relație mai bună cu tatăl lui când s-a făcut mare.

Zâmbește.

– Mulțumesc, mamă.

– Ne însoțești la cină în seara asta? Mergem mai târziu la *Bistro Lemaire*. Se pare că i-a promis cineva lui Gen o cină cu șampanie în oraș când era în spital.

– Așa este, i-am promis! E perfect, mamă, mulțumesc.

După ce pleacă mama, îmi verific telefonul pentru a nu știu câta oară, să văd dacă am primit vreun mesaj de la André, dar nu am decât un mesaj de la Jo, cu un *smiley face*, care ne spune că a avut o nouă întâlnire reușită cu Guy și abia așteaptă să vorbim când ajungem acasă.

Mă întreb cum o fi dormit André. Sunt sigură că eu, dacă n-aș fi fost amețită de băutură, m-aș fi răsucit și frământat toată noaptea. Nu cred însă că o să mai fac asta prea curând.

Gândul că Gen este destul de bine să revină în spatele tejghelei este reconfortant. Olivier i-a ținut locul cu succes, ca să nu mai spun că este amuzant și o plăcere să te uiți la el, iar Valerie este o adevărată profesionistă, dar nu e la fel ca atunci când Gen este prezentă.

Fac un duș lung și ies din baie cu capul un pic mai limpede. Iau o sticlă cu apă din frigider și ies pe balcon să-mi usuc natural părul creț. Când văd ambarcațiunile din port, mi se strânge stomacul la amintirea nopții trecute și a felului în care m-am purtat. Și am vomitat! Olivier a fost deosebit de amabil să nu facă, de dimineață, nicio aluzie la noaptea trecută, lucru pentru care îi sunt recunoscătoare, deși sunt sigură că mă va tachina mai târziu. Nu îmi vine să cred că peste câteva zile voi pleca. Îmi va lipsi această priveliște. Deși îmi place orașul unde locuiesc, acolo nu am parte de o asemenea priveliște, trebuie să merg cu mașina ca să ajung la mare.

Mă pregătesc să cobor, să îmi iau rămas-bun de la Olivier, când pe telefon îmi apare un mesaj. Este de la André.

Ne putem întâlni mâine? Trebuie să vorbim.

Inima îmi bate cu putere în timp ce îi răspund, spunându-i că îl voi întâlni în port, la prânz.

Răspunsul lui sosește imediat.

E în regulă, trec eu să te iau de la patiserie. Facem o plimbare cu mașina.

Mă simt ușurată că André a luat legătura cu mine și simt cum mi se ridică o greutate de pe umeri. Îmi dau seama că nu știu la ce să mă aștept, dar este un început. A luat legătura cu mine. Mă simt mult mai bine în timp ce mă îmbrac.

Olivier mă strânge într-o îmbrățișare lungă și îmi promite să ne scoată la o plimbare în larg, pe mine și pe Faye, înainte să plecăm acasă.

– Este foarte tentant. Ar trebui s-o facem – îmi imaginez că este minunat să admiri litoralul în felul acesta. Deși alcoolul va trebui interzis înainte de a păși la bord.

– Nici măcar un strop de șampanie, într-un golf izolat? Știu multe astfel de locuri.

– Sunt sigură că știi.

Îmi iau la revedere râzând, cu promisiunea să ne vedem la o cafea, înainte de plecarea noastră.

Mai e aproape o oră până la închiderea magazinului și mai avem câteva produse, când intră Lilian Beaumont. Nu pot să nu observ zâmbetul superior pe care-l afișează.

– Bună, Lilian. Cred că îți datorez niște scuze, îi spun amintindu-mi cum o repezisem cu o seară înainte.

– Scuzele nu sunt necesare. Sper doar că noaptea pe care ai avut-o a justificat mahmureala.

Tonul vesel din vocea ei îmi arată că nu s-a supărat.

– De unde știi că eram mahmură?

– Am venit de dimineață să-mi iau pâine și nu erai aici, spune ea, privindu-mă pe deasupra ochelarilor de soare și zâmbind. În orice caz, acum am venit cu speranța să mai găsesc ceva dulce, spune cercetând vitrina. Privirea i se oprește asupra unor tarte proaspete cu fructe. Le iau pe acelea, te rog.

– Tu chiar mănânci dulciuri, Lilian? o întreb în timp ce așez tartele într-o cutie.

Trupul ei suplu practic nu s-a schimbat de-a lungul anilor.

– Da, câte puțin. Dar de obicei le cumpăr pentru musafiri. Sunt de părere că nu este bine să îți refuzi nimic, în felul acesta vei pofti și mai mult acele lucruri. Moderația este răspunsul. Câte puțin din tot ce îți dorești îți face bine. Că tot veni vorba, cred că am găsit pe cineva care chiar îmi place. Diseară are loc cea de-a treia noastră întâlnire. Voi găti rață cu portocale și dacă asta nu-l face să se îndrăgostească iremediabil de mine, nimic altceva n-o va face.

Zâmbește și-mi întinde banii.

– Îți doresc o seară frumoasă. Noapte bună.

Îmi țin respirația așteptând să văd dacă m-am exprimat corect urându-i să aibă parte de o seară frumoasă.

– Mulțumesc, Olivia. Foarte bine. Iese din magazin cu un zâmbet larg pe chip. O, și data viitoare când ești mahmură, încearcă un Bloody Mary.

Capitolul douăzeci și șase

Ajungem la *Bistro Lemaire* pe la ora șapte și ne așezăm afară să consultăm meniul. Știu că mâncarea aici este delicioasă, dar după întâlnirea cu André apetitul meu pare să fi dispărut și nu reușesc să scap de sentimentul de neliniște cu privire la viitor.

Împărțim sticla de șampanie promisă, înainte să ne înfruptăm din mâncarea absolut delicioasă. Mama și tata aleg friptură cu sos de piper, iar noi ceilalți luăm o tocăniță, specialitatea zilei. Este o tocăniță nemaipomenită cu carne de vițel și de pui, cu ierburi aromate, usturoi și ceapă și nicio urmă de mahmureală sau neliniște nu mă poate opri să mănânc ceva atât de bun. Ne-am așezat la o masă afară și ne bucurăm de seara caldă de vară. Eu termin masa cu o porție delicată de cremă de lămâie; ceilalți împart un platou de brânzeturi locale.

Cum stau așa, în jurul mesei, vorbind cu familia mea, dintr-odată mi se face dor de Jake și îmi doresc să fi fost și el acolo, cu noi. Am vorbit aproape în fiecare seară, de când sunt aici, uneori prin video, dar îmi doresc să-i văd chipul și să-i aud vocea. Știu că se gândește la viitorul lui, la studiile universitare, dacă să le finalizeze sau nu; vreau să-l ajut să ia decizia corectă.

Pe la ora zece sosește Faye însoțită de Olivier și bem ceva împreună. Nu pot să nu observ că abia dacă își vorbesc unul altuia. Olivier se întreține cu tata, iar Faye cu mine, cu mama și cu Gen. La finalul serii, puțin după ora unsprezece, îi spunem noapte bună lui Olivier și pornim pe jos spre casă. Sunt surprinsă să constat că Faye ne însoțește.

– E totul în regulă? o întreb mergând alături de ea.

Faye ridică din umeri și se vede că e necăjită.

– O, știu că e o prostie, dar ne-am certat mai devreme. Veneau întruna femei să-l salute și am devenit un pic geloasă. I-am spus că îi face plăcere să i se acorde atâta atenție, iar el a râs și mi-a spus să mă relaxez. Atunci mi-am dat seama că nu însemn nimic special pentru el.

Mă opresc și mă întorc către ea.

– O, nu! Doar nu te-ai îndrăgostit de el?

– Nu cred. Ce rost ar avea? Își trece brațul pe sub brațul meu și se forțează să zâmbească. În orice caz, să nu mai vorbim despre asta. Vreau să mă bucur de restul vacanței noastre.

– Dorește cineva cafea? întreabă mama, odată ajunși în apartament.

– Nu, mulțumesc, mamă. Eu merg la culcare. Gen, mâine după-amiază vei fi în magazin? o întreb pe mătușa.

– Cel mai probabil, da.

– Ai nevoie de mine?

Le spun tuturor despre dorința lui André să ne vedem pentru a discuta.

– Sigur că trebuie să vă vedeți. Sper ca lucrurile să meargă bine, spune mătușa cu blândețe.

– Ți-am spus eu că are nevoie de puțin timp să asimileze informația, spune mama. Dar la urma urmei, are un fiu pe care nu l-a cunoscut. Nu e puțin lucru, dar nu se știe niciodată, s-ar putea să își dorească să-l cunoască.

Le urez noapte bună și mă îndrept spre dormitor, unde vorbesc cu Sam în timp ce Faye își toarnă un pahar și iese pe balcon. Sam îmi spune că totul este în ordine și că i-a făcut plăcere să lucreze program întreg. Îmi spune că și-a petrecut după-amiaza de ieri în magazinul de haine vintage al mamei ei, dar tot timpul s-a gândit la idei noi de torturi.

În timp ce mă bag în pat, mi-aș dori să am optimismul mamei mele. André nu mi-a făcut nicio promisiune; a spus doar că ar trebui să vorbim. Mă rog să nu fie ultima discuție pe care o vom avea.

Capitolul douăzeci și șapte

A doua zi, André îmi trimite un mesaj, spunând că mă așteaptă afară. Ies și mă așez lângă el, în mașina lui, un Audi negru, recunoscătoare că nu a intrat în patiserie. Avem foarte multe lucruri de discutat înainte de a mă gândi măcar să-l prezint familiei. În plus, Jake încă nu l-a cunoscut. Faye și Olivier, după toate aparențele, s-au împăcat și au plecat să petreacă o zi împreună în Monaco. Răceala pe care o manifestase față de el cu o seară în urmă se pare că l-a îngrijorat pe Olivier, căci de dimineață era prezent, dornic să facă pace și să își petreacă ziua cu ea.

– Iartă-mă, nu am vrut să îți faci griji, evident că aveam să te revăd, spune el pornind motorul. M-am gândit să facem o plimbare cu mașina până în St Tropez.

În stradă, facem la dreapta și pornim pe drum de-a lungul coastei. Nu îmi dau seama dacă este doar o impresie sau nu, dar André mi se pare ușor tensionat.

– N-am fost niciodată în St Tropez, spun dintr-odată, simțindu-mă stânjenită.

– În toți anii petrecuți aici, în copilărie, nu ai fost niciodată în St Tropez?

– Nu. Este pe cât de luxos mi-l imaginez?

Mi se strânge stomacul, încercând să fac conversație măruntă.

– Ei bine, presupun că este în continuare locul de joacă al celor bogați și celebri, deși în prezent Antibes este considerat mai la modă. Eu am mers de multe ori în St Tropez când eram copil. Am câteva amintiri plăcute.

Înaintăm încet prin traficul din Antibes până când ieșim din oraș. Vântul care intră pe acoperișul deschis al mașinii îmi suflă ușor prin păr. Traversăm bulevardul de la Croisette, în Cannes, o stradă ce șerpuiește printre plaje. Mă minunez la vederea hotelurilor ca niște palate, cu valeți eleganți la intrare. Magazinele de firmă, înghesuite unul într-altul la marginea plajei, îmi amintesc că nu am apucat să îmi cumpăr rochia aceea Gucci. Cine știe, poate într-o zi. Promenada este mărginită de palmierii cunoscuți, falnici, oferind umbră în căldura arzătoare. Încerc să găsesc ceva de spus, dar cuvintele îmi rămân în gât. André vorbește primul.

– Când te întorci în Anglia?

– Peste câteva zile.

Îmi dau seama că vremea întoarcerii acasă m-a luat prin surprindere, dar acum că Gen este complet refăcută, trebuie să mă întorc la afacerea mea. Cel puțin, sunt norocoasă cu o asistentă de încredere cum e Sam, și cu ajutorul oferit de Nic și Jake.

– Abia am început să mă obișnuiesc cu tine și în curând vei dispărea din nou.

André se întoarce o secundă spre mine și zâmbește melancolic.

– Asta pare să fie povestea vieții noastre. Îndrăznesc să sper că de această dată lucrurile vor sta diferit. Unul dintre noi pleacă la momentul nepotrivit.

Când trecem pe lângă o fâșie lungă de nisip, André îmi spune că aceea este plaja Pampellone.

– Aici vin multe celebrități. Un prieten mi-a spus că i-a văzut pe Sharon și Ozzy Osbourne, acum câteva săptămâni.

Văd femei frumoase în costume de baie minuscule, plimbându-se pe lângă un grup de tineri care joacă volei. În zare, bărcile cu motor saltă pe suprafața strălucitoare a apei. Pe marginea dinspre stradă a plajelor se găsesc baruri moderne, cu spații exterioare interesant amenajate, dinspre care muzica răsună până și în miezul zilei, duminica.

– Locul acesta chiar este întruchiparea eleganței, spun eu, deși André tocmai mi-a spus că și alte locuri au câștigat popularitate în timp.

– Lucrurile nu sunt așa cum par. Autoritățile au început să susțină mediul și consideră că sunt prea multe baruri și restaurante de-a lungul acestor plaje și că, într-un fel, contribuie la distrugerea lui.

– Dar oamenii probabil lasă aici averi întregi. Categoric, asta e bine pentru economie.

– Aici apare dilema, presupun, dar vor să protejeze litoralul. Guvernul nu mai acceptă construcția de așezăminte noi, ba chiar are în plan să demoleze câteva dintre clădirile vechi. Cred că vor să le reducă numărul din ce în ce mai mult. Oricum, eu prefer plajele mai mici. Locurile discrete, pe care nu le găsești ușor.

Îmi dau seama că încă nu am vorbit despre Jake, dar nu vreau să îl presez. Poate când ajungem la destinație.

Nu peste mult, oprim în La Ponce, zona pietruită din apropierea vechiului port, în St Tropez. Bărci mici, de pescuit, vopsite în culori aprinse, stau mărturie istoriei orașului – vechi sat pescăresc –, însă imediat dăm cu ochii de iahturile mari, strălucitoare, care se luptă pentru spațiu lângă mal. Cu greu îți vine să crezi că odinioară, pe locul restaurantelor elegante cu vedere spre apă, pescarii pregăteau năvoadele ca să aibă ce pune pe mesele familiilor lor.

André găsește un loc de parcare și ne plimbăm puțin, apoi propune să oprim undeva, să bem un pahar. Eu comand apă și un pahar de vin alb, rece, iar André, o bere. Când sosesc băuturile, ia o gură de bere și mă privește cu atenție.

– Sper că nu te-am necăjit data trecută, spune el în cele din urmă. Presupun că te-ai întrebat la ce mă gândesc; nici eu nu știam ce să cred.

– Nu m-am supărat. Mai degrabă m-am întristat, de fapt. M-am simțit vinovată. Știu că viețile noastre, la momentul acela, erau altfel și tu plecaseși în lume, dar...

André îmi ia cu blândețe mâna între mâinile lui, ca să mă oprească.

– După cum spui, eram tineri. Viețile noastre erau altfel. Iar eu sunt cel care ar trebui să se simtă vinovat că nu am fost lângă tine, să te ajut cu un copil mic. Îmi ia și cealaltă mână și o strânge cu putere. Mă privește intens cu ochii aceia albaștri. Deși probabil spun asta cu mintea de-acum. În realitate, la vremea aceea, gândul că devin tată m-ar fi îngrozit, rostește el cu sinceritate.

Continuă să mă țină de mână în timp ce vorbim.

– Așadar, povestește-mi, Liv. Jake a avut o copilărie fericită? Acesta este lucrul cel mai important.

Iau o gură de vin, apoi îi povestesc despre viața noastră în Anglia și cum Jake a avut parte de cei mai devotați bunici și prieteni. Îi spun despre anii de școală, în care Jake a fost un băiețel vesel și popular. André strânge din ochi și înghite cu noduri.

– Îmi pare rău. Îmi dau seama că nu îți este ușor, îi spun cu blândețe.

– E în regulă. Mă bucur că a fost fericit. Vreau să știu totul despre el. Ai cumva o fotografie?

Caut în telefon până găsesc o imagine clară, tip portret, a lui Jake, făcută cu un an în urmă, la o nuntă.

– Ești pregătit? întreb și-i întind telefonul.

– Sunt.

André trage adânc aer în piept în timp ce privește fotografia și ochii i se încețoșează când expiră lent. După ce se uită îndelung la fotografie, pe chip îi înflorește un zâmbet.

– Fiul meu, rostește în cele din urmă. Nu îmi vine să cred. E atât de chipeș! Seamănă mult cu tine. Își ridică ochii să mă privească.

– Crezi? Mie mi se pare că seamănă cu noi amândoi. Are ochii tăi, cu siguranță. Dă spre stânga și uită-te. Sunt multe fotografii cu el.

– Am un fiu, repetă el. Aș fi vrut să știu mai de mult.

Se uită la mai multe fotografii și zâmbește la fiecare dintre ele.

– Dar cum era să fi știut? Ultima oară când ne-am văzut, te pregăteai să străbați lumea Pe atunci nu existau rețele de socializare, să-ți dau de urmă. Și nu îți știam adresa, pentru că nu m-ai dus niciodată la tine acasă.

Îmi dau seama că încerc să mă apăr.

– Știu. Nu spun că e vina ta.

– În plus, dacă voiai să afli ce mai fac, puteai să treci pe la patiserie să o întrebi pe mătușa. Dacă sentimentele tale pentru mine au fost atât de puternice cum pretinzi, continui eu, încercând să alung orice umbră de acuzație din tonul meu.

– M-am gândit să fac asta, rostește el încet. Dar fusesem plecat timp de șapte ani. Nu mi s-a părut corect să reiau povestea cu tine după atâția ani. Poate erai cu altcineva, poate erai căsătorită și aveai deja o familie. Viața își urmase cursul.

Dacă ar fi știut! Am mai avut relații în anii următori, dar nu cred că m-am mai îndrăgostit vreodată. Nu cu adevărat. Nu am mai simțit pentru nimeni ceea ce am simțit pentru André și oricât mi-aș dori ca lucrurile să stea altfel, nu pot să nu regret anii aceia pierduți.

– Vreau să-l cunosc pe Jake, spune el după o scurtă pauză. Crezi că el va dori să mă întâlnească?

– Sunt destul de sigură că da, spun eu cu delicatețe, sperând să nu mă înșel.

Îmi e greu să explic ce simt despre posibilitatea prezenței tatălui lui Jake în viața lui. Din ziua în care s-a născut, am fost doar noi doi. Este ca o călătorie în necunoscut și instinctul matern îmi dictează să îmi protejez fiul, să mă asigur că nu este rănit.

O vreme, sorbim în tăcere din băuturi, reflectând la cele ce s-au spus. Nu cred că vreunul dintre noi a intenționat să-l acuze pe celălalt, indiferent cât de voalat, dar emoțiile sunt intense. André vorbește primul.

– Nu mai credeam că voi avea copii vreodată, spune el privind din nou fotografiile cu Jake. Am fost căsătorit șase ani și în timpul acela am pierdut doi copii.

– O, André, îmi pare rău!

– S-a întâmplat în stadiile incipiente ale sarcinii, dar a fost, de fiecare dată, dureros. Soția mea a refuzat să mai încercăm. Mi-a spus că probabil nu îi era scris să fie mamă. Eu am propus să consultăm un medic, să căutăm ajutor, dar ea a hotărât că nu vom avea copii și cu asta, basta. Căsnicia noastră a fost pusă la încercare. Întotdeauna mi-am imaginat că voi fi tată și acum...

André își acoperă fața cu mâinile și îmi dau seama că plânge. Ocolesc masa și mă așez lângă el.

– O, André, nu fi trist! Îl cuprind cu brațele și el se abandonează în îmbrățișarea mea. Jake este încă foarte tânăr. Aveți tot timpul să vă cunoașteți. Mama a spus că un băiat are nevoie de tatăl lui chiar mai mult când a crescut.

André se întoarce să mă privească, tamponându-și ochii cu un șervet de hârtie.

– Mulțumesc, spune încet. Mi-ar plăcea să-l cunosc pe Jake. Abia aștept să îl întâlnesc. Sper că nu crede că l-aș fi abandonat.

– Cum să creadă așa ceva? Știe că tu nici măcar nu ai știut că eram însărcinată. I-am spus adevărul.

Achit nota unui ospătar când trece pe lângă noi și pornim iar la drum cu mașina, afară din oraș, dincolo de port. André îmi arată diverse locuri de interes și în curând oprim lângă una dintre acele plaje discrete de care vorbise. Pe întinderea imaculată de nisip există un singur restaurant și cel mult douăsprezece familii, contrastând cu totul cu imaginea supraaglomerată a plajei de la Pampellone.

– Burgerii de aici sunt cei mai buni pe care i-ai gustat vreodată, spune André. Pregătiți manual. Asta, dacă ți s-a făcut foame.

Îmi dau seama că sunt lihnită, căci nu am putut mânca nimic de dimineață. Stomacul îmi chiorăie în surdină când ne așezăm pe scaunele din plastic la o masă acoperită cu o față de masă roșie.

– E foarte frumos aici, spun aruncându-mi privirea către valurile înspumate și o familie cu copii care sar în apă chicotind.

În apropiere, alți copii înalță castele de nisip, împodobind turnurile cu steaguri ale Franței din hârtie, care flutură în adierea blândă a vântului. Pe această plajă par să fie numai familii cu copii, nu văd nici măcar o persoană preocupată de aspectul fizic. Sper ca vederea atâtor familii fericite, cu copii, să nu îi stârnească lui André regrete.

Mâncarea arată absolut delicios. Burgerii zemoşi au felii de bacon şi brânză brie între feliile de chiflă. Sunt însoţiţi de porţii generoase de cartofi prăjiţi şi salată verde.

– Arată bine. N-am realizat ce foame îmi era. Muşc din burger. André nu glumise, erau foarte buni. Mmm, cum e posibil ca un restaurant de pe plajă să facă mâncare aşa de bună, spun eu ştergându-mi de pe bărbie un strop de muştar.

– Din pasiune pentru ceea ce fac, presupun. În restaurantele mari, pasiunea se cam pierde.

Vorbim despre restaurantul lui şi André îmi spune că îi merge bine.

– Este ocupat în totalitate aproape în permanenţă, ceea ce este grozav. Chiar şi atunci când se încheie sezonul estival, are reputaţie bună printre localnici. Sunt foarte norocos. Într-o săptămână sau două, s-ar putea să fiu nevoit să angajez un om. Henri, de la bucătărie, vrea să călătorească. Îmi aminteşte de mine în tinereţe, când am plecat în lume în căutare de aventuri. Deşi, poate, iarba e mai verde acasă, spune el gânditor.

Terminăm de mâncat şi facem o plimbare pe plajă, către un capăt izolat, iar André îmi ia mâna şi se întoarce către mine.

– Cred că ţi-am spus deja că nu te-am uitat niciodată, Liv. Vieţile noastre au urmat cursuri diferite, dar, cumva, iată-ne din nou aici, pe această plajă, după atâţia ani. Fata pe care am iubit-o în tinereţe e acum în faţa mea.

– Pe atunci nu cred că mi-ai spus că mă iubeşti, zic eu, uşor surprinsă.

– Eşti sigură? Poate că mi-era ruşine să o spun. Dar am simţit-o cu toată fiinţa. Eram sfâşiat la gândul că trebuia să plec, dar m-am temut că voi regreta toată viaţa, dacă nu încerc măcar. Îmi pare aşa de rău.

– De ce să îţi pară rău? Erai tânăr. Îţi urmai visul.

– Poate era mai bine să-mi fi urmat inima. Îmi ia mâna. Iubirea mea pierdută.[1]

L-aș asculta vorbind franțuzește de dimineața până seara.

– Ce înseamnă asta? îl întreb, deși știu că „amour" înseamnă iubire.

– Iubirea mea pierdută. Mă privește și ochii lui albaștri îmi caută privirea.

În toți acești ani, eu crezusem că André a plecat fără să privească în urmă și că nu fusesem altceva decât o iubire de o vară, pe când în realitate el se luptase cu emoțiile lui.

– Nu o să te mint, am suferit când ai plecat. Și să descopăr că eram însărcinată, la optsprezece ani, a fost înspăimântător. Însă a trebuit să mă adun, pentru copil. Nu m-aș fi descurcat dacă nu-i aveam pe mama și pe tata.

– O, Liv, dacă aș putea da timpul înapoi!

– Chiar și așa, probabil nimic nu s-ar fi schimbat. După cum ai spus, eram doi copii.

– Încă nu îmi vine să cred că ești aici.

Mă mângâie ușor pe obraz și mă trage spre el.

Îi inspir parfumul și îmi plimb mâinile pe spatele lui, iar el își cuibărește nasul în gâtul meu.

– Miroși delicios. Mă mușcă ușor de lobul urechii și nu mai știu nici cum mă cheamă.

– Și tu la fel. Eu...

André se apropie și mai mult și mă amuțește cu un sărut care îmi face inima să stea în loc. Simt cum mă cuprinde amețeala și mi se înmoaie genunchii. Brusc, am din nou optsprezece ani, sub dig, fără nicio grijă și trupul îmi e zguduit de explozia a mii de artificii. Aș vrea să rămân acolo pentru totdeauna, pretinzând că totul este în ordine.

---

[1]Mon amour perdu (în franceză în original) (n.tr.)

– Crezi că ar trebui să ne întoarcem? întreabă André cu voce răgușită, când în sfârșit facem o pauză să respirăm. Sau va trebui să te târăsc în spatele unei dune și să te am aici, pe loc.

– Poate ar trebui. Nu că n-ai fi făcut o propunere interesantă.

„Deși, uite ce s-a întâmplat ultima dată când ne-am lăsat pradă pasiunii", îmi spun în sinea mea.

André mă sărută din nou, apoi pornim spre mașină ținându-ne de mână. Simt o mulțumire pe care nu am mai simțit-o de mult, deși se împletește cu un sentiment de incertitudine cu privire la viitor. Timpul petrecut pe această plajă mică a fost înălțător. Sper să am ocazia să mă întorc aici curând. Acum însă, fac lucrurile pas cu pas.

Capitolul douăzeci și opt

Pe drumul înapoi spre casă vorbim puțin, dar liniștea dintre noi este una confortabilă. André m-a rugat să îi trimit pe telefon câteva fotografii cu Jake, căci nu se mai satură privindu-le. M-a făcut să mă gândesc că n-ar fi rău să printez câteva. Trăim vremuri în care fotografiile noastre sunt stocate în telefoane și calculatoare, dar ce se întâmplă dacă acestea ne sunt furate? Îmi amintesc, copil fiind, că petreceam ore întregi răsfoind albumele foto legate în piele, în casa bunicilor, când încă trăiau, necăjindu-i de fiecare dată să mi le arate, ca să mă uit la părinții mei, în tinerețe. Mama era de o frumusețe răpitoare, iar tata, un bărbat înalt, chipeș, cu părul negru și un aspect impunător. Erau multe fotografii și cu noi toți, când eram mică. Fotografii de pe plajă, de la grădina zoologică sau din grădini, unde luam prânzul în zilele frumoase, și unde eu mă simțeam foarte importantă, lângă un pahar cu suc și pai. Albumele acelea erau încărcate de amintiri. La gândul că André nu apare în niciuna dintre fotografiile noastre cu Jake copil mă doare inima. Însă nu trebuie să mă mai gândesc la ce a fost. Nu atâta timp cât există o speranță ca lucrurile să se schimbe în viitor.

Când ajungem lângă casa mătușii Gen, André se apleacă și mă sărută ușor pe buze.

– Trebuie să profităm de ultimele zile pe care le mai petreci aici. Ne vedem mâine-seară? Ai putea să vii la restaurant.

– Sună bine.

– Mâine la prânz suntem foarte aglomerați, spune el zâmbind. Dar pe seară avem mai mult personal, așa că putem să mâncăm liniștiți. Sau să bem ceva. Cum vrei tu. Vorbim.

Trag adânc aer în piept, urmărind mașina cum dispare după colț. Mă aștept ca părinții mei să mă asalteze cu întrebări, deși tot ce îmi doresc este să îmi fac puțină ordine în gânduri înainte să vorbesc cu Jake. Nu mai pot amâna.

Mă îndrept spre apartament și nici nu apuc să sun, că tata deschide ușa.

– Bună, tată. M-ai văzut pe fereastră?

– Te-am văzut. Și am vrut să te anunț că te așteaptă o surpriză în balcon.

– O surpriză? spun în timp ce îmi dezbrac jacheta.

Aici, la etaj, e mai cald.

Tata mă conduce, traversăm sufrageria și trebuie să spun că nu mi-aș fi imaginat nicio clipă ceea ce mă aștepta acolo. Când văd cine e pe balcon, relaxându-se cu o băutură, duc fără să-mi dau seama mâna la gură.

– Jake! Dumnezeule! Ce faci aici?

– Bună, mamă.

Jake se ridică și mă îmbrățișează strâns. Nici mie nu îmi vine să-i mai dau drumul.

– Voi știați despre asta? îmi întreb părinții.

– Nimic, jur, spune tata ridicând brațele.

– Așa este, spune Jake. Am venit dintr-un impuls. Am reușit să găsesc un bilet pe ultima sută de metri. Nu stau decât vreo două zile. Nic o ajută pe Sam cu livrările.

Îi ating chipul cu mâinile.

– Mă bucur mult să te văd.

Mama și tata ni se alătură pentru o îmbrățișare de grup.

– Buni mi-a spus că te-ai plimbat azi. Ai vizitat vreun loc interesant? Mă privește cu ochii lui mari, albaștri, și asemănarea cu tatăl lui aproape îmi taie respirația. Mă simt copleșită. Cum să-i spun că mi-am petrecut ziua cu tatăl lui?

– St Tropez. E frumos. Dar dacă e să fiu sinceră, prefer Antibes, spun amintindu-mi că și André spusese același lucru.

Jake nu mă întreabă cu cine am fost și mă gândesc că poate mama i-a spus că am ieșit cu o prietenă.

– Ai mâncat? îl întreb pe Jake.

– Glumești? Din secunda în care am sosit, m-au asaltat cu mâncare. Încerc să fiu atent la ce mănânc. De când ai plecat, am tot copt diverse lucruri. Și am mâncat cea mai mare parte.

Se mângâie pe burtă, care mie mi se pare în continuare plată și tonifiată.

– Și eu la fel, râde tata și se mângâie la rândul lui pe abdomenul mai degrabă rotunjor. Deși, cum s-ar aștepta cineva să rămân suplu când locuiesc deasupra unei patiserii, nu pot înțelege. Bunica ta s-a hotărât să mă înfometeze. Pește cu salate și iaurt cu fructe, atât am voie să mănânc.

– Să te înfometez? De parcă aș putea, Eddie Dunne. Dar nici nu te poți aștepta să mănânci prăjituri cu cremă în fiecare zi. E pentru binele tău!

– Știu. Deși începe să-mi placă brânza asta franțuzească. Te rog, nu-mi spune că nici asta nu e sănătoasă!

– Doar să nu exagerezi. Asigură-te că mănânci mai mult struguri și biscuiți integrali decât brânză.

– Sigur, iubirea mea.

Tata îmi face cu ochiul.

– Așa. Că tot vorbim despre mâncare, Jake, alege tu un restaurant pentru cină. Eu intru să fac un duș.

– Ok, grozav. Ies mai târziu să fac o plimbare – o să aleg atunci un restaurant.

Cu apa caldă curgând peste mine, dau drumul lacrimilor ținute în frâu și suspin înfundat. Mă gândesc la André și la copiii pe care i-a pierdut. Spusese că și-a dorit dintotdeauna să fie tată. Jake a ratat ocazia să aibă un tată nemaipomenit și mi se rupe sufletul la gândul acestei nedreptăți. Când mă îmbrățișase, luându-și rămas-bun ca să cutreiere lumea, mă gândisem că André era tânăr și egoist, dar dacă ar fi știut că sunt însărcinată, poate ar fi rămas lângă mine și viața noastră ar fi fost alta. Sau poate, cu ani în urmă, nu ar fi fost pregătit să își asume un asemenea angajament. Însă se spune că totul se întâmplă cu un motiv, așa că va trebui să am încredere în soartă. Iar el a revenit acum în viața mea, lucru la care nu mă așteptasem.

Tata îmi spusese cândva că nu putem schimba trecutul, dar, „la naiba, avem un cuvânt de spus cu privire la viitor".

Trebuie să încerc să deslușesc un viitor în care ajungem să ne cunoaștem unii pe alții. Acum că mă gândesc mai bine, cred că de data aceasta nu sunt pregătită să las și viitorul pe mâna sorții.

Sunt în halat, pe pat, mă pregătesc să îmi usuc părul, când Faye bate în ușa dormitorului.

– Bună, Liv, cum a fost?

– O, Faye, a fost o zi încărcată de emoții. I-am arătat lui André fotografii cu Jake și a fost copleșit. Vrea să îl cunoască. Încă nu știu cum să îi spun lui Jake. A venit pentru câteva zile, iar eu îi cer să-și întâlnească tatăl pe care nu l-a văzut niciodată. Nu m-am așteptat să îl găsesc atât de repede.

– Nu spune nimeni că trebuie să îl cunoască acum. Nisa e aproape. Va reveni când e pregătit. Lasă-i puțin timp de gândire.

– Ai dreptate, presupun. Dar eu îl cunosc pe Jake – e impulsiv. Dacă îi spun despre tatăl lui, este foarte probabil să vrea să-l vadă. Firește, este la fel de posibil, acum că l-am găsit, să nu dorească deloc să-l cunoască.

– Ba sigur că va dori. El ți-a cerut să îl cauți, nu-i așa?

– Știu, dar va primi aceste informații pe neașteptate. S-ar putea să nu fie pregătit.

– Nu îți face griji, lucrurile se vor aranja cum e mai bine. Și nu uita, indiferent ce se întâmplă, Jake te are pe tine. Și pe noi ceilalți. Asta nu se va schimba. În fine, ne vedem mai târziu. Apropo, ar trebui să-i spun mamei tale că tatăl tău tocmai a coborât în magazin? Gen îi dă prăjituri pe furiș.

– Nu m-aș amesteca, îi spun râzând.

În timp ce îmi usuc părul, mă gândesc la ziua petrecută împreună cu André. Și la sărutul acela. A fost la fel de tulburător ca primul nostru sărut, lângă digul din Antibes. Nu eram sigură dacă atracția dintre noi s-a păstrat, dar acum știu că este neschimbată. Poate că aceasta rămâne pentru totdeauna, în împrejurările potrivite. Doar e vorba de chimie, la urma urmei. Și presupun că plimbările pe plajă și ieșirile împreună, la restaurante romantice, stârnesc dorințele ațipite. Mă face să mă întreb în câte relații se stinge pasiunea din cauza vieții și a grijilor zilnice, care înăbușă distracția și romantismul. Îmi amintesc că râdeam auzind de „întâlnirile programate, în cuplu", dar poate că acestea joacă un rol important în a ne reaminti că este necesar să ne facem timp unul pentru celălalt.

Capitolul douăzeci și nouă

Ne îndreptăm spre port, imediat după ora șapte, iar Gen îl întreabă pe Jake dacă a ales un restaurant unde să ne oprim să luăm cina. Presupun că genunchiul ei a obosit deja.

– Chiar am găsit. Am făcut o plimbare lungă după-amiază și am văzut un restaurant care arată foarte bine. Chiar în capătul portului Vauban. Cred că sunt vreo cincisprezece minute de mers, dar meniul arăta grozav. Este un restaurant cu specific pescăresc. Mătușă Gen, putem lua un taxi, dacă vrei.

Un restaurant cu specific pescăresc, chiar în capătul portului. Mă albesc la față.

– Cum se numește? întreb cu inima bătând să-mi sară din piept.

– *Langousta Seafood*, parcă.

– Aha. Păi, Jake, cred că ar fi mai bine să căutăm un alt restaurant. Am auzit că mâncarea nu e bună deloc acolo.

– Serios? Eu am auzit că e foarte greu să găsești o masă liberă. Jake a făcut foarte bine că a făcut rezervare, intervine Gen.

Mă uit urât către mătușa; e clar că mama nu i-a spus despre restaurantul lui André.

Mama își drege glasul.

– Asta trebuie să fi fost valabil cu ceva timp în urmă. Mi-a spus Lilian Beaumont că a făcut cineva toxiinfecție alimentară săptămâna trecută după ce a mâncat acolo. N-aș risca.

– O, ok. Arăta cât se poate de bine când am trecut pe acolo, dar presupun că nu te poți pronunța cu adevărat decât după ce încerci mâncarea.

Ridică din umeri.

– Ai făcut rezervare?

Mă întreb cu cine o fi vorbit. Dacă a vorbit deja cu tatăl lui? Mi se face rău.

– Da, am vorbit cu tânăra de la intrare. O să sun să anulez, dacă nu vreți să mergem acolo.

– Nu prea mai am poftă de pește, intervine și tata. Am mâncat niște macrou zilele trecute și nu mi-a picat prea bine.

– Prin urmare, anulez?

– O fac eu. Tu alege alt restaurant, în partea aceasta a portului, dacă vrei. În plus, e prea departe pentru Gen și nu vrem să mergem cu taxiul. Ai de unde alege și aici.

– Ok, ridică el din umeri.

Formez numărul de la restaurant, rugându-mă să nu răspundă André. La cel de-al treilea apel se aude vocea veselă a unei femei tinere.

– Bună ziua, restaurantul *Langousta*, cu ce vă pot fi de folos?

O întreb dacă vorbește engleză, răspunde că da și anulez rezervarea. În ciuda scurtelor mele interacțiuni cu Lilian, franceza mea este departe de a fi fluentă.

Dumnezeule, fusese cât pe ce! Trebuie să vorbesc cu Jake cât mai curând, căci nu vreau să mai pățesc una ca asta. Ce încurcătură!

După alte cinci minute de mers, ajungem la cea de-a doua opțiune în materie de restaurante, un bistro mic numit

Sacha. Din fericire, când sosește, mâncarea se dovedește delicioasă, așa că toată lumea se relaxează și ne bucurăm de seara petrecută împreună.

– Ia spune, Jake, cum ți se pare față de Southport? întreabă Gen în timp ce noi admirăm împrejurimile minunate.

– A, da, seamănă foarte mult.

Râde.

– În tinerețea mea, Southport era o destinație de vacanță foarte populară în nordul Angliei, spune mama. Oamenii mergeau în număr mare și la Blackpool, desigur, înainte să poată călători cu ușurință în străinătate, dar Southport a fost dintotdeauna, cum să spun, mai rezervat.

– Vrei să spui, mai exclusivist, spune tata. Deși, dacă e să vorbim adevărul, nu mai e cum a fost. Chiar nu îmi dau seama cum supraviețuiesc jumătate dintre hoteluri și pensiuni, reflectează el.

– Din organizarea de petreceri de burlaci și burlăcițe.

Am văzut de multe ori, când mă întâlneam cu prietenele mele, grupuri de tineri și tinere îmbrăcați elegant plimbându-se pe faleză.

– Ce planuri aveți pentru mâine? întreabă Jake. M-am interesat ce se poate face aici și aș vrea să încerc trambulinele de pe plaja din Juan-les-Pins.

– Nu e periculos? Să plonjezi de pe stânci? Mie mi se pare un pic prea periculos, spun eu.

– Asta pentru că ești mama mea. Multă lume o face. Dacă era periculos, le-ar fi dezinstalat.

– De fapt, sunt ilegale, spune Gen. Dar poliția se face că nu vede. Sunt instalate de atâta timp, încât au devenit un fel de obiectiv turistic. Totuși, ai putea să faci o rezervare pentru un tur cu ghid local.

– Pe mine unul nu m-ar deranja să merg la plajă seara, dar mă tem că n-ai să mă vezi nicăieri în apropiere de trambuline.

Tata râde și-și termină cafeaua.

– Ei bine, aș putea pregăti un picnic pentru noi, se oferă mama. Cei tineri să facă exact ce poftesc. Mie mi-ar plăcea să stau un pic la soare și să citesc ceva.

– Așa rămâne, spune Jake.

Ne plimbăm în lumina lunii, eu la brațul lui Jake, bucurându-ne de sfârșitul unei seri minunate; un tânăr trece pe lângă noi și îmi zâmbește.

– Bună seara. Ce mai faceți?

Mă întreb dacă nu cumva mă confundă și deodată îmi amintesc. Este ospătarul-șef de la restaurantul lui André; André ținuse neapărat să mi-l prezinte.

– O, bună, sunt bine, mulțumesc. Îi răspund din mers, disperată să mă îndepărtez cât pot de repede.

– Sper să vă revăd curând la *Langousta*. Noapte bună.

– *Langousta?* spune Jake întorcându-se către mine. Ne-ai spus să fugim de el ca de ciumă. Mama, ce se petrece aici?

Acesta e momentul. Le spun părinților că trebuie să vorbesc cu Jake și pornim singuri mai departe. Mă simt din nou încolțită, și totul din cauza unei rezervări la cină. Îmi propusesem să iau micul dejun cu Jake, a doua zi dimineață, și să îi spun atunci. Cu stomacul strâns, îi fac semn către o bancă într-un capăt izolat al plajei.

– Așadar, ce a fost asta? întreabă el așezându-se pe bancă. De când am pomenit restaurantul acela, ai început să te porți foarte ciudat.

Jake e nedumerit.

– Nici nu știu cu ce să încep. S-a întâmplat ceva care m-a luat pe nepregătite.

– Te ascult.

– Îți amintești că am vorbit despre faptul că ai vrea să-l găsim pe tatăl tău și am spus că voi încerca să-i dau de urmă, cât sunt aici. Ei bine...

– Nu-mi spune că ai și aflat unde este? exclamă Jake cu ochii măriți de surpriză.

– Ba da. De fapt – fac o pauză, întrebându-mă cum va primi vestea – s-a întors și locuiește chiar aici, în Antibes.

Jake tace. Se ridică de pe bancă și se plimbă încoace și încolo, apoi se oprește și rămâne cu privirea pierdută peste apă. Îmi pare că trece o veșnicie până se întoarce iar către mine.

– Știai că s-a întors în Franța?

– Nu, nu știam. Și, sinceră să fiu, nu mi-am imaginat că îl voi revedea vreodată. După cum ți-am spus, șansele mi se păreau infime. Venirea mea aici mi s-a părut doar o ocazie bună să pun niște întrebări. Păreai dornic să îi dăm de urmă.

– Doar în ultima vreme, dacă e să fiu sincer. Poate faptul că mi-am văzut unii colegi petrecând timp cu tatăl lor m-a făcut să mă gândesc la propriul meu tată. Așadar, ai luat legătura cu el? Ați vorbit?

Îmi amintesc felul în care André m-a atins, parfumul lui, sărutul, și dintr-odată mă simt copleșită de vină.

– Da.

– Cum este? întreabă Jake aproape șoptit.

– Este foarte bine. Deține restaurantul la care făcuseși rezervare pentru seara aceasta. De aceea m-am panicat. Am vrut să îl cunoști în alte împrejurări – să aveți amândoi timp să vă pregătiți pentru asta. I-am spus despre tine. Abia așteaptă să te cunoască.

– Abia așteaptă? Serios?

– Nu își dorește nimic mai mult.

– Cum de s-a întors? Parcă era dornic să cutreiere lumea!

– Presupun că la un moment dat cu toții ne dorim să ne întoarcem acasă. Dar a fost plecat mai bine de zece ani.

Îi povestesc lui Jake totul despre André, cum a călătorit, că a fost căsătorit și apoi a divorțat, în Canada, înainte de a reveni acasă, cu aproape zece ani în urmă.

– Nu putea să încerce să ia legătura cu tine?

– De ce ar fi făcut-o? Nu avea niciun motiv. Nu știa de existența ta. Probabil nu fusesem pentru el altceva decât o iubire de-o vară. Cel puțin, așa am crezut.

– Ce vrei să spui?

– Ei bine, se pare că s-a gândit mult la mine în tot acest timp, dar a presupus că mi-am văzut de viața mea.

Încerc să-mi dau seama ce simte Jake, dar e greu de citit. De obicei, îmi dau seama mai ușor.

– Îmi pare rău, Jake. Chiar nu mă așteptam. Sora lui a venit într-o zi la patiserie și m-a recunoscut din povestirile lui André.

– Păi, e drept că încă arăți ca în tinerețe.

Pe chipul lui trece umbra unui zâmbet.

– Nu aveam nici cea mai mică idee că familia lui locuiește în zonă. Tatăl tău stă la câțiva kilometri de aici, într-un sat.

– Tata. Sună foarte ciudat. Să nu-i fi spus nimănui tată până acum.

– O, Jake, îmi pare rău! Simt cum mi se umplu ochii de lacrimi, dar trebuie să îmi păstrez cumpătul. Poate nu este prea târziu să îl cunoști. Ce părere ai să vă vedeți?

– Sincer să fiu, mama, nu știu. Se așază din nou pe bancă. Am crezut că asta vreau, dar lucrurile se întâmplă prea repede. Nu m-am așteptat că vin aici, pentru câteva zile, și să aflu asta. Sincer, mă sperie un pic.

Poate că Jake nu este pregătit încă. Mă gândesc la André și la cât era de încântat la gândul să-l întâlnească. Dar nu este vorba doar de André. Trebuie să protejez sentimentele fiului meu.

– Sunt curios, firește. Dar am trăit în toți acești ani fără tată și m-am descurcat. Și nu e ca și cum locuiește la câteva case mai încolo? E tocmai în sudul Franței. Cum ar putea funcționa asta?

Îmi dau seama că nu am nici cea mai vagă idee.

– Nu știu, dragul meu. Mă gândeam să luăm lucrurile pas cu pas. Fără stres. Știu că în curând ne întoarcem amândoi acasă. Poate te gândești la asta și te întorci mai târziu?

André nu știe că Jake este aici, așa că el mai poate aștepta până să-l întâlnească. La urma urmei, vreme de douăzeci de ani, nici nu a știut că există. Lucrurile trebuie să se întâmple când este Jake pregătit.

– Vrei să ne întoarcem? îl întreb pe Jake.

– De fapt, mamă, am poftă să beau o bere.

Îmi arată un bar liniștit peste drum.

– Sigur, dar eu voi lua o cafea.

Traversăm și găsim o masă liberă, afară.

– I-ai spus lui André că vreau să îl întâlnesc?

– I-am spus că da, cel mai probabil, dar că este decizia ta. Știu că nu erai pregătit pentru asta, nu acum. Iar el nu știe că ești aici. Tu hotărăști dacă vrei să-ți întâlnești tatăl. Chiar dacă o faci doar din curiozitate, cum spui tu.

Deși tocmai am reînnodat legătura cu André și mi-am petrecut fiecare clipă retrăind sărutul acela fenomenal, pe plaja din St Tropez, observațiile lui Jake privind aspectul practic al unei relații la distanță mă pun pe gânduri. Oare aceasta este o altă aventură de-o vară, douăzeci de ani mai târziu?

Terminăm băuturile și ne plimbăm de-a lungul străzilor orașului vechi – clădirile de demult alcătuiesc o imagine fascinantă, scăldate în luminile blânde. Castelul Grimaldi este inundat de o lumină caldă și reprezintă un far călăuzitor pentru ambarcațiuni, în noapte.

– Noapte bună, mamă. Jake mă îmbrățișează strâns, apoi se îndreaptă către rulotă, unde va dormi. Deocamdată, mama și tata ocupă cel de-al treilea dormitor al apartamentului. Mă voi gândi la lucrurile pe care mi le-ai spus. Pe mâine-dimineață. Noapte bună.

– Noapte bună, Jake. Ești sigur că ești bine?

– Sunt bine. Noapte bună.

Ajunsă în dormitor, îmi verific e-mailurile, ca să îmi mai distrag atenția. Am primit unul de la Jo.

Bună, Liv

Abia aștept să vă revăd, pe tine și pe Faye. Trebuie neapărat să ieșim împreună, la Le Boulevard. Sau v-ați săturat de mâncarea franțuzească? Poate ar trebui să încercăm restaurantul acela cu specific indian pe care l-am descoperit cu Guy.

Eu și Guy am fost la cinematograf aseară să vedem cel mai recent film al lui Mark Whalberg. Nu pot să zic că a fost genul meu, dar Mark și-a scos cămașa de câteva ori, așa că, una peste alta, n-a fost rău. Harold, dogul german, a încercat să călărească un urs de pluș de un metru și ceva, în piață, și a dărâmat întreaga grămadă de jucării (cele mai multe, jucării de pluș). Proprietarul tarabei spumega de furie. Harold devine pe zi ce trece o problemă, chiar și în lesă.

În fine, pe curând.

Cu drag,

Jo xx

Trei întâlniri în tot atâtea săptămâni? Nu e rău deloc. După toate aparențele, lucrurile merg bine pentru Jo și Guy. Răsfoiesc o revistă de pe noptieră, înainte de culcare. Sunt epuizată, dar nu reușesc să adorm. Oare am greșit vorbindu-i lui Jake despre André, când știu că el e aici doar pentru câteva zile? Ar fi fost mai bine să aștept până ce eram înapoi acasă? Simt dintr-odată nevoia să vorbesc cu André, dar la ora asta este prins cu treabă la restaurant. Îmi doresc tare mult ca Jake să-și cunoască tatăl, dar e adult și aceasta este o decizie pe care doar el o poate lua, când consideră că este momentul potrivit. Cum stau așa și mă gândesc însă, un lucru îmi devine foarte clar – *eu* îmi doresc să îl cunosc pe André din nou. Să fac parte din viața lui, indiferent cât de dificil ar fi.

Capitolul treizeci

Suntem pe balcon, tocmai am terminat micul dejun, alcătuit din suc de portocale, omletă și chifle, iar mama e în bucătărie, pregătește cele necesare pentru picnic: mere, piersici, câteva sendvișuri și două sticle mari cu socată. Pune totul într-o geantă frigorifică.

– O, era cât pe ce să îmi uit cartea.

O ia și o pune într-o geantă de plajă cu dungi.

Jake s-a trezit devreme să alerge, înainte să vină căldura, și ni se alătură, după duș. Înșfacă o chiflă și bea o gură zdravănă de suc de portocale. Gen s-a hotărât să rămână în magazin, cu Valerie, insistând să mergem doar noi patru, să ne bucurăm de o zi împreună înainte de plecare. Faye merge la plajă, fără îndoială trecând pe la Olivier, în port.

M-am hotărât să mă întorc în Anglia odată cu Jake. Știu, în inima mea, că mi-aș dori să petrec mai mult timp cu André, dar mintea mă îndeamnă să mă întorc la viața mea, în Southport. Oricât de multă încredere am în Sam, simt nevoia să mă întorc acasă și să văd cum îmi merge afacerea. Viața mea adevărată este acasă.

Parcurgem cu mașina distanța scurtă până la plaja din Juan-les-Pins și zăresc imediat trambulinele răsărind de pe stânci. Alături este o întindere de plajă pe care deja şi-au făcut apariţia câţiva oameni, aşa că suntem norocoşi să găsim un loc. Tata desface două şezlonguri și mama întinde o pătură mare.

– Vino, mamă, spune Jake scoţându-şi imediat tricoul. Parcă erai o înotătoare destul de bună, nu-i aşa?

– Eram multe lucruri. Nu am mai înotat de mult. Şi nu mă convingi cu niciun chip să urc nici măcar pe cea mai joasă trambulină.

Privesc în jur, căutând un post de salvamari, dar nu văd niciunul. Poate de aceea poliţia locală nu se bucură la gândul că populaţia plonjează de acolo fără supraveghere.

Sunt trei seturi de trambuline, iar cea mai înaltă dintre ele este atât de sus încât pare că se pierde în nori. Jake este un scufundător experimentat, dar chiar şi el se opreşte la cea din mijloc. Face un salt înainte să plonjeze în apa cristalină, iar eu urmăresc unduirile de pe suprafaţa strălucitoare a apei. Jake iese rapid la suprafaţă, scuturându-şi părul din ochi în timp ce urcă treptele ca să mai sară o dată.

După alte câteva scufundări, ni se alătură pe pătură. În ultima jumătate de oră, oamenii au venit fără întrerupere şi acum abia mai ai loc să te mişti.

– A fost extraordinar. Mamă, eşti sigură că nu vrei să încerci?

Jake muşcă dintr-un sendviş cu poftă.

– Nu, mulţumesc.

– Nici tu, bunicule?

– Când eram flăcău, săream de pe cea mai înaltă trambulină la Băile Municipale din Southport. Sunt sigur că aş putea să încerc, de pe cea mai joasă.

Se ridică şi ne face cu ochiul mie şi lui Jake.

– S-o crezi tu! spune mama apucându-l de tricou.

Arată de parcă e gata să leșine.

– A, bine atunci. Oricum, am uitat să-mi iau slipul, spune el și se așază la loc.

– Neisprăvitule! Mama se așază pe pătură lângă tata și își pune mâinile în jurul gâtului lui, prefăcându-se că îl sugrumă. Într-o bună zi, Eddie Dunne!

Tata ne toarnă fiecăruia câte un pahar de socată și vorbim de una și de alta.

– E foarte plăcut aici, spune Jake. Cred că m-aș obișnui să trăiesc într-un loc ca acesta. Însă începe să se aglomereze. Mai fac niște scufundări, apoi căutăm o plajă mai retrasă, dacă vreți.

– Știu eu un loc, puțin mai departe, le spun amintindu-mi de cafeneaua Flore, unde m-am văzut cu Françoise când mi-a dat fotografiile de la Marineland.

Cafeneaua era lângă o plajă mică și liniștită, cu un dig scurt.

Jake trece de trambulina din mijloc, către cea mai înaltă, iar eu rămân cu sufletul la gură. Strig către el, dar nu mă aude. În schimb, ne face semn cu mâna. Ce naiba face? Foarte puțini îndrăznesc să plonjeze de acolo și, în scurt timp, un grup de oameni stă cu ochii ațintiți asupra lui. Jake își încordează mușchii pentru public și câteva secunde mai târziu sare. Saltul este impecabil. Știu că nu ar trebui să îmi fac griji, dar stomacul îmi este tot un nod. Mi se pare că trece o veșnicie de când privesc apa albastră, împreună cu grupul de spectatori, și mă cuprinde un sentiment de panică. Unde este? Mă pregătesc să strig după ajutor, temându-mă de ce e mai rău, când Jake iese la suprafață, lovind aerul cu pumnul. Chiuie triumfător și mulțimea izbucnește în aplauze. Respir ușurată.

– Să nu îmi mai faci vreodată una ca asta, îi spun când ajunge lângă noi. Să mergem către plaja mai liniștită și cred că am nevoie de un coniac imediat ce ajungem acolo.

– Ți-am mai spus, mamă, îți faci prea multe griji, râde Jake.

În drum spre plajă, îmi dau seama că trebuie să vorbesc cu André. Diseară trebuie să mă văd cu el la restaurant, dar sunt nevoită să anulez. Presupun că lucrurile nu se întâmplă niciodată simplu și ușor, cum ne-am dori.

Plaja e lungă, cu nisip fin și auriu, și după cum ne-am așteptat, e mai puțin aglomerată. Vreo șase oameni înoată la mal și zărim și un cuplu pe o hidrobicicletă. Ocupăm o masă pe terasa cafenelei și comandăm de băut.

– E minunat aici, spune Jake sorbind dintr-o bere. Mâine aș închiria o barcă motorizată, să facem o plimbare de-a lungul litoralului, dacă vrei, mamă.

– Sinceră să fiu, bărcile cu motor îmi fac greață. Toate salturile acelea peste valuri!

– Preferi atunci un iaht elegant?

La auzul cuvântului iaht îmi amintesc cum am vomitat peste bordul iahtului tatălui lui Olivier.

– Nu neapărat. Dacă stau să mă gândesc bine, nu sunt făcută pentru călătoriile pe apă.

Jake a iubit apa de când îl știu. A învățat să înoate de la o vârstă fragedă și cu greu îl scoteam din apă. Chiar și acum, de câte ori merge la sală, întotdeauna încheie antrenamentul cu o sesiune de înot. Poate că îi seamănă tatălui lui. André iubește marea și mi-a spus că tatăl lui a avut toată viața o barcă de pescuit. Poate că aceste lucruri se moștenesc cu adevărat.

În timp ce ei își savurează băuturile reci, mă scuz și intru în bar ca să îl sun pe André.

– Bună, Liv. Ce faci?

Nici nu știu ce să îi spun. Cum să îi spun că fiul lui a venit pe neașteptate? Și că nu este sigur că vrea să îl întâlnească? Poate ar trebui să anulez întâlnirea noastră din seara aceasta și să reanalizez situația când suntem acasă. Dar asta ar însemna să nu îl văd înainte de plecare. Cred că am prelungit tăcerea prea mult, căci André mă întreabă dacă e totul în regulă și, în pofida intenției mele, sfârșesc prin a-i spune despre sosirea lui Jake.

– O, André, nu pot să cred ce urmează să-ți spun. Ieri am primit vizita unui musafir neașteptat.

– Un musafir? A venit pentru tine?

Oftez prelung.

– M-am bucurat, pentru că mi-a fost tare dor de el de când am plecat, dar nu mă așteptam. Este vorba de Jake. E aici, în Antibes.

– Jake e aici? André pare complet șocat de veste. Mi se pare că trece o veșnicie până vorbește din nou. Pentru câtă vreme?

– Vezi tu, asta e problema. Doar câteva zile. Voiam să aștept, să îi povestesc despre faptul că ne-am reîntâlnit când ajungeam acasă, dar am sfârșit prin a-i spune tot.

– I-ai spus că locuiesc aici?

Îi povestesc lui André despre cum Jake făcuse rezervare la restaurantul lui, cu o seară înainte, și a trebuit să o anulez.

– Nu așa voiam să vă cunoașteți. O, André, ce încurcătură! Acum îmi doresc să nu fi spus nimic. Nu sunt sigură că e pregătit să te întâlnească, îi spun sincer.

– Ei bine, nu îl pot învinovăți. Și mie mi-a luat ceva să mă obișnuiesc cu ideea, când mi-ai spus despre el. Dă-i timp.

Mai vorbim puțin, apoi André îmi spune că ne vom auzi din nou, în curând, și încheiem convorbirea. Ies și fac o plimbare către apă, iar Jake se ridică și mă urmează.

– Vrei să înotăm, mamă?

Îmi scot sandalele și intru cu picioarele în valurile înspumate. Apa e caldă și îmi las picioarele să se scufunde ușor în nisipul ud, care îmi masează blând tălpile. Senzația este minunată.

Jake își dezbracă tricoul și intră cu totul în apă, apoi se întoarce pe spate. Contemplează cerul senin cu un zâmbet mulțumit pe față. Poate tocmai asta îi trebuia, să vină aici. Cu toții avem nevoie de o schimbare de peisaj, din când în când, și nici nu mai știu când a avut parte de o vacanță adevărată, cu excepția weekendurilor petrecute cu colegii de facultate.

– Îmi place foarte mult aici, strigă el către mine. Vremea este superbă. Nu îmi pot imagina o zi ca asta acasă. Când am plecat, ploua. Jake zâmbește tot drumul înapoi, unde ne așteaptă mama și tata. Așadar, unde vreți să luăm cina diseară?

Jake se întoarce către mine și expresia lui îmi amintește de André. De când l-am revăzut, observ asta tot mai frecvent. Până acum, nu îmi dădusem seama cât de mult semănau.

– Numai la mâncare te gândești?

Jake a mâncat la micul dejun și aproape tot ce pregătise mama pentru picnic, dar când îi privesc trupul zvelt mă întreb unde se duce tot ce mănâncă.

– Sunt în Franța. Vreau să încerc tot ce are de oferit.

– Și ce poftești? Bucătărie franțuzească? Modernă cu influențe europene? Cred că sunt și câteva restaurante cu specific italian în centru.

– Mă gândeam la niște pește. Mi-e poftă de un biban bun. Ce-ar fi să încercăm restaurantul pe care l-am anulat aseară?

– *Langousta?*

– De ce nu? Ridică din umeri. Presupunând că și-au rezolvat problemele de igienă. Sau otrăviseră pe cineva? Nu îmi mai amintesc.

Strânge din ochi și zâmbește.

Nu îmi vine să cred că Jake glumește în felul acesta pe seama restaurantului lui André, dar poate încearcă doar să pară relaxat. Eu mă gândisem că va dori să-l întâlnească de unul singur, dar poate fix asta încearcă să evite.

– Ești sigur? Îți dai seama că André va fi acolo, nu-i așa? În felul acesta vrei să îl cunoști?

– Da, cred că da. Bunica și bunicul pot să vină cu noi. Ei, alături de tine, au fost ca și părinții mei.

– Ei bine, în cazul acesta îi voi telefona lui André. Să vedem cum facem – îl rog să ne rețină cea mai bună masă.

Capitolul treizeci și unu

Gândurile mi se învălmășesc în cap în timp ce răscolesc dulapul în căutarea unei ținute pentru seara aceasta, la restaurant. Brațele îmi sunt bronzate frumos și întreg trupul a căpătat o strălucire caldă, în ciuda orelor nenumărate petrecute în magazin. Aleg o rochie dreaptă, neagră, de in, împodobită în jurul gâtului cu pietre colorate.

L-am sunat pe André imediat ce am ajuns acasă și s-a bucurat să rezerve o masă pentru noi toți. Mi-a spus că s-ar bucura să petreacă mai mult timp, a doua zi, doar el cu Jake, dacă lucrurile merg bine în seara aceasta.

Sunt surprinsă că Jake nu a dorit să-și întâlnească singur tatăl, sau măcar să fim doar noi trei. Însă e plăcut să constat cât de apropiat se simte de bunicii lui și că a dorit să îi aibă alături în seara aceasta. Sunt mândră de el.

Arunc o privire pe fereastra dinspre stradă și rămân înmărmurită când o văd pe Lilian coborând de pe o motocicletă din spatele chipeșului ei prieten cu barbă. Cu casca sub braț, intră în magazin. După câte se pare, și-a ajutat prietenul să se recupereze complet.

Evit să cobor pentru lecția zilnică de franceză, căci nu vreau să mă atragă în discuții despre Jake. Nu încă. Mătușa

Gen mi-a promis că nu va spune nimănui nimic până când nu sunt pregătită.

Când ies din duș, aud o bătaie în ușă. E mama.

– Ne adunăm cu toții în balcon, în curând, pentru un pahar înainte de masă, spune ea. Am cumpărat ingrediente pentru un martini franțuzesc. Gen are un shaker pentru cocktail și am găsit în dulapul mare din sufragerie un set de pahare vintage foarte frumoase.

– Sună grozav, mamă, mulțumesc. Am băut un martini franțuzesc data trecută, la restaurant la André. A fost delicios.

Mama intră și se așază pe marginea patului.

– Ești sigură că ești bine, draga mea? Cred că ești ametită după toate câte s-au întâmplat în ultimul timp.

– A fost intens, recunosc, dar toate lucrurile se întâmplă cu un motiv. Nu așa spui tu mereu? Ce șanse erau ca sora lui André să intre în magazin când eram eu la tejghea? Dacă nu se întâmpla asta, n-aș fi aflat niciodată unde este André.

– E adevărat, deși, dacă erai hotărâtă să-i dai de urmă, ai fi cercetat serios. Știi ce spun, ai fi angajat un detectiv, sau ai fi căutat pe internet. Poate chiar ai fi luat legătura cu cei care fac emisiunea aceea pe care o urmăresc eu, unde se reunesc familii.

– Ai dreptate, poate aș fi făcut asta. Dar întotdeauna m-am gândit că aceasta trebuia să fie alegerea lui Jake, dacă dorește să își cunoască tatăl, nu a mea.

Dă din cap și se ridică să plece.

– Faye bea un cocktail cu noi, apoi merge să se vadă cu Olivier. O, și mătușa Gen nu vine cu noi la restaurant. Se întâlnește cu Lilian Beaumont, care îi va povesti, fără îndoială, despre ultima ei cucerire romantică. Îți vine să crezi că puțin mai devreme a trecut pe la patiserie coborând de pe o motocicletă? râde mama.

– Știu, am văzut-o de la fereastră. Și, da, îmi vine să cred. Nimic din ce face ea nu mă mai surprinde.

La ora şapte suntem cu toţii pe balcon, savurând cocktailurile delicioase.

– Ce privelişte! exclamă Jake admirând imaginea portului în depărtare. Cum să te saturi să vezi asta în fiecare zi?

- Presupun că, indiferent unde locuieşti, la un moment dat ajunge să ţi se pară normal, spune tata. Devii cumva imun. Asta până când pleci de acolo. Eu am crescut la sat, într-o casă cu o livadă uriașă de meri și peri. În fiecare dimineață, de la fereastra dormitorului, vedeam leagănul făcut dintr-o anvelopă, legat de creanga unui stejar bătrân. Ani la rând am dus dorul acelei imagini, după ce ne-am mutat în Southport, pentru că mama își dorise dintotdeauna să trăiască lângă mare. Cu toate acestea, mă bucur că ne-am mutat. Altfel nu aş fi întâlnit-o pe bunica ta. O priveşte cu drag pe mama, care își așază mâna peste a lui și zâmbește. În regulă, continuă tata uitându-se la ceas. Ar trebui să plecăm. Nu vrem să facem o primă impresie proastă întârziind. Jake, eşti pregătit?

– Cât se poate de pregătit, spune Jake golind paharul. Să mergem.

Capitolul treizeci și doi

Pe drum, străbătând străzile pietruite, facem conversație ușoară, eu fiind tensionată, mama comentând una sau alta despre lucrurile din vitrinele magazinelor, tata admirând câte o mașină parcată. Jake se oprește să privească într-o vitrină o cămașă a cărei etichetă afișează un preț de 100 de euro. Cred că este la fel de emoționat ca mine și profită de lucrurile care îi distrag atenția, precum hainele de firmă.

– Nu cred că te avantajează culoarea, îi spun căutând să mă liniștesc.

– Nu mă avantajează nici prețul. Sunt un biet student, mai știi?

„Pentru cât timp?" îmi spun în sinea mea.

Când suntem aproape de capătul portului și la orizont se profilează fațada albă a restaurantului, stomacul îmi este un ghem de nervi. Cum va reacționa Jake la vederea, pentru prima oară, a tatălui său? Și apoi ce va urma? Îmi place să cred despre mine că sunt genul de persoană care ia fiecare zi așa cum vine, dar nu mă pot împiedica să nu îmi fac griji cu privire la toate acestea. Poate că Jake avusese dreptate când spusese că nu vede cum s-ar împleti viețile noastre, din cauza distanței.

– Jake, vrei să aştepţi aici? Îi arăt o masă liberă, afară.

Jake încuviinţează cu o mişcare a capului, iar eu îl îmbrăţişez şi-i urez noroc. André mi-a trimis un mesaj propunând să-l vadă pe Jake singur, câteva minute, înainte de a ni se alătura la masă.

Când intrăm, André vine către noi zâmbind. Îl prezint părinţilor mei; le strânge mâna cu căldură. Când îl vede, mama îşi duce mâna la gură.

– Dumnezeule, cât semeni cu el, exclamă ea cu ochii umeziţi.

– Sper că totul va merge bine, îi șoptesc.

– Mulţumesc. Pe curând.

André ne conduce la masă și face semn unui ospătar să ne ia comanda pentru băuturi. Înainte să iasă, îl văd cum trage adânc aer în piept. În mod clar, și el este emoţionat.

Ne bem băuturile și ni se pare că André și Jake sunt afară de când lumea. Mă ridic pentru a nu știu câta oară, gândindu-mă să ies și eu, apoi mă așez la loc.

– Stai liniștită! îmi poruncește mama. Parcă ești pe arcuri. Mă agiţi și pe mine.

Încercând să-mi distragă atenţia, mama comentează aspectul restaurantului și tata spune că mirosurile delicioase ce vin dinspre bucătărie îi fac foame.

– Ce loc minunat pentru un restaurant. Priveşte ferestrele!

Mama admiră ambarcaţiunile aflate pe apă.

– E frumos, nu-i aşa? André spune că i-a luat ceva timp să amenajeze totul aşa cum și-a dorit.

– Este foarte elegant, spune tata sorbindu-și berea. Și, după cum se vede, și foarte popular.

Toate mesele sunt ocupate și ospătarii sunt într-un continuu du-te-vino, cu tăvile încărcate de feluri de mâncare aromate.

Tot nu am astâmpăr și sunt gata să mă ridic iar ca să merg până la toaletă, când ușa se deschide și intră André urmat de Jake. Cum se îndreaptă spre noi, observ că amândoi au ochii roșii, dar zâmbesc larg, așa că respir ușurată. Cred că totul va fi bine.

– Mâncăm?

– Avem atâtea lucruri să ne spunem, rostește André, după ce comandă câte o bere pentru el și pentru Jake. Eu și mama împărțim o sticlă de Sauvignon Blanc. Ce păcat că plecați atât de curând.

Jake dă din cap cu tristețe.

– Va trebui să profităm de puținul timp pe care îl avem ca să ne cunoaștem mai bine, adaugă André. Deși, țin să te avertizez, dat fiind că îți place să gătești, s-ar putea să te pun la muncă în bucătărie.

André tocmai i-a spus lui Jake cel mai minunat lucru pe care i-l putea spune.

– Iar acum, continuă André, îmi permiteți să vă recomand specialitatea casei? Biban în sos de șofran.

– Mie îmi sună bine, spune Jake.

André discută cu un ospătar, care dispare și revine prompt, aducând un coșuleț cu pâine, oțet balsamic și ulei de măsline.

– Avem atâtea de vorbit! Trebuie să îmi povestești totul despre activitățile tale de acasă. Vreau să știu ce speranțe și ce visuri ai pentru viitor.

Continuăm să vorbim, dar când sosește mâncarea suntem reduși la tăcere și ne înfruptăm din bibanul delicios. Este servit cu garnitură de cartofi sotați și legume la cuptor.

– Este nemaipomenit. Savurez mâncarea, perfect echilibrată, niciunul dintre gusturi nu acoperă aroma delicată a bibanului. Complimente bucătarului!

– Sunt foarte norocos că Marco a ales să rămână. A fost angajat de tata când era tânăr. Spune că n-ar merge să lucreze pentru altcineva.

– Are dreptate. Este un loc absolut minunat unde să lucrezi. Ca să nu mai vorbesc de pauza de cafea luată acolo, spun arătând către peisajul magnific de dincolo de fereastră.

Dacă mi-ar fi spus cineva că voi veni în Franța, în această vară, și voi sta la masă, privind către fiul meu și tatăl lui, le-aș fi spus că și-au pierdut mințile. Chiar și acum îmi vine greu să cred.

Puțin după ora zece, ieșim din restaurant și ne luăm rămas-bun în lumina lunii.

– Mă întrebam, spune André întorcându-se către Jake, ai vrea să ieșim mâine cu barca motorizată? Să facem o plimbare de-a lungul litoralului? Doar noi doi.

Pe chipul lui Jake se întinde un zâmbet larg.

– Sigur, de ce nu?

Când mă îmbrățișează de rămas-bun, îi șoptesc lui André „mulțumesc" la ureche. Nu mă pot gândi la o altă cale mai potrivită pentru ei doi să petreacă timp împreună decât o plimbare cu barca. Deși ard de dorință să-l strâng în brațe și să încheiem seara cu un sărut încărcat de pasiune, pentru moment, aceste lucruri trebuie să mai aștepte. Sunt fericită că încearcă să-l cunoască pe Jake.

– Cum te simți? îl întreb pe Jake în drum spre casă, trecând pe lângă barurile și restaurantele animate, dinspre care răsună hohote de râs.

– Nu sunt sigur, răspunde el și mi se strânge inima. Nu mă înțelege greșit, André pare un tip grozav, dar dacă e să fiu sincer, totul pare un pic ireal. Nu eram pregătit pentru asta.

Restul drumului, Jake este tăcut și mă întreb dacă am procedat bine spunându-i despre André. Poate ar fi trebuit să mai aştept, să aleg un moment mai potrivit. Poate că lucrurile s-au precipitat un pic prea mult.

Facem stânga, pe o scurtătură către centrul vechi şi trecem pe lângă un bar unde vedem două femei, la o masă afară, sorbind cocktailuri. Sunt mătuşa Gen şi Lilian Beaumont. Ne fac semn să mergem la ele.

– Bună seara. Aţi petrecut o seară frumoasă? întreabă Lilian.

– Grozavă, mulţumesc, Lilian. Şi îţi sunt recunoscătoare că nu îmi vorbeşti în franceză. Creierul meu e prea obosit ca să îţi dau răspunsurile potrivite, spun eu râzând.

– Ai băut prea mult? vrea ea să ştie.

– Nu, deloc. E o poveste lungă.

– Pe care mi-o poţi spune la un cocktail, spune ea. Pocneşte din degete către un ospătar care debarasează o masă lângă noi, iar acesta vine şi ne ia comanda.

– Jake, vrei şi tu un cocktail? Sau preferi o bere?

– Nu, un cocktail e numai bun.

– De care?

– Surprinde-mă, spune el, scuzându-se şi mergând la toaletă.

– Te-am văzut mai devreme coborând de pe o motocicletă. Cum merg lucrurile cu prietenul tău?

– Minunat, spune ea cu privirea uşor pierdută, o expresie pe care nu i-am mai văzut-o. Juan e amuzant, spontan. Astăzi am mers către dealuri, fără un plan anume. După ce i se vindecă piciorul complet, mergem să schiem la Val d'Isère.

– Trebuie să recunosc, Lilian, nu mi te-am imaginat niciodată drept motociclistă.

– Nici nu sunt. Sunt doar deschisă către experienţe noi. Este singurul fel în care merită să trăieşti. O, iată băuturile! Noroc!

Lilian ia o gură din băuturile abia aduse de ospătar și în acest timp revine și Jake.

– Ce este asta, Lilian? Încerci să te asiguri că îmi iau porția zilnică de fructe proaspete?

Băutura lui Jake este servită într-un pahar în formă de ananas, din care se revarsă un buchet de fructe tropicale.

– Este o piña colada. E vreo problemă?

– Nu, e în regulă. Ți-am spus să mă surprinzi.

Soarbe din băutură zâmbind.

– Ați găsit un restaurant drăguț pentru cină? întreabă ea sorbind din paharul de coniac Alexander.

– Unul foarte bun, spune Jake. *Langousta*, restaurant cu specific pescăresc, în capătul portului.

– A, da, *Langousta* este un restaurant excelent. Are o reputație grozavă.

– Pentru ce? Toxiinfecții alimentare?

Îmi aruncă o privire, înălțând dintr-o sprânceană.

– Nu înțeleg.

Lilian ne privește descumpănită.

– Nu băga în seamă. E o poveste lungă. Îți spun mâine, dacă Jake nu are nimic împotrivă.

– Da, desigur. În fine, noroc!

Când ajungem acasă, mama și tata sunt deja în pat, așa că îi spunem noapte bună mătușii Gen. Faye este încă plecată cu Olivier, fără îndoială distrându-se de minune. Jake este tulburat, emoțiile întâlnirii cu tatăl său fiind vizibile pe chipul lui. Dar l-a întâlnit! E greu de crezut. Sper că vor avea o zi frumoasă împreună mâine. Când mă strecor în pat, epuizată, mă rog ca lucrurile să se aranjeze cum e mai bine și alunec rapid într-un somn profund, fără vise.

Capitolul treizeci și trei

André a stabilit o întâlnire cu Jake la un ponton peste drum de *Bistro Lemaire*, la ora unu, și nu pot să nu mă întreb cum se simte așteptând momentul.

În timp ce așez în mașina de spălat vase, farfuriile și tacâmurile micului dejun delicios, de ouă florentine, pregătit de Jake, îl întreb pe acesta cum se simte.

– Sunt bine, mamă, serios.

– Te întreb pentru că nu păreai foarte convins cu privire la ieșirea voastră de azi.

– Cred că eram obosit aseară. Poate și puțin copleșit. Dar vreau să îl cunosc mai bine pe André – pare să fie un tip de treabă. Iar restaurantul – uau. Este de-a dreptul impresionant.

– Știu. Din câte am aflat, era un loc foarte modest când l-a preluat. André a investit foarte mult timp, și probabil mulți bani, ca să îl transforme așa cum și-a dorit.

– Da. Ei bine, merg să fac o plimbare prin piață. Ne vedem mai târziu.

Îmi fac o cafea și o iau cu mine în dormitor, să o beau în timp ce vorbesc cu Faye și Jo. Le spun despre André și Jake. Jo este încântată că lucrurile merg bine, dar mă sfătuiește să nu mă grăbesc cu André.

– Nu vreau să suferi din nou.

– E incredibil câte s-au întâmplat în ultimul timp. Cum te simți la gândul că te întorci acasă? O să fie dificil să ai o relație la distanță, îmi reamintește Faye.

– Chiar nu știu. Eu și André n-am vorbit prea mult despre viitor. Între noi a rămas, clar, o scânteie, dar acum ceea ce contează este relația lui cu Jake. Are mult de recuperat.

– Și tu ai, spune Jo. Și tu ai dreptul să fii fericită.

Oftez gândindu-mă la dificultățile situației. Poate n-ar trebui să mai privesc în urmă, la vremea în care mă aflam aici, trăindu-mi prima iubire, ci să privesc în viitor. Afacerea mea este acasă, în Londra. Acolo este și viața mea. Îi sunt recunoscătoare lui Sam că s-a ocupat de toate în lipsa mea, dar această situație nu mai poate continua. Și, firește, este vorba și de părinții mei. Chiar dacă sunt bine sănătoși, nu întineresc. Lucrurile se pot schimba oricând. Apoi îmi amintesc de André. Sărutul acela de pe plajă a răscolit în mine sentimente pe care nu le-am mai trăit de mult. Genul acesta de atracție față de cineva este rar și unii nu-l trăiesc decât o dată în viață, alții deloc. Eu nu am mai simțit pentru nimeni ce am simțit pentru André cu ani în urmă. Nu vreau să îl pierd din nou. Sunt într-o situație foarte dificilă.

– Ok, ne vedem mai târziu. Mă întâlnesc cu Olivier mai târziu, să bem ceva în port, dar vreau să mai stau puțin la soare înainte de asta, spune Faye uitându-se la ceas.

În următoarele câteva ore, încerc să-mi fac de lucru și cobor în magazin, să ajut, dar Gen și Valerie și-au reluat ritmul normal și am impresia că mai mult le încurc. Oricum, gândurile îmi fug mereu la André și la Jake și mă întreb dacă se înțeleg. Știind cât de mult iubește Jake apa, André nu putea să fi fost mai inspirat când a hotărât să petreacă o zi în larg. Mi-i imaginez oprind în locuri retrase, să bea o bere undeva, apoi vorbind vrute și nevrute, punând țara la cale. Dar dacă nu au nimic în comun? Pe la două și jumătate mă hotărăsc să fac o plimbare până în port, eventual să beau ceva.

Opresc la un bar și iau un pahar de vin pe care îl beau contemplând întinderea vastă a apei. E atâta liniște, în ciuda oamenilor care se plimbă pe plajă. E fermecător. Mă gândesc la sărutul lui André și numai gândul mă tulbură, când deodată îl văd pe Olivier, cu ochelarii de soare la ochi, ancorând o barcă. Ridic brațul și când mă vede, vine spre mine.

– Olivia, ce faci? Ai chef de o tură cu barca?

Arată impecabil, ca întotdeauna, îmbrăcat într-un tricou negru și pantaloni scurți albi. În mod surprinzător, de această dată nu este însoțit de vreo femeie superbă.

– Știi că nu prea îmi place pe apă, îi spun.

– Dacă îmi amintesc bine, preferi iahturile încăpătoare.

Zâmbește năstrușnic.

– Te rog, nu îmi mai aduce aminte. Mi se face rău când îmi amintesc.

– În regulă. Dacă nu ai chef, termin acostarea și vin să bem ceva împreună. Mă întâlnesc cu Faye aici în curând.

Se uită la ceas.

Câteva minute mai târziu, când se îndreaptă din nou către mine, mă gândesc că toate femeile, pe o rază de câțiva metri, mă invidiază. Acestea par să apară de nicăieri și îl salută, măsurându-mă din cap până în picioare pe deasupra ochelarilor de soare.

– Mă bucur să te revăd, Liv. Mă strivește într-o îmbrățișare și îi simt aroma plăcută de mosc a loțiunii după bărbierit. Îmi lipsesc diminețile noastre în bucătărie. Își comandă o bere și ciocnește sticla de paharul meu cu vin, care m-a ajutat să mă relaxez puțin.

Mă trezesc povestindu-i lui Olivier totul despre André și Jake pentru că, în ciuda aerului lui de playboy, știe să asculte. Am descoperit, când am lucrat cot la cot în bucătărie, că îmi era foarte ușor să vorbesc cu el.

– Tocmai ce am trecut pe lângă doi bărbați care înotau și făceau scufundări într-un golf. Nu știu dacă erau ei, dar păreau să fie tată și fiu.

– Păreau să se simtă bine? întreb dornică să aflu că lucrurile mergeau bine între ei.

– Nu am fost foarte atent, dar îmi amintesc că râdeau, așa că da. Păreau să se simtă foarte bine. Cred că îți faci prea multe griji.

– Jake mereu îmi spune că îmi fac prea multe griji. Nu mă pot stăpâni. Presupun că vreau ca totul să fie perfect.

– În cazul acesta, vei sfârși mereu prin a fi dezamăgită. În viață nimic nu este perfect. Dar te poți considera cu adevărat norocos dacă lucrurile merg bine.

– Ai dreptate. Trebuie să îmi amintesc toate lucrurile pentru care am de ce să fiu recunoscătoare. Mulțumesc, Olivier.

– Cu plăcere.

Olivier se lasă pe spătarul scaunului de bambus și îmi zâmbește.

– Nu ai altceva mai bun de făcut decât să stai la povești cu femei frumoase? vine o voce din spatele meu.

E Faye.

– Faye! Ai ajuns! Și arăți minunat!

Olivier e în picioare, o sărută pe amândoi obrajii.

– Aș vrea să trăiesc viața ta, oftează ea așezându-se.

– Care parte? Cea în care îmi petrec timpul pe apă sau cea în care vorbesc cu femei frumoase?

– Cea în care faci pâine. Glumesc. Nu, m-am referit la libertatea să faci ce-ți dorești, după toate aparențele. Pun pariu că nu trăiești cu impresia că ești contracronometru, ca noi ceilalți.

– Așa este, presupun că sunt norocos. Dar, așa cum tocmai vorbeam cu Liv, trebuie să ne amintim să fim recunoscători pentru ce avem.

Olivier o întreabă pe Faye dacă vrea să bea ceva.

– Doar o apă tonică. O las mai ușor. Ai terminat cu plimbările turiștilor pentru azi, Olivier? întreabă Faye.

– Am terminat. Acum e timpul să ne distrăm puțin. Mă gândeam să mergem la Cannes, să mâncăm ceva?

– Sună grozav.

Ne terminăm băuturile, iar Olivier și Faye se ridică să plece.

– Mi-a făcut plăcere să te revăd, Olivia. Ai numărul meu. Sună-mă oricând vrei să stăm de vorbă.

E plăcut să pot vorbi cu un bărbat, iar Olivier are toate datele să devină un bun prieten, spre surprinderea mea.

Mă sărută pe amândoi obrajii, apoi urcă împreună cu Faye în barca motorizată și pornesc în viteză, lăsând dâre înspumate în urma lor.

Mă gândesc la vorba lui Olivier. *În viață nimic nu e perfect.* Poate de aceea sunt atât de perfecționistă când vine vorba de prăjiturile pe care le fac, pentru că este un proces asupra căruia am un anumit control. Însă chiar și atunci când fac o treabă foarte bună, tot nu am nicio garanție cu privire la satisfacția clientului. Așa suntem noi, oamenii. Imperfecți. Greșim. Presupun că tot ceea ce putem face este să ne dăm silința să fim cât mai buni.

Capitolul treizeci și patru

Mă întorc la apartament și încerc, fără entuziasm, să fac bagajele. Este un sentiment foarte ciudat. Mă simt ca și cum mi-am abandonat viața din Anglia, deși probabil mă simt așa pentru că sunt aici cu părinții și cu Jake. Și, desigur, mătușa Gen e aici, ceea ce face ca și acest loc să fie, într-un fel, „acasă". Nu am frați sau surori, astfel încât întreaga mea familie este acum aici, în Antibes.

Dar acasă am o altă viață. Am prieteni care îmi sunt la fel de apropiați ca familia. Ca să nu mai spun de afacerea mea, așa că trebuie să mă întorc și să-mi reiau viața. Mă întreb încotro se vor îndrepta mama și tata. Poate că de aici se vor întoarce în Spania. Mama și-a dorit dintotdeauna să meargă în Andaluzia, să ajungă în Toledo. Sau poate va dori să se întoarcă acasă, să doarmă în patul ei. Călătoriile vor ajunge la un final, probabil după ce tata va considera că a fost de ajuns. Mama ar putea să își facă, în sfârșit, grădina pe care și-a dorit-o mereu și se vor liniști, petrecându-și zilele în tihnă, luând cina în oraș și vizitând magazinele cu articole pentru grădinărit. E greu de imaginat, căci acum sunt în formă și cât se poate de activi, dar vârsta ne ajunge pe toți din urmă.

E aproape patru și jumătate când aud un ciocănit ușor în ușa dormitorului. Este Jake.

– Bună. Cum a fost?

Sunt ușurată, căci are chipul luminat de zâmbet.

– A fost bine, mulțumesc. Vrei să bem ceva? Putem ieși pe balcon și îți povestesc mai multe.

– Sună grozav.

– Așadar, ce ați făcut?

Ne așezăm în balcon și savurez un pahar de Chardonnay proaspăt, rece.

– Am făcut scufundări și am înotat în niște golfuri mici, apoi am mers în capătul stațiunii Juan-les-Pins, unde am mâncat. Am văzut câteva iahturi absolut impresionante. Sunt oameni cu bani mulți prin părțile astea.

– Banii nu înseamnă totul în viață, îi spun.

– Presupun că nu. Dar îți oferă libertatea să faci ceea ce-ți dorești, cugetă el.

– De acord. Însă e bine să ai un plan pentru viitor, altfel riști să treacă viața pe lângă tine.

Poate că venirea aici îl va ajuta pe Jake să se gândească la propriul lui viitor și la ce dorește să facă în viață.

– Nu pare să-i fi dăunat lui André.

Soarbe din cafea.

– Ce vrei să spui?

– Păi, a călătorit prin lume și a sfârșit prin a se întoarce acasă, unde a aterizat în picioare.

– Asta pentru că a moștenit restaurantul tatălui său. Nu multă lume se găsește într-o situație similară. Putea la fel de bine să se fi întors în Franța cu mâna goală și să fie nevoit să muncească din greu, la peste treizeci de ani.

Mă cuprinde un sentiment de neliniște și nu îmi dau seama ce încearcă Jake să îmi transmită. A fost sedus de strălucirea și căldura Coastei de Azur? Abia ce a ajuns aici!

– Mi-ar fi plăcut să-mi petrec vara călătorind, dar nu am bani, spune Jake.

– Asta pentru că niciodată nu ai făcut economii.

Jake are un împrumut de studii și lucrează la bar, dar banii îi scapă printre degete. Nu seamănă cu mine. Eu pun ceva deoparte, indiferent cât de puțin, în fiecare lună.

– Știu. Acasă îmi place să ies cu prietenii și asta presupune cheltuieli. De fapt, nu m-ar deranja să rămân aici peste vară.

– *Aici?* Nu sunt sigură că am auzit bine. Vrei să spui cu mătușa?

– Da. Mă gândesc că aș putea lucra aici peste vară. Unul dintre angajații lui André, din bucătărie, pleacă în călătorie săptămâna viitoare.

– Da, îmi amintesc că mi-a spus.

– Mi-a oferit mie postul. Mă privește cu ochii aceia albaștri cărora nu le pot spune nu. I-am spus că îmi place să gătesc. Aș începe de jos, firește, tocând de toate și ajutând cu orice, probabil aș spăla și vase, dar nu se știe unde pot ajunge.

Zâmbește larg și entuziasmul din voce îi este autentic. Nu vreau să-i spulber speranțele, dar pentru moment sunt prea stupefiată ca să vorbesc. Mi-l imaginez lucrând aici peste vară și, în cele din urmă, renunțând să se mai întoarcă acasă, să își termine studiile, și mă încearcă emoții contradictorii. Îmi spun că este vorba doar de o slujbă de vară. Nu așa procedează majoritatea studenților? Și va petrece timp împreună cu tatăl lui, ceea ce este un lucru bun.

– Ei bine, nu mă așteptam la asta. Sper ca emoțiile să nu mi se citească pe chip. Mă simt ciudat la gândul că, în curând, aș putea pleca spre casă lăsându-mi fiul în urmă, cu tatăl lui. Ce părere crezi că va avea Sam despre faptul că rămâi să-ți petreci vara aici?

– Sam? Ce legătură are Sam cu toate acestea? întreabă el, descumpănit.

– Mi s-a părut că erați apropiați, atâta tot. Poate am înțeles eu greșit.

– Îmi place mult Sam, e o tipă mișto. Dar nu în felul acela. E ca o soră mai mare. Și este foarte talentată în bucătărie. Cred că i-a făcut mare plăcere să preia conducerea cât ai lipsit. Ai avut noroc cu ea, ținând cont ce planuri mărețe are.

– Planuri mărețe?

– Păi, știi că vrea să-și deschidă o cofetărie sau o cafenea proprie, nu a făcut un secret din asta.

– Așa este, și în aceste câteva săptămâni și-a demonstrat că este capabilă să administreze o afacere.

Poate că suntem cu toții în pragul unor mari schimbări.

Ne terminăm băuturile și primesc un mesaj. Este de la André.

Bună, frumoaso! Am vrut doar să îți spun că am petrecut o după-amiază grozavă cu Jake și te vei bucura să afli că ne-am înțeles foarte bine. Vrei să luăm cina împreună? Jake poate veni și el, firește, deși, nu am să te mint, îmi doresc cu disperare să fim doar noi doi. X

Mama și tata apar și ei pe balcon și întreabă dacă vrem să mergem cu ei în Nisa.

– E foarte frumos seara acolo. Sunt multe piațete cu fântâni și restaurante cu pereții acoperiți de iederă.

– Sună foarte romantic. Sunteți siguri că nu vreți să mergeți doar voi doi? îi tachinez eu.

– Vă duc eu, bunicule, se oferă Jake. Am chef de o plimbare de-a lungul litoralului, cu ochelarii de soare la ochi și muzica răsunând în difuzoare.

– Păcat că nu ai o mașină mai elegantă. Nu cred că rulota o să facă impresie, zâmbește tata.

– Pe mine m-a invitat André la cină în seara aceasta. Și pe tine, Jake, dacă vrei.

– Nu, mulțumesc, mamă. Mergeți singuri, petreceți puțin timp împreună. Eu chiar vreau să fac o plimbare de-a lungul coastei.

La gândul că îl voi vedea singură, mă trec fiori de entuziasm.

– Bine, dacă asta vreți. Deși sunt tentată să vin cu voi. Îmi amintesc că mi-a plăcut foarte mult la Nisa, deși e posibil să se mai fi schimbat de când am fost eu acolo ultima oară.

Mă bucur că îmi voi petrece seara cu André și îi răspund la mesaj confirmând. Îmi răspunde că vine să mă ia la ora șapte.

O oră mai târziu, magazinul s-a închis și toată lumea se îndreaptă spre Nisa, iar eu îmi pregătesc o baie cu aromă de iasomie. La gândul brațelor puternice ale lui André în jurul meu și la sărutări sub cerul înstelat, simt fluturi în stomac. Închid ochii, retrăiesc senzația apropierii de el și aproape că-i simt mirosul.

Când ies din baie, îmi e greu să mă hotărăsc cu ce să mă îmbrac, dar în cele din urmă aleg o rochie verde, ușor decoltată. Îmi pun un colier de argint și sandale cu talpă ortopedică. Verdele rochiei îmi pune în evidență culoarea ochilor și contrastează cu nuanța părului. Privesc către sandale și îmi amintesc imediat cum pășeam cu grijă, cu douăzeci de ani în urmă, pe scena umedă de la Marineland, în sandale asemănătoare. Este incredibil cât de mult s-au schimbat lucrurile în ultimele zile. Eu deliberez în ce să mă îmbrac pentru o întâlnire cu André, iar Jake l-a cunoscut deja!

În curând, vine timpul să cobor și să-l aștept pe André. Descopăr cu surprindere că a sosit deja și mă aștepta.

– De când ești aici? îl întreb surprinsă. Trebuia să suni și să urci.

– Tocmai mă pregăteam să fac asta.

– Putem intra să bem ceva mai întâi, dacă vrei. Nu e nimeni acasă.

– Serios? spune el cu un zâmbet jucăuș. După tine! Bine. Dar numai un pahar. Am rezervat o masă pentru ora șapte și jumătate, însă restaurantul e aproape.

Arunc o privire către ceas, e ora șapte fix.

Pregătesc câte un gin tonic, iar André își ia paharul în balcon, să admire priveliștea.

– Ce amplasament grozav. Chiar în centrul orașului vechi și cu vedere spre port. Dacă ar ieși pe piață, s-ar vinde imediat.

Sunt sigură că așa ar fi. Are și parcare proprie. E o adevărată comoară.

– Mătușa ta are gusturi grozave, spune André admirând sufrageria încăpătoare, elegant amenajată.

– Dintotdeauna a avut. Îmi amintesc când veneam aici, copil fiind, și eram fascinată de lucrurile frumoase din casa ei. Totul mi se părea fascinant. Inclusiv ea, mătușa mea, a fost o frumusețe.

Arăt către o fotografie alb-negru de pe perete, unde mătușa e lângă unchiul Enzo, pe punea unei ambarcațiuni.

– E clar că frumusețea este moștenire de familie. Apropo, arăți minunat. Mă gândesc că ar trebui să anulăm rezervarea. André mă prinde de mijloc și mă trage spre el.

– Nicio șansă. Sunt lihnită. Mă depărtez de el, cu simțurile tulburate.

Sunt hotărâtă să savurez anticiparea acestei seri petrecute împreună, să mă bucur de fiecare clipă, până la plecarea spre casă.

Mergem pe jos cam cinci minute și ajungem în fața unei clădiri vechi, din piatră, cu obloane roșii la ferestre. O firmă luminoasă modestă indică numele restaurantului: *Al Fassia*.

– Specific marocan? exclam surprinsă.

– M-am gândit că ar fi o schimbare plăcută. Îți place bucătăria arăbească, nu-i așa?

– Da. Influența marocană este puternică aici – sunt câteva restaurante grozave.

André împinge ușa, care se deschide către interiorul bogat decorat și unde în aer plutește aroma de scorțișoară. Mese din lemn de culoare întunecată sunt așezate pe podeaua contrastantă, din mozaic albastru, și din tavan atârnă lămpi din lemn sculptat și sticlă colorată. Un ospătar zâmbitor ne conduce către o masă pe care se găsesc pahare mari aurite. Așază alături o carafă cu apă cu gheață și lămâie.

– Arată grozav.

André umple câte un pahar cu apă din carafă.

Răsfoim meniul și, nu peste multă vreme, ni se servește cel mai aromat fel de mâncare cu carne de miel. Este însoțit de cușcuș și lipii, alături de o salată ornată cu semințe de rodie, ca niște mici pietre prețioase.

– Ți-a spus Jake că și-ar putea petrece vara aici? întreabă André direct. I-ar prinde bine experiența într-o bucătărie adevărată. Mi-a vorbit despre pasiunea lui pentru gătit.

– Da, mi-a spus ceva. Mă bucur că v-ați înțeles atât de bine. Mi-am făcut griji tot timpul cât ați fost împreună.

– E bărbat în toată firea, Liv. Poate ar trebui să mai slăbești strânsoarea.

André zâmbește când spune asta și știu că glumește, dar vorbele lui mă ating. A trebuit să-i fiu și mamă și tată în toți acești ani, așa că poate nu este surprinzător că sunt un pic prea protectoare.

– Ei bine, nu mă poți învinovăți că mi-am făcut griji cu privire la întâlnirea voastră. Putea să fie dezastruoasă, spun în apărarea mea.

– Știu. Se pare că ai făcut treabă bună cu Jake. Nu ar fi ajuns un tânăr de ispravă dacă nu erai o mamă bună.

Mă străbate subit un fior de mândrie și înghit cu greu nodul din gât, iar André se apleacă spre mine și-și pune mâna peste a mea.

– Regret că nu am fost lângă voi, să-l văd crescând, și sunt recunoscător că am ocazia să fac parte din viața lui acum.

Carnea de miel este fragedă și aromată cu rozmarin și scorțișoară; mănânc cu poftă până la ultima bucățică. Luăm un desert ușor, înghețată cu aromă de trandafir și stafide, care este fină și delicioasă. M-am bucurat de fiecare moment petrecut în acest restaurant, care este o oază de liniște pe strada aglomerată, dar acum simt nevoia să beau un cocktail.

Ne plimbăm pe străzile pietruite până ce ajungem lângă barul cu scaune de fier albastre, același unde stătuserăm cu câteva zile în urmă. Eu comand un martini franțuzesc și André cere la fel.

– Nu îmi vine să cred că mâine, pe vremea asta, voi fi în drum spre casă, oftez sorbind din băutura delicioasă.

– Te duc eu la aeroport. Apoi voi număra zilele până te întorci. Te întorci, nu-i așa?

Caută să-mi surprindă privirea.

– Desigur, dar nu știu când. Nu mă pot aștepta ca Sam să aibă grijă de afacerea mea tot timpul.

– Așadar, ce urmează?

André soarbe din pahar.

– Merg acasă și voi număra și eu zilele până când ne vom revedea. Apoi, va trebui să avem o discuție serioasă cu privire la viitorul nostru.

– Asta este tot ce voiam să aud. Că ești dispusă să discutăm despre viitorul nostru împreună.

André zâmbește și ochii lui sexi, albaștri se încrețesc la colțuri. Este un bărbat tulburător de chipeș.

Este ciudat când mă gândesc că, odată ce ajungem acasă, Jake va împacheta lucrurile și se va pregăti să revină în Franța, într-o zi, două, și își va petrece restul verii lucrând la restaurant.

– Cel puțin îl vei avea pe Jake cu tine. În felul acesta, veți reuși să vă cunoașteți cu adevărat.

– Cred că e bine pentru el să lucreze peste vară, spune André. Îl va ajuta să-și dea seama ce vrea să facă. Pare destul de convins că nu dorește să se întoarcă la universitate și, judecând după pasiunea lui pentru gătit, cred că e o idee grozavă să petreacă timp în bucătăria unui restaurant. Ar putea învăța foarte multe.

– Nu crezi că decizia lui a fost influențată de oferta ta?

– Cred că hotărârea lui era deja luată.

– Serios?

André mai ia o gură din pahar, apoi respiră adânc.

– Nu era cu adevărat inspirat de studiile pe care le alesese, cred că ți-a spus și ție asta. Dar mai e ceva. Nu mai putea să dea ochii, zilnic, cu fosta lui iubită. O fată, Amelia. Se pare că i-a frânt inima.

Inima mi se face dintr-odată grea și mă cuprinde tristețea. Bietul Jake era dezamăgit din dragoste, iar eu îi dădeam înainte cu importanța studiilor. Mă simt rănită și exclusă. Crezusem că Jake îmi spune orice.

– Ți-a spus ce s-a întâmplat?

– L-a părăsit pentru un tip pe nume Ben. Cineva pe care Jake îl considera un bun prieten.

Îmi amintesc că îl menționase pe acest Ben ca făcând parte din grupul de prieteni de la universitate.

– Se vedeau de cinci luni și el era cu adevărat îndrăgostit. Voia să o aducă acasă, să ți-o prezinte, când a descoperit că îl înșela. Când a aflat că era cu unul dintre prietenii lui, lovitura a fost și mai dureroasă.

– O, nu, bietul Jake! Mi se frânge inima la gândul suferinței lui tăcute. Acum înțeleg de ce era evaziv când îl întrebam despre viața la facultate.

– Dacă ar fi fost realmente pasionat de cursuri, cred că ar fi rămas să-și termine studiile. Lipsa entuziasmului, pe lângă faptul că era nevoit să o vadă zilnic pe Amelia – cred că a fost prea mult pentru el. Și nu îți face griji. Doar l-am ascultat. Nu am de gând să-i dau sfaturi, nu am niciun drept, cel puțin deocamdată. Tu i-ai fost și mamă, și tată în toți acești ani. Respect acest lucru.

Ce fel de mamă sunt? Mă întreb eu, dezamăgită. Oare Jake a interpretat interesul meu susținut drept nevoia de a-l controla? Am fost oare genul de mamă autoritară de care copiii ajung să se ascundă? Nu a putut să-mi vorbească despre suferința lui, în schimb i-a spus lui André, care îi este practic un străin? Deși, poate tocmai asta e ideea.

Îmi termin băutura simțindu-mă cel mai rău părinte din lume. Poate că natura mea predispusă spre îngrijorare l-a făcut pe Jake să nu îmi spună de teamă că m-ar necăji. Știu că suntem apropiați, dar nu ar trebui să îmi ascundă lucruri doar pentru că m-aș agita. La urma urmei, de aceea sunt părinte. Sunt omul către care ar trebui să vină când îl preocupă ceva, cel care îl sprijină când are probleme, nu face caz de ele.

– Ești bine? André mă privește ușor îngrijorat.

– Da, sunt bine. Îmi pare rău pentru Jake. A trecut prin așa ceva și eu habar nu am avut.

– Nu te mai gândi. Uneori bărbaților le este mai ușor să vorbească despre astfel de lucruri cu alți bărbați – și, de cele mai multe ori, cu cineva care nu e mama lor. Sunt sigur că s-a văzut de câteva ori cu prietenii și și-au înecat amarul împreună.

Îmi amintesc de nopțile petrecute la prieteni, imediat ce s-a întors acasă, în Southport.

– Presupun că ai dreptate.

– Știu sigur că am.

Pe chip i se citește un zâmbet înțelegător și încrezător în același timp.

– Nu poți rezolva totul pentru Jake, indiferent cât de mult – sunt sigur – ți-ai dori. Sunt lucruri pe care trebuie să și le lămurească singur.

– Ai fi fost un tată bun, mă pomenesc zicând.

– Nu vom ști niciodată. Dar sper că nu este prea târziu să-l îndrum, pe viitor. Dacă vrea, bineînțeles.

Își sprijină bărbia în mână și mă privește cu ochii lui albaștri, iar mie îmi tresare inima. Ne terminăm băuturile și André propune să luăm un coniac înainte de culcare.

În timp ce savurăm coniacul, sub cerul înstelat, mă încearcă, pe rând, sentimente de mulțumire și suferință. Îmi e greu să mă văd privind pe geamul cuptorului, așteptând să se coacă o prăjitură, dar peste câteva zile exact asta voi face.

În timp ce ne plimbăm, cocktailul și coniacul își fac efectul și mă simt relaxată. Trecem pe lângă un bar care folosește butoaie în loc de mese și exteriorul este decorat cu luminițe. Un domn cu părul alb, la vreo șaizeci de ani, așezat în cadrul ușii, ne invită să intrăm să bem ceva.

– Ce zici? întreabă André și eu mă trezesc acceptând și pășesc înăuntru. Este un bar mic, plăcut, cu podele din lemn și pereți zugrăviți în galben pe care sunt expuse fotografii alb-negru. Într-un colț, un tânăr cântă cu vocea și la chitară. Are o voce foarte plăcută, dar nu înțeleg cuvintele.

– Cântă despre o iubire pierdută, îmi spune André, așezând un pahar de Napoleon în fața mea. Încăperea mică este destul de sufocantă, astfel că, după ce tânărul termină cântecul și se opresc aplauzele, ne luăm paharele și ieșim afară, la aer proaspăt. Terminăm băuturile și plecăm. Brusc, André mă trage pe o alee întunecată.

– Toată seara am așteptat să fac asta. Buzele lui sunt peste ale mele și mi se învârte capul când mă sărută pătimaș, limba lui cercetând interiorul gurii mele. Ne desprindem unul de celălalt la apariția unor trecători veseli.

– Domnule, luați-vă o cameră!

Râd trecând pe lângă noi. Atunci îmi dau seama că ne strigaseră, în franceză, să ne luăm o cameră și zâmbesc.

André mă conduce mai departe pe stradă, până când ajungem în dreptul unor taxiuri.

– Am o cameră acasă, șoptește el șuierând. În cinci minute suntem acolo.

Ar fi atât de ușor să urc în taxi și să plec cu el! Fiecare fibră din trupul meu își dorește asta. Dar nu mai am optsprezece ani. Nu mai las emoțiile să decidă pentru mine.

E nevoie de toată hotărârea de care sunt capabilă, dar îl rog pe André să mă lase lângă patiserie. Nu pot petrece noaptea cu el. Sunt convinsă că așa e cel mai bine. Mâine, pe vremea asta, voi fi acasă și deja îmi este inima grea. Dacă mă culc cu el, indiferent cât de mult îmi doresc asta, mi-ar fi și mai greu după aceea.

– Firește. Cum vrei tu, șoptește el. Iartă-mă că am fost insistent; îmi e greu să mă stăpânesc când ești lângă mine.

Mă lasă lângă patiserie și mă sărută încă o dată, înainte să urce înapoi în taxi ca să plece.

– Mâine-seară te conduc la aeroport. Dar trebuie să îmi vezi casa înainte să pleci. Luăm prânzul la mine, dacă nu ai nimic împotrivă. Te sun mâine-dimineață.

– Mi-ar plăcea. Mulțumesc.

Urc la etaj și mă prăbușesc pe pat, cu capul plin de un milion de gânduri. Încotro ne îndreptăm? Chiar și după atâta timp, atracția dintre noi este colosală și simt că ne e scris să fim împreună. Și avem multe de vorbit despre viitorul nostru. Un lucru însă îmi este cât se poate de clar – trebuie să fiu cu el.

Capitolul treizeci și cinci

Jake și-a făcut bagajele și stă de vorbă cu mătușa, în magazin, când îi reamintesc că la ora unu vine André să ne ia la el acasă, în afara orașului, să luăm prânzul împreună.

Faye a împachetat deja și a plecat să-și petreacă ultima zi aici pe plajă, cu Olivier, pentru o ultimă sesiune de bronzare.

– Ești sigură că nu vrei să mergi doar tu, mama? Nu m-ar deranja să merg azi pe plajă, înainte să plecăm. Eu oricum mă întorc peste câteva zile, am tot timpul să-i văd casa.

– Bine, atunci, îi spun, deși nu aș prea vrea să fiu singură cu André, dat fiind că îmi e teribil de greu să-i rezist. Dacă așa vrei.

Ies afară, la soare, și trag în piept mireasma spațiului înconjurător. Din patiserie iese un client și la nas îmi ajunge abur de pâine caldă și aromă de vanilie. Pe străzi, gazele de eșapament și aerul sărat al mării alcătuiesc un amestec inedit. Îl văd pe André apropiindu-se cu mașina și intru repede în magazin să iau ceva pentru desert.

– Ce crede personalul restaurantului despre tine că pleci tot timpul? îl întreb când mă așez lângă el în mașină.

– Sunt șeful, fac ce vreau, glumește el. Bucătarii sunt cei care duc greul și avem destul personal să se ocupe de clienți în lipsa mea. Cred că se bucură când mai scapă de mine. André mă privește și zâmbește, în timp ce facem dreapta pe lângă port și ne îndreptăm spre marginea orașului. M-am simțit foarte bine aseară.

– Și eu. Mi-aș dori să nu fiu nevoită să plec azi.

Privesc pe fereastră peisajul care se schimbă, aleile pe nisip făcând loc dealurilor și terenurilor cultivate. La orizont se distinge un grup de clădiri medievale și André îmi spune că este orașul Biot, unde a crescut el.

– E minunat. Ești norocos să fi crescut într-un asemenea loc.

– Are o istorie agitată, în care sunt implicați pirați. Din fericire, dinainte să mă fi născut, dar oricum ne-a furnizat suficientă inspirație pentru jocurile din copilărie.

În mai puțin de zece minute oprim în dreptul unei ferme franțuzești clasice, cu pereții zugrăviți în culoare bej și cu obloane maron la ferestre. De cum intrăm, observ că este frumos amenajată. Bucătăria impecabilă are dulapuri bej și pereții acoperiți cu faianță colorată. O vază cu floarea-soarelui e așezată pe pervazul ferestrei ce dă spre o grădină îngustă și lungă. Din bucătărie se ajunge în sufrageria cu șemineu și canapele de culoarea pietrei.

André mă conduce pe ușile franțuzești către o terasă acoperită, amenajată cu mobilier din fier forjat.

– Te rog, ia loc. Merg să aduc prânzul de la frigider. Sper că te mulțumești cu salată și pateu.

– E perfect.

Privesc de-a lungul grădinii și îmi e ușor să mă imaginez trăind acolo. E plină de flori de câmp – margarete, trifoi și o floare albă, proaspătă, care seamănă cu hasmațuchi.

André revine din bucătărie cu o carafă cu limonadă, pateu și brânzeturi. A adus și un castron cu măsline asortate.

– Ai o casă foarte frumoasă. Îmi imaginez cum trebuie să fi fost să crești într-o casă ca asta, explorând grădina și pajiștile din vecinătate.

– Am avut noroc că frații mei nu au insistat să o vindem, după moartea părinților. Dar sunt amândoi foarte bine, financiar vorbind, așa că s-au bucurat că am rămas să locuiesc aici. Aș putea să cumpăr și partea lor, dar mă gândesc că s-ar putea să mă mut mai aproape de litoral, dacă restaurantul continuă să meargă bine.

– Serios? Nu cred că aș putea părăsi vreodată un loc ca acesta.

După prânz, André se ridică și aduce dintr-un sertar un album foto. Îmi arată fotografii cu părinții lui și rămân surprinsă la vederea tatălui lui – asemănarea cu Jake este remarcabilă. Privesc fotografii de familie și văd una cu André în tinerețe.

– Asta a fost făcută cu puțin timp înainte să încep să lucrez la Marineland, spune el, răsucind fotografia să citească data înscrisă pe dos. Februarie 1998 – cu doar câteva luni înainte. Îmi luasem un an liber în timpul studiilor universitare. Poate de aceea înțeleg dorința lui Jake de a încerca lucruri noi.

André pornește automatul de cafea și eu aduc punga de hârtie în care aveam desertul.

– Ceva să mâncăm la cafea.

Deschide punga și pe față i se întinde un zâmbet larg.

– Albinițe. Nu am mai mâncat de ani de zile.

Deschide un dulap și așază prăjiturile pe farfurii.

– Abia aștept să le gust. Mușcă din prăjitura glazurată cu miere, acoperită cu violete zaharisite și umplută cu cremă de vanilie. Fantastic. Așa cum mi le aminteam. Poate chiar mai bune.

Gust și eu și mă gândesc că mătușa nu și-a pierdut deloc talentul, căci sunt exact așa cum mi le amintesc din copilărie.

În curând, se face ora patru și e timpul să ne întoarcem. În drum spre ușă, André mă oprește și îmi îndepărtează o șuviță de pe ochi. Atingerea lui mă înfioară. Își plimbă degetul mare pe obrazul meu.

– Îmi va fi dor de tine. E ca și cum toți acești ani dintre noi au dispărut, ca și cum nu ne-am fi despărțit niciodată.

Își plimbă degetul peste buzele mele, apoi se apleacă și mă sărută.

– Și mie îmi va fi dor de tine, spun eu când ne desprindem unul de celălalt. Promit să revin curând. Însă chiar în timp ce vorbesc mă întreb când va fi posibil.

Pe drumul înapoi vorbim puțin. André mă lasă lângă patiserie și pleacă pentru câteva ore la restaurant, spunându-mi că vine să ne ia, pe Jake, Faye și pe mine, la ora șapte, să ne ducă la aeroport. Mama și tata mai rămân încă o săptămână. Aș vrea atât de mult să pot face și eu la fel!

Capitolul treizeci și șase

Când ne luăm rămas-bun, la aeroport, cu greu îmi stăpânesc lacrimile, îmbrățișându-l strâns pe André, refuzând să-i dau drumul. Celorlalți le-am spus la revedere la magazin, până și Lilian a venit să mă îmbrățișeze.

– Să vorbești câte un pic de franceză și acasă, m-a sfătuit ea. Altfel, toată munca ta a fost în zadar.

M-a sărutat pe amândoi obrajii și mi-a promis să o scoată pe mătușa în oraș cât mai des, să o binedispună. Nu cred că sunt prea multe locuri unde aș putea vorbi franceza în orașul meu, dar presupun că pot încerca la restaurantul *Le Boulevard.*

Zborul spre casă e lin și aterizăm pe aeroportul John Lennon puțin după miezul nopții. În drum spre casa mea din Southport mă încearcă sentimente contradictorii, nici măcar nu mai am sentimentul că mă întorc acasă.

– Ne vedem curând, să bem ceva, pe dig.

Faye mă îmbrățișează când o lăsăm acasă. O să îmi lipsească faptul că nu o voi mai vedea în fiecare zi.

– Sper că Sam a lăsat niște prăjituri. Mi-e o foame de lup, spune Jake când intrăm pe ușă. În frigider avem lapte, ouă, pâine și bacon, alături de un bilețel.

M-am gândit că poate vă era dor de un mic dejun englezesc.

Bine ați revenit acasă!

Sam xx

În cutia pentru prăjituri sunt două felii generoase de tort și Jake lovește triumfător aerul cu pumnul.

După o ceașcă de ceai cu pâine prăjită, fac un duș rapid și mă pregătesc de culcare. I-am trimis un mesaj lui André să-i spun că am ajuns acasă cu bine, iar el mi-a răspuns că mă va suna de dimineață. Îmi dau seama că nu am astâmpăr. Totul s-a schimbat. Spre surprinderea mea, plâng în pernă până ce, în sfârșit, mă ia somnul.

A doua zi dimineață, puțin după ora nouă și jumătate, mă trezește telefonul. Este André.

– Ești încă în pat? mă întreabă el, auzindu-mi vocea somnoroasă.

– Da, îi răspund întinzând brațul liber. Mi-a luat ceva timp să adorm azi noapte.

– Și mie. Mă gândesc mereu la tine. Ce face Jake?

– Momentan, cred că pregătește un mic dejun englezesc. Mirosul de cafea și de bacon prăjit ajunge până la mine și mă trezește complet.

Mai vorbim puțin, aducând în discuție viitorul, apoi îmi pun halatul și urmez mirosul ademenitor către bucătărie. Sam e acolo, pe un scaun, bea o cafea. Se ridică să mă îmbrățișeze.

– Sam, bună! Mă aplec și o îmbrățișez la rândul meu. Îmi cer scuze, abia m-am trezit, n-am apucat să mă spăl pe dinți.

– Mamă, vrei un mic dejun complet, sau doar un sendviș cu bacon? întreabă Jake agitând o spatulă.

– Un sendviș e de ajuns, mulțumesc. Văd pe masă o pâine integrală proaspătă. Mulțumesc, Sam, ești un înger.

– Cu plăcere. Așadar, cum a fost Franța?

– Întâmplător, destul de zbuciumată. Nu știu cât a apucat Jake să-ți povestească. Îmi torn o cafea.

– Am ajuns abia acum o jumătate de oră, dar mi-a spus destule. Ești bine?

– Da. Doar un pic obosită. Jake așază sendvișul în fața mea, apoi urcă la etaj.

– Merg să fac un duș, spune el. Vă las să vorbiți.

Îi povestesc lui Sam despre revederea cu André, după ce sora lui m-a recunoscut în patiserie.

– Dumnezeule, care erau șansele să se întâmple asta?

– Exact. A fost foarte straniu. Poate că așa a fost scris să se întâmple.

– Poate.

– Nu am cuvinte să îți mulțumesc pentru cum te-ai ocupat aici de toate. N-aș fi putut pleca, dacă nu erai tu. Jake se va întoarce acolo, peste vară. Eu nu știu când voi putea pleca din nou, din cauza afacerii.

– Presupun că poți renunța la afacere. Vreau să spun, dacă te hotărăști să te întorci în Franța, poți lucra cu mătușa ta.

– Încerci să scapi de mine? râd eu.

– Nu, sigur că nu, dar vezi tu – face o pauză, apoi continuă –, mă gândesc să pornesc o afacere proprie. Săptămânile acestea, în care m-am ocupat singură de toate, mi-am dat seama că sunt în stare.

– Serios? Ei bine, asta e grozav, îi spun.

Mă bucur mult pentru ea, deși nu mă pot împiedica să nu mă întreb unde mai găsesc un ajutor la fel de bun.

– Sper să deschid un local unde să servesc ceai și prăjituri, pe dig, așa că nu vom fi în competiție directă! E un spațiu disponibil chiar lângă unul dintre magazinele de suvenire. Mama și tata s-au oferit să mă ajute cu plata chiriei. Sunt foarte încântată, însă nu vreau să te dezamăgesc. Dar acum că te-ai întors, chiar vreau să mă concentrez pe acest proiect.

– Sigur că da, trebuie să o faci cât mai curând. Știam că momentul acesta va veni. Traversez camera și o cuprind în brațe. Știai că mi-am dorit și eu, la un moment dat, să am o ceainărie pe dig? Tu îmi vei îndeplini visul. Promite-mi că voi fi primul tău client.

– Promit. Mulțumesc, Liv.

Capitolul treizeci și șapte

Deși suntem în miezul verii, este o după-amiază cu vânt puternic și îmi ridic gulerul jachetei în timp ce merg pe dig să mă întâlnesc cu prietenele mele. Trenulețul albastru trece pe lângă mine sunând din clopoțel, iar copii fac semne cu mâna și-și lipesc obrajii de geamurile ferestrelor. De obicei, imaginea aceasta mă face să zâmbesc cu gura până la urechi, dar acum totul mi se pare tern.

Prietenele mele au ajuns deja și când mă vede, Jo sare și mă îmbrățișează, urmată de Faye, care era cu nasul în meniu.

– Dumnezeule, uită-te la tine! exclamă Jo când îmi dezbrac jacheta. Ești bronzată spectaculos. Și eu care mă gândeam că ai muncit pe brânci în patiseria mătușii tale.

– Am muncit. Diminețile, de obicei. După-amiezile, aveam timp să mă plimb prin piață sau pe plajă. Este minunat acolo.

– Și tu – arată către bronzul magnific al lui Faye – poți să te muți mai încolo. Face semn către masa alăturată. Par bolnavă pe lângă tine.

Comandăm sendvișuri și băuturi și îi povestesc lui Jo tot ce s-a întâmplat în Franța. Faye îmi spune că Olivier a invitat-o din nou în Antibes și că va merge în vizită spre sfârșitul vacanței școlare.

– După ce termin de pus la punct planul de lecții pentru noul semestru. O ultimă bucurie.

Râde.

– Ia spune, cum merg lucrurile cu Guy? mă întorc spre Jo, care zâmbește cu toată fața.

– Foarte bine. E tare drăguț. De fapt, săptămâna viitoare vom petrece primul nostru weekend împreună.

– O, treaba devine serioasă. Unde mergeți?

– La Londra. N-am mai fost acolo de când aveam cincisprezece ani, într-o excursie cu școala. Avem bilete la *Wicked*.

– Să vă distrați! Ai povești noi cu câinii, pentru mine?

Mi-ar prinde bine una dintre poveștile ei amuzante, căci mă simt din nou copleșită de emoții diverse. Jo se află la începutul unei relații minunate și Faye pare să aibă parte de o perioadă grozavă, iar eu habar nu am încotro se îndreaptă legătura mea proaspăt reînnoită cu André.

– Mm, cred că vi le-am spus aproape pe toate. V-am povestit când Harold mi-a mâncat rujul?

– O, nu! De ce trebuie mereu să fie Harold?

– Habar nu am. În fine. M-am împiedicat într-o zi pe stradă și mi-a căzut geanta. Din ea s-au rostogolit rujul meu roșu și un baton de cereale. Până să mă dezmeticesc, Harold a înfulecat batonul de cereale, apoi imediat rujul, făcându-se roșu pe bot. În orice caz, știți cum i se pune lui pata pe câte cineva! Ei bine, un minut-două mai târziu se năpustește peste un tip și începe să-l lingă. Până am reușit să-l potolesc, locul arăta ca scena unei crime. Bietul om era îngrozit, a crezut că fusese mușcat, dar Harold n-ar face rău nici unei muște.

– Bietul om!

Râd în hohote imaginându-mi figura îngrozită a omului.

– Lasă-l pe bietul om! Vorbim de rujul meu Chanel cel mai bun!

Râdem toate trei.

– O, fetelor, e tare plăcut să fim din nou împreună. De fapt, este exact ce-mi trebuia.

Le povestesc despre proiectul lui Sam.

– O să-și deschidă propria cafenea chiar aici, pe dig.

– Poate că e timpul să te gândești să faci și tu la o schimbare, spune Faye.

– Ce vrei să spui?

– Păi, ai putea să închizi afacerea cu prăjituri și să te stabilești pentru o vreme în Franța. Poate chiar să i-o vinzi lui Sam? Sau măcar să o recomanzi clienților tăi fideli. Cu Jake plecat peste vară, ai putea să îți închiriezi casa.

– Cine ar închiria o casă pentru doar câteva luni?

– Acum că ai adus vorba, un coleg de la școală tocmai s-a despărțit de soție. Până găsește ceva mai bun, s-a cazat la un motel dubios, pe faleză.

Faye m-a pus serios pe gânduri. Poate că lucrurile chiar se întâmplă cu un motiv. Și uneori, la momentul potrivit.

– Mă voi gândi la asta. Noroc, spun și ciocnim cafelele cu lapte.

Capitolul treizeci și opt

Două săptămâni mai târziu, sunt în drum spre Franța pentru un weekend prelungit. Vorbesc în fiecare zi cu Jake și cu André, iar Jake pare deosebit de încântat de timpul petrecut în bucătăria restaurantului. André spune că este foarte talentat și că e făcut pentru asta. M-am hotărât să mă relaxez și să nu îmi mai fac atâtea griji cu privire la viitorul lui Jake, înțelegând că rareori în viață lucrurile se desfășoară conform planului. Trebuie să urmeze calea care-l face fericit.

Ajunsă în aeroportul din Nisa, îl zăresc pe André și inima îmi tresare. De fiecare dată când îl văd e un moment special. Părul lui de lungime medie, cu șuvițe cărunte și ochii aceia albaștri, hipnotici, continuă să aibă asupra mea același efect din tinerețe. Mă îmbrățișează strâns și câteva momente mai târziu ieșim amândoi în lumina strălucitoare a soarelui.

– Se pare că nu o să mai am nevoie de asta, spun eu dezbrăcând hanoracul pe care îl purtasem în timpul călătoriei.

Parcurgem drumul minunat de-a lungul țărmului și nu peste mult timp oprim în fața patiseriei mătușii mele, unde ne așteaptă Jake. Mătușa ne întâmpină călduros și urcăm să bem o cafea pe balcon.

– Am rezervat o masă pentru cină la un restaurant

drăguț, îmi spune André. Jake, ne însoțești?

– Cred că ar fi mai bine să petreceți această primă seară împreună. Eu mă întâlnesc oricum cu Olivier să bem un pahar, puțin mai târziu. Zicea ceva de o petrecere.

– Știu eu cum petrece Olivier. Sper să nu întârzii mâine la lucru.

André îi face cu ochiul.

André îmi spune că vine pe seară să mă ia și intru în magazin să o salut pe Valerie, apoi urc să-mi așez lucrurile în dulap. Nu am stabilit unde îmi petrec noaptea, dar pregătesc totuși o geantă cu schimburi.

Restul după-amiezii mă plimb prin piață, vizitez magazinele din apropiere și, în curând, se face timpul să mă pregătesc pentru seară.

Fac pe îndelete un duș și aleg să mă îmbrac într-o rochie neagră de bumbac. André a menționat în treacăt că e vorba de un restaurant elegant, așa că îmi aplic cu grijă machiajul. Un colier simplu de argint pune în evidență rochia și sunt mulțumită când mă privesc în oglindă.

– Uau, exclamă Jake când ies din dormitor. Mama, arăți minunat! Tata e un bărbat norocos.

La auzul vorbelor lui Jake simt cum mă străbate un fior de căldură. I-a spus lui André „tata".

– Mulțumesc.

Fac o piruetă și atunci intră și Gen în sufragerie.

– O, ești superbă, spune ea și vine să mă sărute pe obraz.

– Mulțumesc, Gen. Nu eram sigură de rochia neagră, la început, dar îmi pune frumos în evidență pielea bronzată. Întind brațele, admirându-le culoarea arămie.

André vine să mă ia la ora șapte și jumătate și când urc în mașină, arunc geanta cu schimburi pe bancheta din spate. André observă și zâmbește sugestiv, dar nu spune nimic.

– Arăți incredibil, spune el sărutându-mă ușor pe gură.

– Mulțumesc. Și tu.

El e îmbrăcat în blugi, cu o cămașă albă și sacou albastru de in.

Se întoarce spre mine zâmbind și mă înfior.

După cinci minute de mers cu mașina, ajungem la restaurant. Suntem conduși la o masă afară, într-un spațiu în care printre crengile copacilor sunt împletite lumini decorative. Restaurantul dă spre mare și nu știu de ce mi se pare familiar.

Comandăm homar thermidor și, spre surprinderea mea, André cere o sticlă de șampanie.

– Minunat. Cu ce ocazie? întreb.

– Faptul că ești aici, cu mine, este un motiv suficient de sărbătoare. Deși, poate, doar un pahar pentru mine, întrucât conduc.

– Cum se descurcă Jake la restaurant? întreb.

– Foarte bine. Este apreciat, mai ales printre tinerele femei. Dar nu lasă nimic să-i distragă atenția de la muncă.

Îmi amintesc de observația lui Françoise, despre André, când lucra la Marineland, cum nu se implicase în relații cu colegele de muncă.

– Săptămâna aceasta l-a ajutat pe patiser cu deserturile. Are talent și la dulciuri.

André are dreptate. Prăjitura cu lămâie făcută de Jake este cea mai bună din câte am gustat vreodată. Îi povestesc despre Sam și proiectul ei să-și deschidă o cafenea pe dig.

– Nu știu cum aș putea să îi găsesc înlocuitor și, în ultima vreme, afacerea a înflorit. Mă ajută de când am plecat. Mă simt puțin vinovată că sunt aici, deși suntem în grafic cu treburile și este weekend.

– Așa este. Și toată lumea merită să se relaxeze în weekend.

Ridică paharul.

– Pentru noi! Și pentru ceea ce ne rezervă viitorul!

– Pentru noi!

În timp ce ne savurăm băuturile, se înserează. Nu am comandat desert, însă nu peste mult timp, o ospătăriță zâmbitoare așază ceva în fața mea. Este o spumă de ciocolată într-un vas în formă de inimă, decorat cu zmeură proaspătă și sirop de ciocolată. Pe masă, în fața lui André, lasă un platou cu brânzeturi.

– Minunat! E aproape prea frumoasă ca să o mănânc.

– Ai face bine să o mănânci. Am comandat-o special pentru tine.

– Serios? Sunt măgulită de gestul lui.

Iau o linguriță din spuma fină și savuroasă. Este absolut divină. După desert, André mă conduce la marginea terasei și contemplăm împreună întinderea apei care strălucește, în depărtare, de luminile ambarcațiunilor. În timp ce mă bucur de priveliștea care mi se înfățișează, privind cuibul de apă cuprins între vegetație și locul în care ne aflăm, îmi dau seama că *am mai fost* aici. Este restaurantul *La Terrace*, unde am venit cu André în tinerețe, atâta că acum i-au schimbat numele, este *Le Jardin – Grădina*.

– Am mai fost aici, nu-i așa?

– Da. Trage aer în piept, mă trage spre el și mă privește adânc în ochi. Aici mi-ai dăruit asta.

Scoate din buzunar colierul de argint cu jumătatea lui de inimă.

– L-ai păstrat în tot acest timp?

Sunt copleșită de emoție.

– Bineînțeles. Vrei să spui că tu nu l-ai păstrat pe al tău?

– Cred că îl am acasă, undeva, pe fundul unei cutii cu bijuterii. Însă, sinceră să fiu, nu l-am putut privi ani la rând. Era prea dureros.

André mă cuprinde în brațe.

– Îmi pare rău. Nu am vrut să te rănesc în felul acesta. Îți promit că nu se va mai întâmpla niciodată.

Ne sărutăm sub stele și mă simt împlinită. Când ajungem acasă la el, îmi iau geanta cu haine de pe bancheta din spate a mașinii și André zâmbește.

– Poate era bine să fi adus o geantă mai mare. Își pune brațele peste mijlocul meu și mă trage spre el. Vreau să zic, dacă vrei să stai aici, cu mine.

– Sigur că vreau. N-aș alege niciun alt loc pe lume. Privesc în jurul meu, către satul mic și când trecem pragul ușii am sentimentul că am ajuns acasă.

Las geanta și André mă ia în brațe și ne îndreptăm direct spre dormitor.

– La ce oră vrei micul dejun? mă întreabă în timp ce mă întinde pe pat și mă acoperă de sărutări.

– Uită de micul dejun. Îl trag spre mine și-l sărut cu patimă. Nu ne vom da jos din pat înainte de prânz.

Epilog

Aproape doi ani mai târziu

Restaurantul e plin și abia ținem pasul, într-o după-amiază minunată de vară.

– Ți-am zis eu că ne mai trebuie vreo doi ospătari, îi spun lui André în timp ce mă îndrept spre bucătărie cu niște vase și oprindu-mă să beau însetată o gură de apă.

Langousta a devenit, treptat, unul dintre cele mai apreciate restaurante cu specific pescăresc din Antibes și este mereu ocupat. A dobândit totodată o reputație pentru deserturi delicioase și inovatoare, preparate de Jake. La sfârșitul acelei prime veri petrecute acolo, André a considerat că era atât de talentat ca patiser, încât i-a oferit postul, pe care Jake l-a acceptat cu entuziasm. Era clar că Jake nu avea nicio intenție să revină la studii, acum că își regăsise tatăl și lucra în restaurantul acestuia. La urma urmei, după cum îmi spusese cândva, este vorba de viața lui și se pare că și-o trăiește cât se poate de bine.

În ceea ce mă privește? Ei bine, îmi împart timpul între patiseria mătușii Gen, unde lucrez, și restaurant, unde ajut din când în când. A, nu v-am spus că m-am mutat și eu aici?

Se pare că planetele s-au aliniat pentru noi, căci André, Jake și cu mine locuim acum în căsuța cu hasmațuchi și flori de câmp în grădină. Avem o viață bună. Ba nu, stați un pic, avem o viață GROZAVĂ. Duminica dimineața ne trezim în sunetul clopotului bisericii și luăm micul dejun împreună, apoi facem o plimbare prin sat. Duminicile, restaurantul se deschide la ora unu, așa că petrecem timpul până atunci împreună. Uneori, Jake ne însoțește, alteori merge la plimbare cu bicicleta, cu Michelle, frumoasa noastră vecină de nouăsprezece ani de care a devenit foarte apropiat.

Pentru moment, mama și tata se plimbă doar prin Anglia. Mă refer la călătoriile cu rulota. Peste câteva luni vor veni în vizită la noi și abia aștept să îi revăd. Peste câteva săptămâni intenționez să călătoresc eu însămi în Southport și voi trece pe la ei. Vreau să beau un ceai și să mănânc o prăjitură la cafeneaua lui Sam, pe dig. Și, desigur, să mă mândresc cu André!

Jo s-a mutat împreună cu Guy, cu câteva luni în urmă, și au un câine. N-o să mă credeți, dar este vorba de Harold, dogul german. Stăpânul lui a primit un post la Londra și a decis că marele oraș ar fi prea obositor pentru bătrânul lui tovarăș – iar Jo a avut dintotdeauna o slăbiciune pentru potaia nătăfleață. Guy se plânge că-l exasperează, dar e foarte clar că îl adoră. La urma urmei, el i-a adus împreună.

Olivier continuă să farmece doamnele pe Coasta de Azur și, în prezent, se vede cu un model din Lituania. El și Faye s-au mai văzut de câteva ori în Franța, dar, în cele din urmă, s-au plictisit unul de altul. Ea a ajuns director adjunct la școala primară din Southport și se întâlnește cu un muzician din Liverpool, pe care l-a cunoscut într-un bar unde acesta cânta cu trupa lui rock. După ce s-a întors din Franța, lucrurile au început să se aranjeze pentru ea. Mi-a spus că a folosit acel timp ca să se reseteze, să renunțe să mai bea în fiecare seară și să se simtă presată că trebuia să-și găsească un bărbat și că, din clipa în care a făcut asta, lucrurile au început să se întâmple firesc.

Gen s-a recuperat complet după operație și se folosește de noul și îmbunătățitul ei genunchi la capacitate maximă. Totodată, se bucură de timpul liber pe care i-l ofer, ajutând-o la patiserie, ca să cutreiere orașul cu Lilian Beaumont. Amândouă sunt de nestăvilit!

Așa că, după cum vedeți, lucrurile se pot schimba drastic în timp-record. Nu se știe niciodată ce așteaptă după colț. Indiferent ce este, trebuie să priviți viața cu încredere. Nu știm ce ne va aduce viitorul, dar pentru moment, „Trăiască Franța!“

Rețete

Mai jos, găsiți câteva rețete ale unor prăjituri menționate în cuprinsul cărții. Brioșele și biscuiții cu zmeură sunt de la patiseria Genevieve, iar biscuiții cu afine sunt rețeta lui Nic (cea apreciată de patronul cafenelei de pe dig!). Sper să vă bucurați de ele.

Brioșele St Clements, preferatele doamnei Beaumont (rezultă 12 bucăți)

Ingrediente

175 g zahăr tos
175 g unt nesărat, la temperatura camerei
Coaja rasă de la o lămâie și o portocală
3 ouă mari
175 g făină cu agent de creștere, cernută

Preparare

Preîncălziți cuptorul la 180^0 C/treapta 4. Pregătiți 12 forme de hârtie pentru brioșe.

Cu o lingură de lemn omogenizați untul și zahărul.

Bateți ouăle și adăugați încet compoziția peste untul frecat cu zahăr. Adăugați făina și coaja rasă de lămâie și portocală. Încorporați cu ajutorul unui tel sau mixer până ce obțineți un amestec omogen. Dacă este necesar, adăugați puțin lapte.

Turnați în formele de hârtie și coaceți timp de 12 minute sau până când brioșele s-au rumenit. Lăsați să se răcească înainte de a le acoperi cu glazură.

Ingrediente pentru glazură

85 g unt la temperatura camerei
2 linguri coajă rasă de portocală
1 lingură coajă rasă de lămâie
4 măsuri[1] zahăr pudră
Un strop de sare
1 lingură suc proaspăt de portocală
2 lingurițe zeamă de lămâie

Preparare

Într-un vas, amestecați untul cu sarea, zahărul pudră, coaja rasă de portocală și lămâie. Adăugați sucul de portocală și zeama de lămâie până ce se obține o compoziție cu consistența potrivită pentru glazură. Cu ajutorul unui poș de patiserie, aplicați glazura (sau ungeți brioșele cu ajutorul unui cuțit). Puteți decora cu flori comestibile sau alte decorațiuni pentru prăjituri.

---

[1] *Cup* în limba engleză; 1 cup = 120,9 g (n.tr.)

Biscuiți cu zmeură
(rezultă 8-10 bucăți)

Aceştia sunt rapid şi uşor de preparat şi se numără printre favoriţii familiei. Dacă aveţi timp, pregătiţi voi înşivă gemul de zmeură. Dacă nu, folosiţi un gem de calitate din comerţ.

Ingrediente

200 g făină cu agent de creştere
100 g zahăr tos
Un praf de sare
100 g unt sărat
1 ou mare, bătut
1 lingură lapte
Gem de zmeură, de calitate

Preparare

Preîncălziţi cuptorul la 200°C/treapta 6.

Amestecaţi făina cu sarea, apoi tăiaţi untul cubuleţe şi încorporaţi-l cu ajutorul degetelor în amestecul de făină. Adăugaţi zahărul, apoi oul şi amestecaţi până ce obţineţi o cocă omogenă. Formaţi 8-10 forme de mărimi egale.

Modelaţi coca în forme rotunde (ca nişte chifle) şi apăsaţi cu degetul pentru a forma un spaţiu în centru. Umpleţi spaţiul astfel creat cu gem de zmeură.

Aşezaţi biscuiţii într-o tavă întinsă, acoperită cu foaie de copt.

Coaceţi timp de 12-15 minute sau până când au crescut şi s-au rumenit. După preferinţă, acoperiţi cu zahăr pudră. Aşteptaţi să se răcească de tot înainte de consum, întrucât gemul va fi foarte fierbinte!

Biscuiții cu afine ai lui Nic
(rezultă 8-10 bucăți)

Există multe rețete de astfel de biscuiți. Rețeta mea preferată include și un ou, care îi face mult mai fragezi.

Ingrediente

260 g făină + 1 lingură

65 g zahăr tos

1 lingură praf de copt

Un praf de sare

85 g unt de la frigider

150 g afine

2 ouă mari

120 ml lapte

1 linguriță extract de vanilie

Preparare

Preîncălziți cuptorul la 200^0 C/treapta 6.

Într-un vas, amestecați ingredientele uscate (cu excepția unei linguri de făină), apoi adăugați untul rece, tăiat cubulețe, și încorporați-l cu ajutorul degetelor.

Tăvăliți afinele prin făină pentru a le împiedica să se lase în timpul coacerii, și lăsați-le deoparte.

Într-un vas separat, amestecați un ou, laptele și extractul de vanilie.

Adăugați ingredientele lichide peste cele uscate, apoi încorporați afinele, amestecând ușor, să nu le striviți. Alcătuiți o cocă rotundă. Tăiați opt felii egale.

Bateți cel de-al doilea ou și ungeți biscuiții. Așezați într-o tavă acoperită cu foaie de copt.

Coaceți timp de 18-20 de minute sau până când au crescut și s-au rumenit.

Sunt delicioși serviți cu smântână și gem de afine!

Notă din partea autoarei

Vă mulțumesc tuturor celor care ați ales să citiți *Idilă pe Riviera*. Dacă v-a plăcut și doriți să aflați noutăți despre cărțile în curs de apariție, înregistrați-vă folosind linkul de mai jos. Adresa voastră de e-mail nu va fi dezvăluită și vă puteți dezabona oricând doriți.

www.bookouture.com/sue-roberts

Sper că v-a plăcut *Idilă pe Riviera* și, dacă e așa, m-aș bucura să scrieți o recenzie. Mi-a făcut plăcere să revizitez sudul Franței cu această ocazie și sper că v-am inspirat să vizitați și voi această regiune! Cui nu i-ar plăcea peisajul, cultura și mâncarea de pe Coasta de Azur?

Mi-ar plăcea să vă cunosc părerea și mi se pare important să ajutăm cititorii noi să îmi descopere cărțile.

Mă bucur de fiecare dată când intru în contact cu cititorii mei – putem comunica pe pagina mea de Facebook sau pe Twitter.

Vă mulțumesc,
Sue

Mulțumiri

Doresc să le mulțumesc tuturor celor de la Bookouture pentru efortul depus în vederea apariției acestei cărți. Mulțumiri speciale editoarei mele, Emily Gowers, pentru sfaturile neprețuite pe care mi le-a oferit, asigurându-se că forma finală a acestei cărți este desăvârșită. O mențiune specială merită Christina Demosthenous, pentru sprijinul constant și încurajarea pe care mi le-a oferit.

Mulțumiri deosebite familiei mele și prietenilor care continuă să mă încurajeze și să mă motiveze. E foarte plăcut să aud că oamenii așteaptă cu nerăbdare să citească următoarea mea carte! Și, în sfârșit, vă mulțumesc vouă, cititorilor și criticilor care semnalați apariția lucrărilor noastre și împărtășiți opiniile voastre. Le apreciez sincer.

Editura RAO vă recomandă:

POVESTEA IUBIRII NOASTRE

Catherine Isaac

În 1983, o scrisoare ajunge la Liverpool din Italia, iar în interiorul ei se ascund secrete nebănuite. Este găsită trei decenii mai târziu exact de persoana care nu trebuia să o vadă niciodată.

Atunci când Allie deschide un plic găsit acasă la bunica ei, viața i se schimbă, la fel ca și tot ce știa despre familia sa și despre ea însăși. Adevărul riscă să îi rănească pe cei la care ține Allie, așa că ea angajează un detectiv ca să afle ce s-a întâmplat în viața mamei sale, în vara dinainte ca Allie să se nască. După ce își ia concediu de la munca ei de cercetare, Allie pornește într-o călătorie inițiatică pe malurile mângâiate de soare ale lacului Garda, alături de cel mai bun prieten al ei, Ed. Dar secretele care ies la iveală îi depășesc așteptările și Allie trebuie să găsească tăria de a-și înfrunta trecutul...